史铁生人生智慧赏析

爱情哲学

史铁生 著
胡山林 赏析

河南人民出版社

图书在版编目(CIP)数据

爱情哲学 / 史铁生著；胡山林赏析. —郑州：河南人民出版社,2021. 7

(史铁生人生智慧赏析)

ISBN 978-7-215-11857-7

Ⅰ. ①爱… Ⅱ. ①史… ②胡… Ⅲ. ①史铁生(1951-2010)-文学研究 Ⅳ. ①I206.7

中国版本图书馆 CIP 数据核字(2019)第 141450 号

河南人民出版社 出版发行

(地址：郑州市郑东新区祥盛街 27 号 邮政编码：450016 电话：65788067)

新华书店经销 河南瑞之光印刷股份有限公司印刷

开本 890 毫米×1240 毫米 1/32 印张 11

字数 275 千字

2021 年 7 月第 1 版 2021 年 7 月第 1 次印刷

定价：45.00 元

目　录

扫码观看视频讲解

史铁生的爱情哲学

爱情，是古今中外文人墨客、圣哲贤人乃至芸芸众生永远也说不完道不尽的热门话题，如一曲永远演奏不完的大合唱。在这大合唱中，作家史铁生以其对爱情深刻而独特的思考，为乐曲添加了几多美丽的音符，谱出了一曲优美的旋律，从而让人对爱情有了新的理解和认识。

一、爱情是什么？

稍有一些文明修养的人大约都承认，美满的爱情必要包含美妙的性（性吸引、性行为、性快乐），但又不等于性。因为仅有爱而无性，可以是仁爱、友爱、母爱、父爱、兄弟姐妹之爱等；而仅有性而无爱，是动物的行为，这都与爱情不沾边。那么，那个不等同于性的爱情是什么？那个性所不能代替的爱情是什么？包含性又大于性的那个爱情，到底是怎么一回事呢？

有人说是友爱加性吸引。史铁生不同意这种观点。原因很简单:对你产生性吸引力和友爱情感的异性不仅仅是一个,而可能是多个,在这么多对象中,你在寻找一个事先并不确定的异性做你的爱人,这说明你在选择;而选择的根据是什么?当然不仅仅是友爱也不仅仅是性,而是爱情。那么,爱情到底是什么呢?

经过长久的思考,史铁生终于悟道——爱情不是别的,而是一种心愿。(《病隙碎笔》)什么心愿?走出孤独,走出隔膜的心愿;心灵相通,渴望自由的心愿。换句话说,即爱情是自由心灵的乐园。"寻找爱情,所以不仅仅是寻找性对象,而根本是寻找乐园,寻找心灵的自由之地。"*心灵自由,是爱情的标志,是爱情与非爱情的分界线。

二、为什么说自由是爱情的标志,爱情是自由的乐园?

人为什么需要爱情?当然不只是因为性,因为生活中有性而无爱的情况并不少见,说明人除了性之外还要求爱,要求爱情。人之所以要求爱情,史铁生认为归根结底源于人的根本困境:孤独。爱之永恒的能量,在于人之间永恒的隔膜。爱之永远的激越,由于每一个"我"都是孤独的。人不仅是被抛到这个世界上来的,而且是一个个分开着被抛来的。孤独的心灵要求爱,呼唤爱,寻求爱。

孤独是什么?史铁生说,首先,孤独不等于寂寞。无所事事你会感到寂寞,那么日理万机呢?结果是你不再寂寞但仍可能孤独。其次,孤独也不是孤单。门可罗雀你会感到孤单,那么门庭若市呢?你不再孤单了但你仍然会感到孤独。最后,孤独也不是空虚和百无聊赖。孤独的心必是充盈的心,充盈得要流溢出来要冲涌

---

* 史铁生:《史铁生作品集》,中国社会科学出版社 1995 年版,第三卷第 308 页。

出去，便渴望有人呼应它，收留它，理解它。孤独不是经济问题也不是生理问题，孤独是心灵问题，是心灵间的隔膜与歧视甚至心灵间的战争与戕害所致。

是什么原因造成了人与人之间心灵的隔膜，导致人陷入孤独的处境呢？史铁生的讨论从人类社会文明的起源说起。

在上帝那儿，在灵魂被囚进肉体之前，“一生二，二生三，三生万物”之初，并无我、你、他之分别，巨大的存在之消息浑然一体，无分彼此内外，浮摇漫展无所不在。然后人间诞生了，人间诞生了其实就是有限诞生了。巨大的存在之消息被分割进亿万个小小的肉体，小小的囚笼，亿万种欲望拥挤摩擦，相互冲突又相互吸引，纵横交错成为人间。人与人之间冲突摩擦的结果，是要协商建立一些人人都必须遵守的规矩、规范，以使社会从无序走向有序。这就是人类文明的起源。可以说，人类告别蒙昧走向文明，是以建立各种各样的社会规范，建立各种各样的价值观和羞耻感为标志的。史铁生说，善恶观（对与错、好与坏、伟大与平庸与渺小等），意味着价值和价值差别的出现。羞耻感（荣与辱，扬与贬，歌颂与指责与唾骂等），则宣告了心灵间的战争的酿成，这便是人类社会独有的标记，从那时起每个人的心愿都要走进千万种价值的审视、评判、褒贬，乃至误解中去（枪林弹雨一般），每个人便都不得不遮挡起肉体和灵魂的羞处，于是走进隔膜与防范，走进了孤独。但从那时起所有的人就都生出了一个渴望：走出孤独，回归乐园。正如史铁生所说，人与人“因分割而冲突，因冲突而防备，因防备而疏离，疏离而至孤独，孤独于是渴望着相互敞开——这便是爱之不断的根源”。（《病隙碎笔》）走出孤独后人们渴望回归的乐园是什么？“那乐园就是，爱情。”

那么怎样才能“走出孤独，回归乐园”呢？由于孤独是由人心之隔膜造成的,所以“摆脱孤独的途径就显然不能是日理万机或门庭若市之类,必须是心灵间戕害的停止、战争的结束、屏障的拆除,是心灵间和平的到来。心灵间的呼唤与呼应、投奔与收留、坦露与理解,那便是心灵解放的号音,是和平的盛典,是爱的狂欢。那才是孤独的摆脱,是心灵享有自由的时刻”。——“心灵享有自由的时刻”,在史铁生看来就是进入了爱情。

三、性是爱的仪式,爱的语言;爱是性的引导,性的理想

“心灵享有自由”即意味着进入了爱情。那么这种“自由”,或者说“爱情”以什么为表达方式,通过什么来表达呢?史铁生认为,是“性”。他解释说:“爱情所以选中性作为表达,作为仪式,正是因为,性,以其极端的遮蔽状态和极端的敞开形式,符合了爱的要求。极端的遮蔽和极端的敞开,只要能表达这一点,不是性也可以,但恰恰是它,性于是走进爱的领地。没有什么比性更能体现这两种极端了,爱情所以看中它,正是要以心魂的敞开去敲碎心魂的遮蔽,爱情找到了它就像艺术家终于找到了一种形式。”(《病隙碎笔》第48页)

怎样理解这段话的意思呢?史铁生在《爱情问题》中作了详细的解释。他说,自由的降临要有一种语言来宣告,文字已经不够,声音已经不够,自由的语言是自由本身。解铃还须系铃人。孤独是从遮蔽开始的,自由就要从放弃遮蔽开始;孤独是从防御开始的,自由就要从拆除防御开始;孤独是从羞耻开始的,自由就要从废除羞耻开始。孤独是从衣服开始,从规矩开始,从小心谨慎开始,从距离和秘密开始,那么自由就要从脱去衣服开始,从破坏规矩开始,从放浪不羁开始,从消灭距离和泄露秘密开始——这是什么呢?毫无疑问当然是“性”。是性打破了孤独,放弃了遮蔽,破坏

了规矩，进入了自由。性行为成为一种语言。在爱人那儿，坦露肉体已不仅仅是生理行为的揭幕，更是心灵自由的象征；炽烈地贴近已不单单是性欲的推动，更是心灵的相互渴望；狂浪的交合已不只是繁殖的手段，而是爱的仪式。爱的仪式不能是自娱，而必得是心灵间的呼唤与应答。在充满心灵战争的人间，唯这儿享有自由与和平。因为"性"是最充分最完全最没有限制的敞开和自由的象征，所以这儿施行与外界不同甚或相反的规则，这儿赞美赤身裸体，这儿尊敬神魂颠倒，这儿崇尚礼崩乐坏，这儿信奉敞开心扉。这就是爱的仪式，爱的表达，爱的宣告，爱的倾诉，爱的祈祷或爱之祭祀。总之，这儿是心灵的天堂，是美的极致，所以"性"成为表达爱情的最恰当的语言，最神圣的仪式。

性是爱的语言，爱的仪式，然而这语言和仪式却不可随意乱用。随意乱用的结果是葬送了爱。因为唾手可得的东西只能使人舒适不能令人激动，被轻视的东西必会变得乏味，必然失去光彩。换句话说，即绝对的自由必会葬送自由的魅力。事实正是如此。据说在性解放广泛开展的地方，同时广泛出现着性冷淡。史铁生认为这是必然。因为没有了心灵的相互渴望，再加上肉体的沉默（没有另外的表达），性行为就成为一套机械的程序，成为一种动物性的活动了。于是，性丧失了作为爱的语言和仪式的意义。由此可知，性作为爱的语言决不可随意乱用，而必须受到必要的限制。受到限制的"性"才有资格作为爱的语言，性才与爱同构。总之，关于性与爱的关系，史铁生作了如下的总结："说到底，性之中原就埋着爱的种子，上帝把人分开成两半，原是为了让他们体会孤独并崇尚爱情吧，上帝把性和爱联系起来，那是为了，给爱一种语言或一个仪式，给性一个引导或一种理想。上帝让繁衍在这样的过程里面发生，不仅是为了让一个物种能够延续，更是为了让宇宙间保存住一个美丽的理想和美丽的行动。”

史铁生对性与爱情的关系的深刻理解，形象地表现于他的长篇小说《务虚笔记》中。在那里，我们经常可以读到对性爱的美妙颂词。在爱情之光的照耀下，史铁生笔下的“性”被描绘得无比纯洁，无比美妙，永远充满诗意，充满灵性，以至于让人感到这差不多可以说是对“性”的崇拜。纵观中国文学史(包括当代文学史)，可以毫不夸张地说，还没有过如此热烈、如此大胆、如此真情的歌颂“性”的文字。史铁生对“爱”与“性”的关系的认识，在中国文化语境中，具有前所未有的性质。

四、爱情为什么崇尚专一

爱情既然是美好的感情，为什么要专一而不该多向呢？为什么不能把它推广为1对2、对3、对4——以至于n对n，所有的人对所有的人呢？好东西难道不应该扩大，倒应该缩小到只是一对一？多向的爱情，正可与多向的性吸引相和谐，多向的性行为何以不能仍然是爱的仪式呢？那岂不是在更大的范围里摆脱孤独吗？岂不是在更大的范围里敞开心扉，实现心灵的自由与和平吗？这难道不是更美好的局面？

史铁生认为，这样的设想不能说不是一个美好的理想。从道理上讲没有谁能说这样的局面有什么不美和不好。然而这样的设想却压根不能实现，“不是不该，而是不能。不是理想的不该，不是逻辑的不通，也不是心性的不欲，而是现实的不能”。

为什么不能？史铁生没有从社会、伦理、道德等传统角度加以解释，而是有自己独特的思路。他说：“非常奇妙不可言：不能的原因，恰恰就是爱情的原因。简而言之：孤独创造了爱情，这孤独的背景，恰恰又是多向爱情之不能的原因。倘万众相爱可如情侣，孤独的背景就要消失，于是爱情的原因也将不在。孤独的背景即是我们生存的背景，这是闭上眼睛也能感受到的事实，所以爱情应当珍重，爱情神圣。”

史铁生的解释具有思辨性。他的意思是，现实中的人由于种种原因，心灵处于相互隔离即孤独的状态；有隔离才要求沟通，要求自由，也就是要求爱情。爱情能让人沟通、自由，或者说人的心灵相互沟通，进入自由之境才可以叫作爱情。爱情以孤独和隔离为背景，是对孤独和隔离的拯救。这就是说，在孤独与隔离的背景下，爱情才显得美丽动人，才有无比珍贵的价值；相反，如果人人可以相爱，获得爱情像获得空气一样容易，爱情也就失去了意义，失去了存在的价值。失去了美丽，不能让人心动，也就不能再叫作爱情。

逻辑的思辨之外，史铁生还举了一个现实的例子证明“专一”的价值（或多向之爱的不可能）。他说有一位性解放人士，公开宣称爱着很多女人而且还宣称自己很诚实。然而现实却让他陷入尴尬：众多爱人都冲着他嚷“要么你别爱我，要么只爱我一个！”于是他只好瞒了这个瞒那个，他感到自己好荒唐：本意是寻找自由与和平，结果却得到了束缚和战争；本意要诚实，结果却欺瞒；本意要爱，结果却孤独。他进入了爱的困境：他和她们之间已没有了心灵的自由，已隔膜重重，已谈不上所谓的爱情。他看到了自由的难得，他感到自己好孤独。那么出路何在？史铁生说无非两条，一是放弃爱情，在欺瞒中去满足多向的性欲，麻醉掉孤独中的心灵；二是做爱情的信徒，知道爱的难得，因而祈祷因而虔敬，不恶其少而恶其不存，唯其存在，心灵才注满希望。

总之，多向的爱情只能是一种理想，或者说是一种脱离实际的幻想。孤独和隔膜的现实世界使它永远遥不可及，而危险性最小的一对一的爱才便于心灵的敞开，才利于实现爱的心愿。也就是说，“专一”对于爱愿的实现，提供了最有利的条件，具有实现爱愿的最大的可能性，所以受到人们的推崇。

五、爱情的悖论

史铁生说，许多事物不能孤立地谈，必须放在一定的背景、一定的前提下，在与其他事物的关联中来谈，才能理解和把握某一事物的意义。例如我们无法谈论“无”，必须以“有”来谈论“无”；我们无法谈论“死”，必须以“生”来谈论“死”；同理，我们无法谈论“爱情”，必须以“孤独”来谈论“爱情”。这就是说，爱情是以孤独为背景，由于孤独才要求爱情；爱情是对孤独的超越，由于爱情的实现才摆脱了孤独。然而，孤独，即人与人的隔膜，是人类永恒的生存处境，是永在的生存围城，是人类永远也难以摆脱的宿命；所以所谓沟通，所谓自由永远只是相对的，有限制的，因而爱情也就成为人类永远追求的目标。孤独与爱情之间是一个永恒的距离，一个永恒的悖论。

“永恒的距离，才能引导永恒的追寻。永恒孤独的现实，才能承载永恒爱情的理想。”爱情的悖论将人的精神生活置于一个永恒的张力场中：立足于孤独追寻着爱情，爱情超越着孤独，化解着孤独，而又永远不能彻底化解孤独，人类永远在这一张力场中游移。孤独永在，爱情永在。爱情是一种光，永远给人类照明；爱情是一种美好的心愿，永远给人以执着向前的动力。爱情不是一个现成的固定的存在，它是一种美好的理想，它永远在人类的前方和上方。

六、好≠行

在《我的丁一之旅》中，史铁生设了一节，标题叫“好≠行”。从标题可以看出史铁生的意思，理想的爱情虽然美好，但却不等于在现实中能够实现，因为理想本身埋藏着危险。他在给笔者的信中谈到“丁一之旅”时说：“人类并不乏种种美好的理想，但是千百年中，却常见其南辕北辙。也许，更要重视的，并不在理想是怎样美好与必要，而在其常常是怎样败于现实的。”具体到丁一来说，史铁生说，丁一的失败不在于要实验，而在于要实现——非要把理想落实为现实，而这样的理想在现实中是不可实现的，实现了就不再是理想。不能落实，那么理想的意义又是什么呢？史铁生说，理想的意义，正如戏剧，在于象征；戏剧的位置，标明了理想的位置。但理想不能存在于现实吗？能，理想恰是存在于现实的，不过这个“存在”不是“实”在，而是“虚”在；不是“实真”而是“虚真”——简单说吧，即理想存在于人的心理中、思想中、信仰中，理想衬托出现实的残缺，因而指导、引导着人们往前走。

通过以上分析可以发现，史铁生对“爱情问题”的思考，带有典型的史铁生文本的特征：视角的终极性，理论的思辨性，逻辑的彻底性，结论的形上性。“爱情问题”，本来是一个非常具体现实的人生问题，一般人谈论它都离不开现实的、社会的、伦理的、道德的、乃至于生理的、心理的视角，但史铁生超越了这些，采用了终极视角，即他把“爱情问题”置于人生存的根本处境（或曰困境）中来展开讨论，所以他的思路、他的论述、他的结论都具有浓重的哲学味。史铁生这类文字，有很强的理论说服力，读起来让人感到似乎不是在读文学，而是在读哲学，读后让人获得一种理性上的充实感和得道的彻悟感，所以我们把“总评”命名为“史铁生的爱情哲学”。

史铁生

一、绿色的梦*

不知为什么,我今天特别高兴。

下班出楼门的时候,我发现我不是在走,而是在蹦——像小姑娘那样一步一颠,而且还轻轻地哼着《猎人之歌》:树林是多么美丽,天气是多么好……我有多久没这么高兴了!好像就是从童年结束的时候起。童年,童年可真有意思……我总以为小河里的石子真就是天鹅下的蛋变成的。天鹅飞走了,把即将出世的小天鹅托付给了河床上的垂柳和野花。小河的低吟不正是妈妈那温柔的摇篮曲吗?“呜呜哟哟”的,小天鹅才不会孤单。我和辉辉在河边茂盛的草丛里编花环。辉辉说他憋不住尿了,我说:“你尿吧,我给你看着。”看着谁呢?四周没人,而我才是他应该防备的女孩子……真可笑!然而童年真迷人,童年不懂得防备。这些我好像从

* 史铁生:《史铁生作品系列:命若琴弦》,人民文学出版社 2011 年版,第 50 页—55 页。

来没跟伟男说过，今天回家应该跟他说说。

真怪，今天到底是为了什么呢？天空都显得清澈、深远。云彩真像是童话里说的那样，是一群“咩咩”叫的绵羊。很久没见过这样的云彩了。每次和伟男吵过架后我都独自寻找这样的“羊群”，可天空总是那么一片铅灰色，散乱地飞着一群乌鸦。我们为什么总要吵架呢？有什么值得吵的呢？净是为了些鸡毛蒜皮的小事。我忽然觉得我从来没有像今天这么爱伟男，真是莫名其妙。我记起了他的一切优点，记起了他对我的关心和爱护……人真是应该经常像我今天这么高兴才对，否则会铸成偏见。

“‘观世音’的意思吗？用现在的话讲，就是体察民情，倾听群众的呼声。这不是很好吗？”

“您真的相信有神吗？”

“噢，那倒是……不过我相信善，雷锋也是善。”

“那么说，雷锋已经成佛喽？”

“哦嗬，我不敢那么说……”

“在我的印象中佛教总是和死联在一起。”

“其实是为了活。”

出大门的时候，我居然有兴致和那个看大门的还俗的老和尚聊了半天佛教。不，我今天真的没有想到“五台山”，而往日常常想到青灯古佛、削发为僧、隐居深山的时候，也绝没有这么好的心境去和他闲聊。我只是忽然发现他在传达室里一个人捅那个没了热气的煤球炉子时，神态是那么落寞；他是孤独的，需要有人来聊聊天儿。有一瞬间我甚至想，不可以让他住到我家来！我要和伟男说，起码我要让伟男知道，这老人是孤独的。

街上，人声鼎沸。异乎寻常的是，我没有感到腻烦，也没有在心里骂一声“讨厌”，却想起了作家们常说的“生活气息”，路边一群青年男女打打闹闹地说笑着。是久别重逢吧？是在回忆美好的往事或者询问其他朋友的行踪吧？在他们身后的那个阳台上，妻子正在拍去丈夫身上的面粉，亲昵地嗔怪着丈夫的粗心。小儿子抱着母亲的腿，而父亲正在冲儿子作怪样……啊，生活！友谊和爱情！伟男此刻大概已经到家了……

马路上的车辆像是一条喧嚣奔腾的江河。当我穿过马路的时候，我忽然感到了危险，而平常我都是漫不经心地穿过这条“江河”的——我常常希望，有一个喝醉酒的司机把我送到一个安静的地方去。我在回忆，今天到底发生了什么特殊的事。

“你眼睛瞎了！”一个抱着一捆大葱的老太太冲我瞪眼。其实是她撞了我，是她踩了我的脚。“对不起。”我说，甚至还向她微笑着点了点头。我今天似乎不会发火了。而我也绝没有料到，老太太那双已经露出凶光的眼睛立刻羞愧地躲到大葱后面去了。我一贯是这样谦让的吗？不，只不过是因为今天我特别高兴。我忽然明白了一件事：大街上之所以经常有人互相辱骂乃至厮打，人们之所以都有一副防范乃至憎恨的表情，就是因为他们心里没有什么值得高兴的事，或许倒有一肚子火。否则人们就会谦让得多了。

我一直在心里唱着那支童年的歌：我不打兔子山羊，我单打狐狸和狼……是的，我高兴，而且不知道为什么。而且还不知道为什么，我总想起辉辉——那个胸前总有饭嘎巴的男孩子……我们在儿童体育场旁边碰上了一个捡烂纸的老头儿。“你为什么不爱干净呢？”辉辉问。“你的衣服都破了！”我说。“你没有衣服吗？”“你妈妈呢？”“你也没有袜子呀？”“你妈妈生气了吧？”……我们就一起跑回家去拿衣服。辉辉说我家太远了，应该到他家去拿。我们拿了他爸爸的呢子大衣，他妈妈的毛裤，还有他姐姐的白丝袜……

童年！人如果能永远不长大有多好。我说“再拿两件给老爷爷的妈妈吧”的时候，辉辉绝没想到要说“你倒大方，敢情不是你家的”；而辉辉说“别拿了，箱子都空了”的时候，我也没有想到什么叫“小气”。一切都是那么自然，那么纯真，没有猜度和怀疑，只有信任——用不着反复声明的信任。我们着急的是赶紧把衣服给那个老头儿送去。然而老头儿不见了。我和辉辉坐在白杨树下一直等到天黑……天黑了，我哭了；辉辉看看我，也哭了。两个孩子无言地啜泣着，抱着两大堆衣服坐在深秋的寒风里，很久，很久。“老爷爷会冻死吗？”“会。”“也许不会吧？”“也许会。”我们抱起沉重的、拖在地上的衣服去找那个老头儿，在冷清的小路上走、走、走。走了很远。“我累死了。”“我实在走不动了。”“也许是别人给了他衣服吧？”“也许是别人给了他衣服，然后他就回家了？”“准是！”“嗯，是！”然后我们就放心地往回走了……

孩子的心多么善良、单纯和坦白！童年啊，更迷人的是，你也用善良、单纯和坦白的心来理解别人。那条小路在哪儿呢？还有那个儿童体育场？那一排排的小白杨和那片飘着暮霭在夕阳下泛光的绿草地啊……

我坐在汽车上。我仍然觉得特别高兴。我的心里一片光明，耳边响着鸽子那悦耳的哨音。辉辉家养过两只灰脖子的鸽子，后来我们把它们埋在了小河边，还哭着为它们立了一个小石碑……“孙子！你骂谁呢？”“骂的就是你，孙子！”站在我身旁的那个小伙子正摩拳擦掌地朝他的“对手”挤过去。“算了，算了。”我说，并且一把拽住了那个小伙子的手，把他藏在了身后；就好像他是我的什么亲人似的。他还在朝他的“对手”叫骂，使劲掰着我的手，想要挣脱出去。然而我把他死死地挤在角落里，我无缘由地相信他会听我的话的；当然不能用呵斥、用鄙夷的目光，甚至不能用劝说……直到他不再挣扎了，直到我听不见了叫骂声。这时我才觉得有些难为情，悄悄地和他拉开一点距离。而那样一个鲁莽甚至野蛮的小伙子竟然老老实实地站在我身后，像大姑娘似的涨红了脸。下车的时候，他才抬起头慌乱地看了我一眼。我心里猛地升起一个愿望，我愿意和所有的人都谈谈心，即便是街上那些游荡着的“小玩闹”。周围的每一张脸都是慈善的、亲近的……噢，但愿我天天都像今天这么高兴吧！可今天到底是因为什么呢？

我的小屋就在前面了，在小巷的尽头。那儿传来“叮叮咚咚”的音乐，像是天堂里的铃声。似乎周围还应该飞着一群安琪儿。我好像见过这样的场景。我又觉得我是个放假回家的小学生。我飞似的扑向我的小屋……

伟男正在摆弄录音机，背对着我。我蹑手蹑脚地走到他身后，想吓他一跳。我是一下子搂住他的脖子呢？还是在他耳边大喊一声“呔”呢？可就在这时他转过脸来。

“你到哪儿去了？”

他的目光充满了怀疑。

“谁使你这么高兴？”

他的微笑中掺杂着狡诈。

“你梦里总在叫着那个人……”

他的动作显得那么戒备。

“辉辉是谁？嗯？可以告诉我吗？”

天哪！周围的一切又都变得灰暗，悦耳的鸽哨声没有了，眼前滚动着一堆互相猜疑、防范、敌视和憎恨的脸……难道人们必须得这样吗？难道人们的心灵真的不能相通吗？可就在这时，我突然想起我今天为什么一直那么高兴了。就是因为昨夜那个梦，我想起来了:我和辉辉手拉手地走在晨光熹微、空气新鲜的树林里,到处都是清新明快的嫩绿色;我们唱着:“我不打兔子山羊,我单打狐狸和狼”……

1981 年 2 月 10 日

赏析

“难道人们的心灵真的不能相通吗?”

《绿色的梦》故事很简单:一个纯真、友善、童心未泯的女性夜里做了一个梦,梦见自己又回到了天真无邪的童年,和小伙伴手拉手走在晨光熹微、空气新鲜的树林里,到处是清新明快的嫩绿色,一起唱着欢快的歌,愿意把自己的一切都送给别人。早上醒来特别高兴,看见天特别清澈,看见白云特别自在,看见谁都想打招呼,她愿和所有的人都谈谈心。于是,平时腻烦的城市,她感到亲切了;对无理骂她的老太太,她报以微笑。她打算回家蹑手蹑脚地走到丈夫身后吓他一跳,或一下子搂住他的脖子叫一声。然而,回家面对的却是丈夫猜疑、防范、敌视和憎恨的脸,是他不怀好意的盘问。她痛苦万分,不禁在心中问道:“难道人们必须得这样吗?难道人们的心灵真的不能相通吗?”

作品写了梦愿和现实的矛盾,童年和成年的差异。梦是美好的，童年是纯真的；但梦是容易破碎的，童年是回不去的。所以，梦是绿色的，而现实却是灰色、甚至是黑色的。

由作品主题可以看出，史铁生对人际关系特别敏感，他特别渴望人与人之间互相信任，渴望心灵相通，渴望消除猜疑、防范、敌视和憎恨。可是，现实与他的愿望往往相反。作品写的是一对夫妻，夫妻之间本应该互相理解，更亲密、更和谐的呀，但偏偏是本应该亲密、和谐的关系却变得如此的陌生和敌对。史铁生对此痛心疾首，耿耿于怀，从此，人际关系，成为他思考和写作的一个主题。

请读者注意作品写作的时间——1981 年年初。这说明，史铁生在创作的起步阶段，就开始关注人际关系，开始探讨怎样才是人际关系的理想状态。由此出发，他创作出诸多以人际关系为主题的作品，如《别人》《礼拜日》《关于一部以电影为舞台背景的戏剧之设想》等；尤其是，产生了他的爱情哲学。他的爱情哲学酝酿的前提和背景就是人与人之间孤独与隔离的现状。由此我们可以说，《绿色的梦》中包含着史铁生爱情哲学的最早萌芽。

二、礼拜日（节选）*

最后到了现在，这个男人只记得那个女人对他说过一回：“我就住在太平桥。”

他慢慢地把这句话又默念了一遍。这时候空中有了光亮，仿佛天在升上去，地在沉下去，四周的一切看得清楚了。不过当初忘了问她太平桥在哪儿。想到这儿他爬起来披上衣服，东翻西找从床底下拿出一本地图，掸去上面的尘土。横的竖的斜的弧形的街道密密麻麻，像对着太阳看一片叶子时看到的那些精致的网脉，不同型号的铅字疏密无序又像天上诸多的星座。找不到太平桥。

夜里做了好多梦。夜夜如此。一个梦醒了又是一个梦，一个接一个，一个接一个没完没了。都是很精彩很有意思的梦，可是记不住。自己做的自己又记不住，天一亮就全忘了，光记得都很有意

* 史铁生：《史铁生作品系列：原罪·宿命》，人民文学出版社 2011 年版，第 153 页—212 页。

思，都很精彩。

有两个孩子在窗根下说话，一个总是说："哟——，真叫多哟！"另一个老说真长："哎呀，真——长。"这声音随着安静的湿漉漉的黎明一同流进屋里，又干净又响亮，搅起回声流得到处都是。

他又拿起地图小心翼翼翻了一遍。还是没有太平桥这么个地方。有那么半支烟的工夫，这个男人认真地怀疑那个女人是否也是一个梦。为了这个愚蠢的怀疑，他叼着另外半支烟开始穿衣服，顺便在身上掐了一把，被掐的地方确实很疼。

这个男人第一次见到那个女人是在很久以前了，在一个朋友家。这朋友叫天奇。天奇的妻子叫晓堃，晓堃刚好是那个女人的朋友。只一间小屋，似乎是说只有这一个世界，夫妻俩各占一角和自己的朋友倾心交谈——一边是"阿波罗登月以及到底有没有飞碟"，一边是"要孩子还是不要孩子"。叽里咕噜嗡嗡嘤嘤，中间隔了三米飘忽不定的浩瀚宇宙，谈话声在那儿交织起来使空气和烟雾轻轻震动，使人形失去立体感。在两边的话题碰巧都暂停的时候，发现这屋里还有一座落地式自鸣钟，坦荡而镇静地记录这一段过程。这时男人和女人互相看一眼，既熟悉又陌生。叽里咕噜嗡嗡嘤嘤，空气和烟雾又动荡起来，淹没了钟声。"既然我们可以到月亮上去，更高级的智能为什么不会到我们这儿来？""这已经不是问题了，问题是他们来干吗？"女人们还是说孩子："要是让一个生命来了，你就得对这生命负责。"

"你也是一个生命，你也来了，谁对你负责？"……那是在他们的朋友刚刚结婚不久的时候。

第二次见面竟是在差不多十四年以后，在法院的大门口；他的朋友和她的朋友在大门里的某个地方办理离婚手续。太阳又升起来，照着门旁的门卫和灰色高墙上的爬山虎。爬山虎的叶子正在变红,不久以后将变成黑褐色然后在这一年里消失。他比她来得晚。

"是您?您还记得我吗?"男人问。

女人把他看了好一会:"喔哟,有十好几年了吧?"笑一笑伸出手来。

"可不是吗,十四年了。"男人说,"他们在里头吧?"

"进去好一阵子了。"

"情绪怎么样,他俩?"

"好像没有什么特别。看不出来。"

"到底怎么回事?"

"您指什么?"

"他俩,怎么会闹到这一步?"

"怎么您不知道?您是他们家的常客呀!"女人说。

"我这几年去得少了。总有事,也说不清有什么大不了的事。"

"最近又写什么呢?我看过您的小说。"

"是吗?"男人笑笑,退步到墙边的阴影里,太阳一直晃得他睁不开眼睛。"我也正在想我写的都是什么。"

女人也走到阴影里,两个人在法院对面的大墙下并排站着。爬山虎在风中轻轻抖动,整座墙都在动。每年的这个季节都有挺长一段好天气,鸟儿飞得又高又舒缓,老人和孩子的说话声又轻又真切。

"前些年他们倒总是吵,"男人说,"吵起来凶得一个要把一个吃了,恨不能吞了。"

"是吗?可真想象不出来。"

"我也不说谁更凶,半斤对八两。"

"嗯,我想是。我想准是旗鼓相当。"

“这几年好像不了，咹？好像不怎么吵了，是不是？”

“这两年他们可简直是相敬如宾。”

“是吗？这么严重？”男人说，“这我还不知道。”

女人很快地仰起头看了男人一眼，头一回看得这么认真，这么不平静。

“要是这样就没什么可奇怪了。这就快完了。”

“已经完了，”女人说，“没办法了。”

大门里，也许是在白色的走廊上，也许是在别的什么地方，有一只钟，不动声色地走个不停。大墙下的阴影渐渐窄了。

“您得等他们出来吗？”男人问。

“得等。晓堃得有人陪她一段时候。您不吗？”

“不。我只是来看看，没什么事也没什么办法就是了。天奇最不愿意在他倒霉的时候有人特意来陪他。”

“男子汉，是吗？”女人说，语气不大客气。

他惊讶地扭转脸看她：“不，我没这么说。”目光磕磕绊绊地下移，停在她胸前的扣子上。“不过是各人有各人的方式，可能有的人更习惯一个人听听音乐，喝喝酒。”

…………

两个人第三次见面是偶然碰上的，在夜行火车里。两个人从不同的地方回来，回相同的地方去。火车在夜里经过许多大站小站，一些人下去，又一些人上来。夜很长，路也很长。人都稀里糊涂地睡，用大衣把自己蒙起来，也是因为冷，也是因为人睡着了样子都挺俗气，像傻瓜，像可怜虫。等到车厢里的灯光唰地灭了，窗外现出远山和田野上的雾。人们推开大衣，找白天的感觉，尽快使自己懂得这是在什么地方、什么年代。两个人醒了的时候互相发现了对方，原来一直面对面坐着，原来夜里还都听见过对方的梦呓。

“怎么会是您?”几乎同时说。

又几乎同时问:“到哪儿去?”

回家。都是回家。大概就是在这时候,女人说起过她就住在太平桥,说得漫不经意,眼神恍惚还像在梦里。随后两个人又说起他们的朋友。

“这一宿睡得好吗?”男人问。

“那天,您刚走——”女人说,忽然瑟缩着望了望窗外。那儿,一团团淡紫色的阳光正在雾气中洇开。

男人不由得也朝女人望过的地方望去。

“那天您刚离开,他俩就出来了。”女人说,回过头来,“哦,我睡得挺好,做了一宿梦。”她见男人望得那么专注,倒不知外头究竟有什么了。

“没什么。野外的早晨快给忘光了。”他也回过头来,望着她,如同望着那片雾。“那天,我是怕我碰上那种场面不知道该说什么。”

“还是您聪明。”

“我怕那种时候有别人在场,是不是好。”

“您干吗不也提醒我一下?”女人说。

“到底好不好我吃不准。谁也不知道谁是怎么回事。照我想天奇顶多一个人听听音乐喝几天闷酒,可他失踪了。”

“失踪了? 您说什么,天奇失踪了?!”

“您还不知道?”

“什么时候的事?”

“那天之后我见过他一回,后来就不知他到哪儿去了。”

“怎么会呢,”女人说,“别人也不知道?”

"谁也不知道。有好久了。就好像忽然间没了。"

车厢里还很安静,嘁嘁喳喳的低语声和火车的行驶声混合在一起。某一处行李架上吊着一只玩具帆船,和窗外的雾气一个颜色一样朦胧。

"晓堃说,其实他俩有一年多谁也不跟谁说话了。"

"她是怎么说的? 为什么?"男人问。

"是天奇先有什么话都不跟她说的,她怎么知道为什么?"

"是吗? 她这么说?"男人无可奈何地笑笑。

"他怎么说? 天奇这家伙是怎么说?"

"这么问,咱俩也快打起来了。"男人笑笑,这一回笑得挺宽厚,又说:"咱俩要是吵起来,最后也是弄不清是谁先吵的。"

女人笑起来,突然停住又突然大声笑起来,终于醒了,又漂亮又有生气。在她背后不远的地方,那只玩具帆船有节奏地荡,像一只钟摆。

然后她觉得自己太放纵了。

"晓堃告诉我,"她说,"天快黑的时候屋里还没有点灯,她常乘天奇不注意半天半天地偷着看他,不是在看,是在读,读不懂他。"

"天奇也一样,真想把她读懂。"

"可她读了这么多年,还是没读懂。"

"天奇也是一样。"

两个人沉默了一会,看着田野村庄和太阳都在亮起来。

"刚才您说什么? 做了一宿梦,您?"

"我要么整宿整宿失眠,要么睡着了就整宿整宿做梦。"

男人眼睛一亮:"怎么您也这样?"仿佛他一直期待的就是这个,却又不期而至。

"您也是吗?"

“嗬,简直!”

“是——吗!”女人含笑甩一下头发。

“我平生最遗憾的一件事,不,是之一,最遗憾的事之一就是所有我做的那些千载难逢的好梦全都记不住。”他想了一下,看见女人的目光一直没有离开他。“吹个牛吧,要能记住哪怕十分之一,我的小说就会写得比现在强一百倍。”

女人笑得又倾心又着迷:“我的梦倒是全都能记住,您先听我说,可我一点儿都不懂我怎么会做那样的梦,稀奇古怪简直不着边际。”

“说一个行吗?”

“譬如,我梦见自己长了条尾巴,上面全是鱼鳞。”

“还有呢?”

“我浑身湿淋淋的冷得发抖,到处不见一个人。”

“嗯。然后呢?”

“记不清了。好像是……不行,实在是忘了。”

男人把一支烟捏来捏去,想这个梦,把烟放在鼻子下闻,把烟捏软了从中抽出烟梗。这期间女人做着自己的事,但注意力都在他那儿。

“这样不行。”男人说。

女人立刻停下手里的事。

“光说这么一点儿不行。”他把那支烟点着,透过烟雾看了她一会:“有一种释梦的方法,您知道吗?”

女人坐在太阳里。还有她背后那只帆船,也被太阳染成金黄,安安静静,飘飘荡荡。

…………

男人说:“您总算还记住了您长过一条尾巴,可我,所有的梦都记不住。”

“您别笑，”他又说，“为了回忆起那些梦，您不知道我白白浪费了多少个白天。”

“想起来多少？”她问，兴趣很浓的样子。

“总在快要想起来的时候，忽一下又全没了。”

“既然您说的那种释梦的方法，可以把忘记的事引导出来，您干吗不自己试试？”

“自己跟自己？”

“那怎么不行？行吗？”女人的目光里抱着相反的期望。

“就是说，自己想跟自己说什么就说什么，是吗？好主意。自己跟自己胡说八道一通，同时自己听自己胡说八道一通，然后一本正经地去吃喝拉撒睡，井井有条。您这主意好。这一下就太平无事了。您信不信？要能这样，世界上就保险什么问题都没有了。”

他每说一句，她就笑得更厉害一点。

“也许您行。”男人又说，“喂，这么坐着可真他妈冷。”

天空光秃秃的，展开在树梢上。树枝细密如烟，鸟儿寥寥落落地叫。

“天奇还没有回来？”

“无影无踪。”

不知在什么地方，或许有一个年轻的樵夫，远远的有清脆的劈裂声传来。细听，又像没有。

“其实这方法本身倒是挺不错，不必非释什么梦不可。”女人说，然后突然被自己的想法震动了，变得生气勃勃：“要真能那样可真不错，想说什么就说什么，说什么都行。”

“自己跟自己？”

“当然不是。互相，人和人互相，想说什么说什么。”

“说什么?”

“就按您说的那个释梦的方法,百分之百怎么想就怎么说。”女人惊愕地看着男人,仿佛想了一下遥远的往事。“啊? 您说是不是? 是不是挺棒的?”

“是挺不错,倒是挺不错的。”男人故作镇静。他讨厌故作镇静,在这个意义上他羡慕女人。

“真太棒了,”女人说,“嘿! 其实我觉得那真太棒了!”

“不过你也许没明白,我说的百分之百是什么意思。”男人站起来使劲跺脚,“喔哟,咱们溜溜吧,脚都冻麻了。”

方砖小路,干冷、空净。老麻雀瑟缩着时起时落,熬着冬天。

轻轻的劈裂声,很远。

“我当然明白。真的,我确实觉得那太够意思了。我明白你说的百分之百。”

“连自己挺糟糕的念头也能说。”

“就是就是,连那些丑恶的想法也可以说。”

“连那些有失尊严的事。”男人说。

“甚至一闪念的罪恶心理。可惜我一会儿还有事。”她捏着手表算了一下,又抬起头。“嗬,那可太棒了! 真是太棒了。”

“我不知道你是怎么理解百分之百的。”

“甚至胡说八道都行。”

“对对对,胡说八道。胡说八道都行,只要想。”

“其实人需要有这样的时候。”

“需要这样的机会。”“太需要了。”“真是,是。”“老那么戒备森严的……”“老那么仪表端庄的受不了。”“就是,太受不了。”“等于自找苦吃而且……”“其实没必要。”“而且,对了,根本没必要。”“况且活得就够不容易的了。”“还得提心吊胆小心谨慎,他妈的要是那样还不如……”“不行，我的时间快到了。”“我是说，要是那样还不如谁也不认识谁。”“对了，那样倒还好受，说不定。”“要不就什么都可以说，不必在乎。”“什么都行，完全随便，再说……”“谁也不用担心说得不合适。”“再说人和人太需要这样了。”“太需要了。”“其实非常需要。”

“我不知道你是不是觉得这样挺棒的。”

“是挺棒的。”

“其实是挺棒的。”

“甚至包括心里一些阴暗的东西，都可以说。”“都可以。”“连他妈的一些绝对算不上高尚的想法。”“都可以，全都可以。”“连一些他妈的……嗬，我今天脏话真多。”“这挺好，真的，骂得又真诚又坦率。”“是吗？”“当然，人有时候得想说什么就说什么。”“是。”“想怎么说就怎么说，毫无顾忌。”“谁也不怕谁看不起，因为谁也不会看不起谁。”“啾！我就是这么想的，我正要这么说呢。”“一套一套的礼貌让人发晕。”“没错儿没错儿，晕过去，而且不是心理的简直是生理的。”“生理的，直接恶心你的肠胃。”“唉——，我真得走了，下午还得上班，还有一个手术得做。”

黑色的树干成群地默立，徒然高举着密密匝匝的枝条。老麻雀出没其间。还有冻硬的土路，在林间蜿蜒，挂一层往日的苔藓。果真有一位樵夫的话，必是一位年轻的樵夫，清脆的劈裂声响在苍白的天空里。

“天奇会上哪儿去呢？”她问。

“不知道。”

“没再问问别人？”

“没人知道，”男人说，“谁也不知道。就像写小说。”

“像写小说？”

“上帝把一个东西藏起来了,成千上万的人在那儿找。”

“找什么?”

“问得真妙。问题就是,不知道上帝把什么给藏起来了。谁也不知道。”

或者是一位号手。果真是一位号手的话,肯定是位年幼的号手,手艺极不精到,躲在那一片灌木丛里不知疲倦地吹着,把清脆的劈裂声吹给空旷的冬天。

…………

细雨无声,且无边际。男人一路走一路打听,问了多少人都说不知道太平桥在哪儿。“太平桥? 不知道。”把他上下打量一番摇摇头走开。

灰色的天底下几条灰色的小街。他站在街口,还没拿定主意怎么走,已经听见路面上响起一个人孤独的脚步声,才知道是自己的。细雨无声,无边无际。

河水流过城市的时候变得污浊,解冻的一刻尤为丑陋。但春天的太阳在哪儿都是一样,暖和而又缥缈。

“你那些梦,怎么样,想起一点儿来没有?”

“没有。一点儿也想不起来。记性坏透了。我甚至有这样的时候,到很远的地方去找一个人,东打听西打听,等到了地方却一点儿也想不起为什么要来了,只好又回去。”

女人吃惊地看着他,然后又看着那条河。

“写起小说来也常这样。兴致勃勃地写,兴致勃勃兴致勃勃,忽然间,假如意识真像一条河流的话,这时候准是遇到一片沙漠,全被吸干了,既想不起为什么兴致勃勃,也想不起为什么不兴致勃勃。想一个下午也想不起来。”

“可还写。”女人说，带着同情。

“可还写，”男人说得漠然，“像是上了贼船。”

正在消融的冰雪像一团团陈年的棉絮，在河上缓缓浮游。清新而凛冽的空气中，或者是太阳里，一缕风琴声重复着一首儿童的歌。

“我不知道你是不是还……”男人正要说什么，被女人打断了。

“唉——，都这样。”女人说。

“什么都这样？”他问。

“都是不知道为什么，可还干。”

“好像是，为了，晚上，”他一步一步推想着说，“睡觉的时候，睡觉的时候你得能觉得，觉得自己还是干了点儿什么的。就这么回事。”

“干了点儿什么呢？”

男人点上一支烟。风琴声无比宁静。这附近应当有一所小学校。应当有一个梳辫子的年轻女教师，在练琴。

“我不知道你是不是……”男人要说什么又被女人打断了。

“那天我们抢救一个病人，”女人说，“在抢救之前我们就知道，即使救活了他也肯定是个白痴了，甚至又傻又瘫。”

“活了？”

“活了。”

“怎么样？”

“跟我们抢救之前知道的一样。”

“混蛋你们。”

“可在医学上，这是个出色的抢救。”

“说不定正有人把它写成论文呢吧？”他说。

“这样将来的抢救才可能更好，不傻也不瘫。”

男人抽着烟不说话。

女人说："你不能不说，这是个站得住的理由。"

她又说："只要你不再往下想。只要你不再想那个被救活了的人。只要你不想，一个人，即便不瘫不傻又怎么样。"

"我不知道你是不是还对我们上次说的事感兴趣？"男人终于说，说得很快很突然。

"什么？哦，当然。"

"我想你没准儿已经觉得没劲了吧？"

"没有。"

"可是看样子你兴趣不大似的。"

"没有没有，我还怕你觉得没劲了呢。"

"你还觉得那样很棒吗？"。

"没有。哦，不不，很棒，还觉得很棒，我是说我没有兴趣不大似的。"

"你好像在想别的。"

"噢——，我在听这琴呢，"她说，声音很轻，伸起一个指头指一下，阳光里的琴声仿佛都集中到她这个指头上。

无缘无故地相信那是一个梳辫子的年轻女教师，在练琴。礼拜日，孩子们都回家了，她独自走进教室，在这之前她梳洗过了，现在坐在琴前，按动琴键，满室阳光，一排排小桌椅如同所有的男孩子和女孩子……

"其实不对，我知道了！"她霍地转过身来看着他，"不是得能够觉得自己还是干了点儿什么的，不是，不是这么回事。"

"嗯？说呀！"

她又想了一下。"是得能够觉得，自己是还干了点儿什么的人。差一个字懂吗？"

半晌，男人张着嘴，让烟自己一点点儿冒出来。两个人一块看着那烟一点点儿冒出来，飘散。然后男人说：“懂。只差一个字，可意思差得多了。”

“是吧？”女人说，像是解开了一道题那样有点轻松。

“这样就可以睡一个安稳觉了。”男人说。

“这样早晨起来一出门你就能结出一层硬壳把你罩住，防着有人看不起你。”男人说。

“如果你觉得有人看不起你……”“如果有人看不起你，你就想一下，我是还干了点儿什么的人。”“对对，就这么回事。”“如果再有人看不起你，你就再想一下，他还不知道我他妈的是作家呢，或者是他妈的别的什么呢。”“就是就是，就是这么回事。”“你就瞅机会让他知道知道。”女人连连点头，笑着。“可是他妈的人家先让你知道了，人家是干了两点儿什么的人。”女人笑得厉害。“得，你就下决心跟傻瓜似的没日没夜地干吧，干两点儿干一百点儿让他妈的谁也别瞧不起咱们。”“最后连自己是什么全忘了。”“不不，没忘，是干了一百点儿什么的人。”“一百点儿什么呀？”“对了，就是这个，他妈的老闹不清楚。”

“唉——，硬壳。”

“盔甲。”

“我是用假面具这个词儿。”

“嗯——！这词儿好。假面具。这词儿好。”

“因为你还得能随时换一套。”

“嗯——！有时你得装得像是满腹经纶不动声色，有时候，又得装得豁达大度虚怀若谷。”

“或者是信心百倍毫不含糊。”“或者是稳重，他妈的我得深沉点儿显得有分量。”“还有乐观，虽然一会儿你没准儿想自杀。”“还有幽默,不过幽默是没法儿装的,一装就像傻瓜。”“还有坚强,还有和蔼。”“假面具,这词儿真他妈用得棒!”“装得浑身酸疼,晚上往被窝里一钻盼着天别亮。”“你还得装得就像根本没装。”“装得像是根本不会装。”“装得像是最讨厌装的人。”

“那……咱俩呢?”

“咱俩要是不装怎么会知道得这么清楚。”

“真他妈对。”

琴声。一阵快板之后又是慢板,缓缓如伴流云。河里,云在走,水也在走。有几个孩子,来到教室外面的窗根下,心想这是什么歌呢?他们一个驮一个,轮流扒着窗户往教室里看。女教师闭上眼睛弹,沉醉在自己的琴声里。孩子们想,明天就要学这支歌了,明天……

“好多年以前,晓堃就说,得找一个把所有假面具全都摘下来的地方。”

“那时天奇也是这么说。”

“全摘下来,休息休息,得有一个能彻底休息休息的地方,那时她说。”

“那时天奇也是这么想的。在那儿你怎么想的就怎么说,你是什么就是什么,用不着防备。”

“用不着维护尊严。”

“主要是用不着维护。”

“维护可太累了。”

“因为在那儿压根儿没有丢人这么个概念。”

“嘆,那可太棒了。不过可不是在一个没有人烟的荒岛上。”

“当然不是。嫦娥其实是被罚到广寒宫去的。”

“可是据说,他人即是自己的地狱。”

“可你别忘了，在哪儿碰到地狱，在哪儿才可能找回天堂。”

“广寒，唉——，这名字。”

“‘阿波罗’带去了人的标志，金子铸成的一个标志，上面是一对赤身裸体的男女。”

“那时晓堃说，连男女之间那种赤裸的相见都是为了这个，为了彻底的自由，彻底的理解。”

“至少，你觉得男女之间那种事很美，主要是因为这个。”

女教师弹琴，一直弹到月亮升起来。几个孩子趴在月光里，听得入迷。树影轻摇，弄不清这琴声来自哪里。

女人说：“嗽，我又记起一点儿我的梦来了。”

男人在夜色里看着她。

“我走出森林，”她说，“走下山，走下山然后走出森林……”

…………

男人和女人频繁相见的时候，远方的鹿群早已来到夏栖地。它们贪婪地吃着青草和嫩枝，一心一意准备着强壮的体魄，夜里也在咀嚼。与此同时，可爱的幼狼也在盼望着长大，不断嗅着暖风里飘来的诱人的气息。

对一个人来说，这个星球还是太大了。在这个椭圆的球面上，每时每刻都发生着数不尽的似乎是绝不相同的事情。虽然对宇宙来说这个星球小得可以忽略不计。

在这个季节，城市时而在烈日里喧嚣，时而在暴雨里淹没。

暴雨倾泻的时候两个人站在城郊的山岗上，站在两顶雨伞下，周围只有雨没有别的。只有雨声，只有被雨激起的泥土味草木味，没有别的。只有两个人站在雨里，其他什么都没有。

“你觉得那样可能吗？你觉得两个人无话不说，这可能吗？”

“我觉得那样确实挺好的。”

“我没说不好。可你觉得这可能吗?”

“你觉得不可能?”

“大点儿声,你说什么?!”雨声很大。

“我说!你觉得不可能吗?!”

“我不知道。不过我想照理说应该是可能的。”

“照理说怎么啦?!”雨声很大,雷声也很响。

“照理说!我想应该是可能的!”

“照理说。是呀,照理——说。”

“不对吗?”

“我不是说不对。对。可实际上呢?”

“我说的就是实际上。实际上能吗,你觉得?”

“我觉得我能,我不知道你。”紧密的雨点打在伞上像是敲鼓,很响。“我说我觉得我能!我不知道你!不知道你觉得能不能!”

“我没问题,我一直希望人和人能这样。”

“我也是。”风声,或者是漫山遍野草木的欢呼声。“我也是!一直觉得那样非常难得!”

“光说好听的高尚的光明的,那很容易。”

“那还叫什么无话不谈呀?那没劲。”

“那样的话到哪儿说去都行。”

“大声点儿!我没听见!”

“我说!要说那种话到哪儿去说都行!”

雨声,雷声,山下的水声,大极了。

“就是,到哪儿去说不行啊?何必非……”

“人这一生中,绝大多数的时候倒像个囚犯。”

“什么?!”

“我说人活一辈子!倒是像个囚犯的时候多,不能乱说乱动。”

"就是。我说你说得对！我常常觉得我自己就像个囚犯，这个世界处处得小心！"

"所有的人差不多都像囚犯。"

"又都像看守。"

"嚄，说得太对了！不过看守更是囚犯，看守更得随时小心着，更没有自由。"

"嗷！我还没想到这一层。"

"是不是？"

"是。所以好多年以前晓堃说，人干吗非要爱情不可？就是为了找一块自由之地。"

"那时候，天奇也这么说。"

"在那儿谁也不是囚犯，谁也不是看守。"

"彻底自由，互相又彻底理解。"

"不对不对，是因为互相彻底理解，才彻底自由。"

"是是，天奇也是这个意思。"

"唉——，为什么不能那样呢？"

"为什么不能？龟孙王八蛋的，我说能！"

"嘿，我能不能也骂一句人？"

"你说什么？！"

"我说！我也想像你那样痛痛快快骂一句！"

"什么你说？！"

"哎呀——！"

雨又紧起来。雨大一阵小一阵，两个人等这一阵过去。

"说吧。你刚才要说什么？"

"没什么。"

"不对！你想说就应该说！"

"我说,我也想骂一句人,行吗?"

"当然可以。"

"有时候真想也像你们男人那样使劲骂一句。"

"骂吧,我听着。这太棒了,冲着全世界骂。"

女人笑着。

"骂呀!"

"可骂啦?非常非常难听的?"

"非常非常响亮的。我洗耳恭听。"

"真的?"

"真的。骂呀!"

暴风雨里响彻了女人的笑声。"这就行了,这已经就行了!"笑声又纯正又疯狂。

这时候女儿坐在教室里。教师的课讲完了,离下课时间还有几分钟,老师出一道智力题给全班的学生。"世界上有几种人?要求十秒钟回答。"学生们抢着回答。有说三种的:黄、白、黑。有说五种的:白、黄、棕、红、黑。老师笑笑:"两种,同学们,两种——男人和女人。下课!"

雨小了,渐渐看清了城市,不久雨停了。

"你的女儿还是那样觉得什么都没意思?"

"还是那样。唉——,还是那样。"

两个人穿大街过小巷。一路上有人跟他打招呼,也有人跟她打招呼。一会是她不得不停下来跟人应酬几句,男人在一旁等着。

一会又轮到他必须跟几个人点头微笑,女人站得远远的听不见他们说什么。

在一处安静一点的冷饮店里坐下，两个人都有一种重返尘世的感觉。屋子里很凉快，有隐隐约约的钢琴声，旋律很简单。窗外是轰轰烈烈的太阳，是河水一样翻涌的人流，无数鲜艳夺目的阳伞在上面漂浮，像碰碰车那样碰来碰去似乎没有目标。

“不是出了什么事吧？”女人问。

“没有，”男人说，“这是礼拜日。”

饮料的泡沫响起一片沙沙声。

在有地毯的屋子里，人们的谈话声都显得温文尔雅，动作都小心翼翼，表情都不过分。只有一个小孩出声地嘬着一块雪糕，吃得醉心掩饰不住自己的愉快，母亲在告诫他。他不断扭转身子盯着所有桌上的所有的好吃的东西，奇怪别人为什么都不喜欢吃，一边把自己的雪糕吃得满身满脸都是。母亲强压着怒火在轻声告诫他。

“我想，我们说过的那些话，你最好别对别人说。”女人对男人说。

“当然。我不会对别人说的。”

“不是最好，是绝对，绝对别对别人说。”

“放心，我懂。”男人说。

“你懂什么？”

这时服务员把点心端来了。两个人看着服务员把点心一碟一碟放在桌子上，又沉默了一会，估摸服务员已经走远。

“你懂什么？”

“别人也许不会理解。我们说的那些话恐怕很少有人能理解。”

“不理解就会把这想得很坏。”

“其实是很高级的事，要是能理解的话。”

"不过你别跟别人说。"

"这我知道,这你放心。"

"对谁也别说。"

"当然。我还能对谁说呀?"

"就连你认为能够理解这事的人,你也别说。"

"你放心好了,没问题。"

"我跟你说那些话是因为我对你特别信任。"

"那你就信任我吧,我不会对任何人说。假设我要对谁说,我也会事先征得你的同意的。"

"不,对谁也别说。"

"我是说假设,假设我要对谁说我也会……"

"别假设,连假设也别假设。就是对谁也别说就够了。"

"那好吧。"

那个小孩的雪糕吃完了,磨着母亲再去买一块。母亲低声斥责他:"看下回还带你来吗? 下回哪儿也不带你去了。"小孩只想再吃一块雪糕,完全顾不上下一回的事。母亲又去买了一块回来。

小孩继续吃得津津有味。"下回还带我来。""不带。""带!""你这么不听话。""带!!""好好好,那你听话。"小孩赶忙坐得端正些,像大人那样长出一口气由衷地看着母亲,不再把雪糕嘬得那么响。

"也许真的是不可能。"

"我绝不对任何人说就是了。"

"也许只有两个完全不相识的人,才能想什么就说什么。"

"完全不相识?"

"你不知道我是谁,我也不知道你是谁,说完了,你走你的我走我的。"

“你还是不相信我。”

“我认识的人你都不认识,你认识的人我也都不认识。说完了各走各的路。”

“你还是不相信我,这我可没办法。”

“我不是这意思。我愿意相信你。”

“你呢?你会把这些事跟别人说吗?”

“我?我当然不会。我怎么会?”

“那好,你就像相信自己那样相信我吧。”

在一片楼群中间的草地上,男人躺在那儿,用那本地图盖上眼睛,听蜂飞蝉鸣。向日葵展开一圈耀眼的花瓣,追踪太阳。

不久,一个老太太拄着拐棍走到他身旁,不出声地惊愕地看了他好一会,然后把拐棍在地上使劲戳响。男人一骨碌坐起来。

“我当你是病倒这儿了。”老太太说。

“我走得有点儿累了,躺在这儿歇歇。”

老太太依然心有余悸地盯着他:“不要紧吧?”

“不要紧不要紧,”他说,伸伸懒腰打了个冷战,站起来跺跺脚,“您知道太平桥在哪儿吗?”

老太太或者有九十岁,或者更多,眼睛是灰白的。“太平桥?”灰色的眼珠转动一下,“怎么还有人问这个地方?”

“您说还有人?”

“多少年没人问啦!”她的脸不住地晃,上唇裹一裹下唇,仰脸看看四周的高楼,“这地方原本就叫太平桥来着。”

“地图上写的可不是。”

“地图?”老太太极轻蔑地瞥一眼他手里的地图,说:“早多少年就不这么叫啦!你找谁?叫得上太平桥来的人我全认得。”

“一个女的,三十多岁。”

“三十多?三十多岁的人谁还知道太平桥?”老太太在心里哼了一声。

“她说她常到那座桥上去站一会儿的。”

“什么您说?”老太太…带喘地笑起来,“我都没见过太平桥,早拆啦,我奶奶的奶奶怕都没见着过。”

“会不会现在还有个太平桥,不在这儿?”

“那我可不敢说。我就知道有一个太平桥。”老太太一路笑着走远了。

海潮淹没了太阳,接着又呼唤月亮。

“晓堃说这不可能。晓堃说,好多年以前她和天奇也是这么打算的,他们结婚的时候都以为是找到了这样的地方。”

“是,这我都知道。”男人说。

“后来证明不是。后来证明这不可能。”

“他们不能,不证明这不可能。”

月光很亮。月亮里那些稍暗的部分,据说是“海”,是一片荒原。“阿波罗”带上去的那座人类的标志就在那荒原上。

“也许我们也是被什么更高的智慧送到地球上来的,为了一件我们不可能理解的事。”

“这很可能。很可能我们也是一种标志。上帝把他的动机藏起来了。”

“你最近又写了吗?”女人问。

“小说?没有。我不知道上帝是什么动机。”

“不管是什么动机,我们来了。人,来了。晓堃说,来了之后发现太孤单……啵!你等一下,我的梦又想起一点儿来了。我出了森林，在一条路上，走，一个人，看见很多房子很多非常漂亮的房子……对，我想起来了。我走进那些房子，房子里没人，所有的房子里都摆设得非常华丽，床啊桌椅啊灯呀地毯呀都布置得非常舒适，可是没有人。”

“然后呢？”

“我看遍了所有的房子，都没人。”

“然后呢？”

“我直发慌，使劲喊，还是没有人。没有人。”

“然后呢？”

“记不清了。”女人叹口气，看着月亮。

月亮挑逗着海，海便不得安静，焦灼地涌荡。这是潮汐，是月亮和海的摩擦。在月亮和海之间，有一股无形的力量。这力量开始于何时是一个问题；这力量将结束于双方的安息之日，是没问题的。

“我有点儿明白我的梦了，就因为一个人太孤单了所以到处找人。晓堃说得真对，最后找到了爱情那儿。”

“天奇也没有说错。天奇也是这么说的，也是真心这么去做的。”

“可是能够互相彻底理解的人实在是太少了，都戴了假面具。在父母那儿是一种，在朋友那儿又换上一种，在男人那儿一种，在女人那儿又是一种，大家都把自己包裹上一层东西再见人。这我们已经说过了。最后就只剩了一个指望：爱情，一个彻底自由的地方，什么都可以说，什么什么都可以说，什么都可以做。”

“这太难得了。”“可这不可能。”“他们没做到，并不证明不可能。”

“你就像在海上，在无边无际的水呀浪呀里，漂呀颠呀摇呀想找到一个岛。把船拴起来，你躺在沙滩上也行，礁石上也行，不遮不掩地随心所欲地歇一会儿。连男女之间赤身裸体地在一起，连那种事都是一种象征，彻底的给予和彻底的接受，整个一个人整个一颗心，不需要任何乱七八糟的玩意儿来掩饰，不需要，完全不需要。”“这太棒了，你知道吗？这太棒了。”“可以随意说点儿什么，不必用脑子，不必思前想后的怕哪一句说得有损自己的形象，又怕哪一句显得不够尊重对方。”“这不是不可能的。”“是不可能，晓堃说得对。”

“晓堃？”男人不以为然地笑笑：“晓堃还知道什么？”

“知道天奇现在到哪儿去了？”女人说。

“嗯？”

“她知道他还在找，找那不可能找到的东西。”

“可怎么见得就找不到呢？”

“你刚才说那样的地方太难得了吧？好。你承认那样的地方太少太少了吧？好。我想你会同意，找到一个那样的地方实在是太不容易了吧？甚至错过一个机会这一辈子就可能再也找不着了，是吧？那好。”

“又怎么样呢？”

“你好不容易找到的，你会轻易把她失去吗？”

“当然不。我凭什么要失去？”

“但是你可能失去。”

“我可以不失去，我可以尽我的努力不失去。”

“唉——，可惜让晓堃说对了。你怎么努力？你一旦感到可能失去，一旦怕她失去，你就会想把握住她，你就开始要猜疑了，你就会对她的一句话想很多很多，拼命想弄清楚她为什么那么说，你想不清楚你就拼命让她解释清楚，可她只不过是随便说说而已的，没动脑子,根本没动那么多脑子,连她自己也不清楚为什么要那么说!”

“好不容易找到了,”男人说,“不愿意轻易失去,这总不算错吧?”

“问题就在这儿,问题就是这并不错。”

“互相解释一下,这不对吗? 否则怎么彻底理解?”

“这也对,可糟就糟在这也对。一切都对,可到最后就是没完没了的猜疑和解释不完的解释,成了习惯,成了习性,成了条件反射。其他的倒都忘了。”

“这不是猜疑。”

“也可以不叫猜疑,可你总在想对方的话到底是什么意思,这意思会不会使我失去她。不叫猜疑也可以。可是最后你就不敢想说什么说什么了,因为有些想法你自己也无法解释,你还敢说吗?”

海潮涌起来又落下去涌起来又落下去,落下去又涌起来,对着月亮叹息。叹息声不知几万里远。月亮只好按照自己的轨迹运行。

“老天,我不知道错在了哪儿。”男人说。

“不知道。”女人说。

“也许万恶之源就在猜疑。”

“你害怕失去她,这一点儿都不错。”

“也许应该相信根本不会失去?”

“凭什么呢? 什么可以保证根本不会失去?”

“也许不想解释就别解释?”

“不是不想,是不能! 是无法解释。”

“那就别解释。”

“可他想知道。不解释只会使猜疑加重。”

“他可以不问。”

“他可以嘴上不问。他眼睛里和心里不可能不问。另一方呢？随时感觉到他在问。”

“心里也别问。心里也不问，行吗？”

“咱们又说回来了。除非你不怕失去她，这办得到吗？你要是不怕失去她，你也就不会那么想要得到她了。”

男人说，我并不是要占有一个人。

女人说，你要只是想得到一个人那倒好办了，可能有那样的人，一辈子都是你的。可你做梦也想要的是一块自由之地，这样你一旦害怕失去，她就已经失去了。

中午的太阳“轰炸”着城市。最热的时候，到处都是太阳的声音。人差不多都躲起来了。洒水车无精打采地开过去，敷衍着响几下铃铛。水就像是洒在烧热的炉壁上那样，变薄、缩小，说不定还有几颗水珠吱吱地滚动几下然后消失。水泥路面上浮着一层抖动的蒸气，使一只过街的野猫变得弯弯曲曲。

野猫仓皇奔逃，蹿进一幢大楼的阴影里卧下来喘息，回过头去望，不明白那些闪光的地方是不是一条路。

路边，树荫遮不到的地方有一条石凳。

“站会儿吧。”

“就站会儿吧。”

两个人站在梧桐树的影子里。

“如果稍微解释一下呢？”男人说。

“稍微？”女人看着他的影子，“怎么稍微？”

“主要是表明愿意解释，是否解释得清楚倒不重要，倒在其次。”

男人的影子像一个日晷。女人说：“那不知又会引出多少需要解释的东西来。”

“会吗?”

“解释不清的解释就又是一个新问题,新问题又需要解释,又解释不清,这就没完了。”

“我们干吗一上来就不相信,是可以解释得清的呢?”

“太阳解释得清吗?太阳?”

太阳自古以来就待在那儿,像现在一样坦坦然然不隐瞒什么。万物都与它有关。关于它,一定有一个清楚的解释默默地存在着——不妨这么相信。可是,自古以来,关于它,有多少回解释就有多少回尚待解释。

“那回,晓堃只是对天奇说她想一个人待一会儿。她说‘你该干什么干什么去,我想一个人待一会儿’,她就说了这么一句。她确实只是想一个人待一会儿。”

“天奇说什么了吗?他不是什么也没说就立刻到过厅里写他的东西去了吗?还要他怎么样呢?”

“关键就是这句‘还要他怎么样’。晓堃要他怎么样了吗?她完完全全就是想一个人待一会儿,没有其他意思。”

“可天奇什么也没说就出去了呀?”

“是什么也没说,可你看他那脸色吧!他把门使劲一关,嘭!使劲那么一关,心里就是说的那句话——‘看你还要怎么样!’。”

“不不不,这是晓堃的误会,天奇绝不会说看你晓堃还要怎么样,绝不是这个意思。”“那是什么意思?”“他是说,意思是说晓堃你还要我天奇怎么样呢?”“这不一样吗?”“这不一样。”“我看不出有什么不一样。好吧。关于这件事他怎么跟你说的?”

“天奇说,他知道是因为什么。”

“什么因为什么?”

“他知道晓堃为什么说想一个人待一会儿。就因为上午天奇要写东西，那天是礼拜日，第二天他必须把那篇东西写完，交稿，他就对晓堃说，你带着女儿出去玩玩吧，或者上谁家去串个门吧。就因为这个，下午晓堃回来就不搭理天奇，就说她也想一个人待一会儿，让天奇该干什么干什么去。是不是这样？”

“根本不是。她就是随便那么一说，她那会儿心烦想一个人待一会儿。”“说漏了，心烦？心烦什么？”“哎哟——！请问人可不可以有心烦的时候？”“当然可以，天奇也没说不可以。可天奇不知道她为什么心烦，问她她也不说，就让天奇出去。”“心烦什么？”

“天奇一写东西其实就烦晓堃，不想让晓堃在他身边。这样的事好几次了，好几十次了，好几百次了！”

“写东西的时候怕人打扰，这我懂。”

“你是这样，可天奇不是。”

“是怕人打扰，对这点晓堃应该能理解。”

“对这点，开始晓堃非常能理解，可后来发现不是这么回事。实际上天奇认为他干的事晓堃一点儿都不懂，其实他根本就看不起晓堃。”“这不对。天奇总是跟我说，他心里要是没有爱情，他简直就不知道为什么还要写诗写小说。”“心里的爱情！可这不一定是指晓堃。”“这你可错了。他总是说真正的爱情只有一次。”

“也许是下一次，为什么不可能是下一次呢？也许他已经感到这一次不是真正的了。”

“那是晓堃要那么想。”

“晓堃不会无缘无故那么想的。譬如说，那心里的爱情要是指晓堃，天奇为什么还担心没有爱情？”

“他担心了吗？真是怪事，他什么时候担心了？”

“他说心里要是没有了爱情，干吗还要写诗写小说。这话他说了吧？这不是担心是什么？”“他说的是‘要是’，是说如果是说假设。”“假设！他根据什么做这样的假设？一切都是平平安安的，会想到要假设人类毁灭吗？”“他随便一说罢了。”“爱情可不是随便一说的，你这么随便一说，她心里会怎么想？”“那怎么说？一说爱情就得像写一本书那样字斟句酌再加上一二三四一大堆注释吗？”

“我没说要那样。可随便一说跟随便一说可以完全不一样。天奇要不是感到他心里的爱情已经不那么来劲儿了，他不会这么随便一说的。任何看来偶然的东西都有必然的原因。”

“你只听了晓堃一面之词。”

“对不起，你也是，你也只听了天奇一面之词。”

“天奇不是担心自己不爱晓堃了，而是担心晓堃不像过去那么爱他了。”

“这种担心完全没必要。这担心一点儿根据也没有。事实是只可能天奇腻了晓堃，不可能晓堃不爱天奇。”

“晓堃担心会这样？”

“当然。哦，你别钻空子，她这担心是有根据的，你别笑。天奇既然总是担心，晓堃当然就会担心。”

“天哪天哪……”

“这一点儿都不可笑！天奇既然总是担心晓堃不像过去那么爱他了，你让晓堃怎么办？晓堃不知道怎么办才能让他感到还是像过去那样，事实上还是跟过去一样。晓堃就会担心，怕哪句话说得不合适又加重他的担心。晓堃是担心这样时间长了，天奇就不会再像过去那样爱她了。”

“好了，咱们都别把自己的感情加进去，你就客观地说说晓堃的那一面之词吧。”

一座座高楼在烈日下昏睡。有家阳台上挂了一串小尿布，低垂着一动不动。有人在屋子里伸懒腰，书掉在地上，没有声音。

“有些话，只是我们女人之间才能说的。”

“我懂你的意思。”

“是只有我们女人才能感觉到的。”

“那不见得。譬如说那天晚上，天奇希望他们能好好地亲热亲热。可晓堃一晚上都不理他。”

“那是因为天奇一下午都不理晓堃。”

“天奇正是想这样来打消白天的误会。”

“希望，打消。出于这样的考虑那简直像一个谈判会了。一个交易会。”“好家伙，没想到晓堃会这么想。天奇可是真心的。”

“每次都是吵了嘴，天奇就变得更亲热。”“这不对吗？”“你一想到对不对就已经不自然了，已经不敢为所欲为想说什么说什么了，生怕这个谈判会失败。小心翼翼小心翼翼，所有的动作都不对劲儿，都像隔着一层什么，都是技术性的没热情，每时每刻都有一种做戏感。”

男人不说话。

女人希望他能反驳她。

“天奇是在应付她。”女人说，仍然希望男人能反驳她。

男人看着楼顶上落着的一只鸽子。

“至少晓堃是这样，”女人说，“生怕哪儿做错了，总以为已经做错了，生怕他已经看出来她是在应付他。”她仍然给男人留着反驳的机会。

“天奇不知道他还能怎么办。”男人说。

“晓堃现在还盼着天奇回来呢，可是不知道他在哪儿。”

“他就像在梦游，自己也不知道自己在哪儿。”

“他回来又能怎么样呢？晓堃又怕他回来。”

“天奇要是知道这一切都错在了哪儿,他就会回来。”

“他要是能找到最初的那个梦就好了。”

“那就好了,就可以慢慢全都回忆起来了。”

一轮巨大无比的落日里,一个人在拉琴。

男人寻找太平桥经过这个人身旁,便向他打听。拉琴的人不回答,只顾埋头拉琴。

别人告诉这个男人:“你怎么问他呀?你仔细看看他。”

拉琴人的目光呆滞得像是已经死了,凡世的景物只不过在他的瞳孔里流过罢了。

“你再仔细听听他的琴声。”

琴声永远重复着那七个或八个音符,间隔长短亦为一律,凡世的音响不再惊动他。这是个傻子,很美很动人的一个白痴。

男人只好继续走自己的路。太平桥必定在某个地方。

“我找遍了所有的屋子,都没有人。我走过街道,穿过花园,走上长长的走廊、又高又陡的台阶,走到大墙的拐角、假山背后、草坪上和草坪上的树丛里,到处都不见人。然后……我可以如实说吗?”

“当然得如实说,”男人说,“那种释梦的方法唯一的要求就是实话实说。”

“然后我又走进一座大厅,这时候,我忽然看见一个人向我走来,一个女人。那我可就如实说啦?”

“是怎么就怎么说。”

“那女人赤身裸体一丝不挂,身体的每一部分都非常丰满非常成熟,你懂吗?非常匀称、健康,你懂吗?焕发着光彩、焕发着欲望，连我心里都一震。她从幽暗中向我走来，无声无息的一道白光，走得极其散漫极其舒展，极其不管不顾肆无忌惮，极其……”

“什么？”

“不。”女人想了一下才又说：“当我们走到一起的时候，我才发现那是一面镜子。你懂吗？”

“镜子。我懂。”

“好大好大的一面镜子。”

男人点一下头，抽着烟。

“把我吓坏了。吓得我赶紧跑开到处去找衣服，这时候我已经听见四处都有人声了。所有的屋子里都挂着衣服，可都是别人的衣服没有我的衣服，我想不起来把自己的衣服都脱在了哪儿，所有的衣服我穿着都不合身，挺费劲地套上一件又挺费劲地揪下来，这时候人声越来越嘈杂了。我顾不了那么多，东找一件西找一件好歹穿起来。总算松了一口气。可就在我这么一回头之间，发现原来在我穿衣服的屋子里早都坐满了人。幸好人们都在喝茶聊天，像是没注意到我。我慌忙往外溜，贴着墙往外溜，有人挡了我的路我也不敢出声，提心吊胆地等着，等人走开时瞅准机会溜了出去。哎呀，心想这下喘口气儿吧，找个地方歇会儿吧。忽然又听见笑声，所有的人都在笑，都看着我，原来他们不是没注意到我，而是一直都盯着我，看我做出多么可笑的表演。我那身衣服确实花花绿绿的不伦不类，像个马戏团里的丑角，我越是想把衣服抻平，整理得像点儿样子，笑声就越是一浪高过一浪。”

女人停一下，吁一口气，吁一口气也似潮水那样不平整。

男人靠眼神安慰她。

还有秋光，在安慰她。

她就又说下去。

“然后我走在城郊的路上。然后我走在野地里。然后我蹚过河，上了山坡。很高的山腰处是黑色的森林，我往那儿爬。我在一条土路上爬，一边是峭壁寸草不生，一边是悬崖，悬崖下云缭雾绕，峭壁随时要倒下来，悬崖随时要塌下去。前面出现一个隧道拱形的洞口，我爬进去，心想只要能再爬出来就是森林了，森林那边就是海。可这洞并不像我想的那样是隧道，而是一个没有出口的洞，数不清的金属拱架支撑着圆形的穹顶。我只好又往回爬，可是回去的洞口也被封死了，拱架支撑不住洞顶，整个洞就像一口大锅扣下来把我扣在了里头。我看见那教堂一样的穹顶上有一个洞，我攀着拱架爬上去，挣扎着想挤出来，洞口很小，把身上的衣服又全都挤掉了，这才算出来了，又是那么赤身裸体地掉在地上。回头看那洞口，又有一个人挤出来，也把全身的衣服都挤掉了，挤得浑身鲜血淋淋，她长得很像我，但我知道那不是我。那幸亏不是我，那个人挤出洞口一下子掉下悬崖去了。”

“你的女儿最近情绪稳定点儿了吗?”

“不，那不是她！绝对不是，这我非常清楚。我爬到悬崖边往下看，深渊里竟是一片和平景象，炊烟袅袅，房舍错落，鸡犬声此起彼伏，车水马龙秩序井然。有个男人拿着麦克风在唱，歌声悠扬又凝重，姿态又放荡又真诚。我在悬崖边想寻一条路下到深渊里去，可是找不到，当我看见一条路，悬崖就轰隆隆塌下去一大块，把路塌没了。”

“那个男人唱的什么?”

“很多。也听不太清。”

“可这很重要。对解释这个梦很重要。”

“好像有这么一句，我听不太清，可我感到总是有这么一句：今天你来了我不再忧伤，让我忘掉你曾漂泊远方。”

又到了一年当中最好的季节。鸟儿在天上飞得舒缓,落叶在脚下嬉戏。落叶就像玩累了的孩子,躺在床上还不死心,还要一直玩进梦乡去。(之后将没有什么再能打断孩子的好梦。)

山里的山楂红透了。山里五彩斑斓。

庭院中的柿子树硕果累累,使人想起春天的连翘,但比连翘黄得沉重。偶尔一两个柿子落地,砰然有声。

河水又深又宽阔,流得平稳。忽然一天,记不住是哪一天,蜻蜓都不见了,知了也不叫了。

男人说:“再没有比梦更诚实的事了。那大概免不了是深渊。”

“就算是吧,”女人说,“可在梦里我还是诚心诚意想要找一条路下去。”

“我想不必,既然你看出是深渊就不必。”

“我不是这个意思。我要下去,我是想下去,只是希望那不是深渊。”

“这样就好办。我也是这个意思,咱们可以不让它成为深渊。”

他们看见两个老人推着婴儿车走在一棵大树下,树冠如一顶巨伞支开,漏下斑斑块块的秋阳。(车里的孩子将会记住那金黄的树叶和枝叶间的蓝天,等他长大了,他将到处去找那棵树却到处也找不到了。)

男人说:“依我看,天奇和晓堃的全部错误就在于他们一定要结婚。”

“啾?”

男人又说:“结婚这东西纯粹是一种人为的保证,天真的愚蠢的条约。”

“问题怕不在这儿。”女人想:可能没这么简单,就怕没这么简单。”

“这东西压根儿就不该有。一有它，人就害怕失去它，一有它就说明人害怕失去它，结果反而失去它。所以不如干脆没有这个形式，这样就能打消怕失去的心理。对吗？”

“我不知道。你先往下说吧。”

“要是能彻底理解，要真是自由之地，就不需要这条约来维持，要是没有彻底的理解，根本不是自由之地，这条约就压根儿是狗屁。”

“这对。”

“要想不失去，先就别怕失去。”

“这行吗？”

“行不行也是它。你越怕失去你就越要失去。”

“这不错。”

推婴儿车的老人走过一棵小树，一片树叶落进车里，老人把它捡出来。（当孩子长大了，小树也长大了。当他千百次走过一棵大树的时候，他已经不认得这棵树，他已经忘了那个秋天这棵树上的一片叶子，在梦里抚摩过他。）

“天奇和晓堃互相失去了，就因为他们曾经太怕失去了。”“他们现在又在互相寻找，是吗？”“这样他们失去的只是那种怕失去的心理。”“天奇也在盼望回到晓堃身边来，是吗？”

“你有一万块钱你就怕丢，你丢了你就难过得要死，你没丢你也紧张得要命。”

“你真的不知道天奇现在在哪儿？”

“你不如相信那一万块钱根本就不是你的。你本来就没有。结果你有了，你就喜出望外了。一样的事。”

“真对，真对。”

“咱们反正是什么都没有了，来到这世上一无所有。咱们不怕失去，失去了顶多还是像刚来到世上时那样。”“咱们本来已经失望了，结果咱们又找到了希望，是吗？”“正是，正是这样。”“嗽，太棒了！”

他们看见那老人走在河边，河水里映出老人和那婴儿车的影子。老人走得那么缓慢，车里的孩子大概在这温馨的秋风里睡着了。（梦里他听见潺潺的流水声，多少年以后他在所有的河上找那声音，却再也找不到。）

“行了，我想咱们可以开始了，咱们可以毫无顾忌了。”“我不知道这是不是梦。”“这不妨就是你那个梦的继续，你的船终于找到了那个岛。”“那个港湾吗？那片沙滩？”“你可以随心所欲自由自在地歇歇了，不管是躺在沙滩上还是趴在礁石上。”“我怕这是梦。”

“你别怕这是梦，这就不是梦了。”“我可以相信这不是梦吗？”“或者不如像你说的那样，就当咱们是陌生人，那就可以想说什么说什么了，说完了各走各的路。”“可以想什么就说什么吗？”“完全可以。”“唔——，我要的只是这个。”

那个老人推着婴儿车走过树林，走过他们身旁。车里并没有孩子，而是五六只鸟笼。笼子上罩着粗针大线缝成的笼套，画眉都不叫。

“我想，我们大概还是弄错了。”女人说。

男人不语，抽着烟，望着街上的人群。

当若颠若狂的爱情之火稍稍平稳的时候，在如醉如痴似梦非梦的神游之后，男人和女人又似从天堂重返人间，落到地上，坐在一家小酒店里。

“给我一支烟。”女人说。

“你要烟？抽？”

女人点上烟，抽得很在行。

“喝酒吗？”男人问她。

“不。”

“女儿怎么样，情绪？”

“好多了。”

“怎么回事？”

“弄不太清。好像是从那次我同意她跟那个男孩子通信之后，她的情绪一下子就全好了。她决定学唱歌。”

“这挺好，她的嗓子从小就不错。”

“你呢？又开始写什么了吗？”

“写了一篇。就快结尾了。”

“知道为什么要写了？”

“知道了。不过是因为活着。”男人仰脸看看窗外的天。

“要下雪了。”女人说。

“你倒是不如喝点儿酒。”男人说，给女人斟满一杯红色的葡萄酒。

女人光是看着那杯酒，把酒杯在手里转动着，一个红色的小酒店也随之转动。“不过，我们也许还是错了。”

“说说看。”

女人叹一口气，然后每说一句话都是由衷的感叹：“我没有怨你。我是说我自己。我老是摆脱不了那种恐怖感。我怕再一次失去你。”

男人的酒是白的。他已经接近知道他们错在哪儿了。

女人说：“你说要想不失去，先就不要怕失去。可这本身就是怕失去。你说越怕失去就越要失去，可这本身正是怕失去。”

男人不说话。

“你说别怕这是梦，这就不是梦了。实际上你也是怕这是梦。我呢，当我说我可以相信这不是梦吗？实际上我等于是在说，没有什么东西能保证这绝对不是梦。对吗？“

男人不回答，有节奏地喝着酒。

“你说错就错在一定要结婚，结婚纯粹是人为的愚蠢的保证。可两个人相爱既然不是由结婚来保证的，也就不是因为结婚才使两个人担心互相失去的。”

男人点一下头。

“爱得越深越怕失去，越怕失去说明爱得越深。”

男人又点一下头。

“你干吗不反驳我？”女人使劲吸烟。

“我反驳不了你。”男人说。

酒店外面，飘起了雪花。紊乱而无声。

“可你越怕失去你越要失去。”男人说，“这并不错。”

“并不错，是并不错。”

“因为你一怕失去，你就不能自由自在想说什么就说什么了。”

“这也不错。”

“确实也不错，我懂。”

“我们要找的，不是一个提心吊胆地互相搂抱着的机会。”

“我们要找的是彻底的理解彻底的自由。”女人说，“这总不错吧？”

“我正在想这件事。”男人说。

“我找到了，好不容易找到了，怕失去，这有什么不对的呢？我知道我知道，一怕失去就已经失去了。天哪，到底怎么办才对呢？”

“你是说，怎么办才能不失去吗？”

女人紧张地盯着男人:“怎么办?”

“天知道。你再想想你问的这句话是什么意思吧。”

“啾——!”女人沮丧地闭上眼睛。再睁开眼睛的时候,她大声嚷:“可我不想再否认我怕失去。我怕,我怕!我怕!!我知道你不怕,我就知道你才不怕呢!”

男人把杯里的酒一饮而尽,然后再斟满。

“你不怕,你多镇静你多理智!告诉你,我也不怕!你爱到哪儿去就到哪儿去吧,你一辈子不回来我也不怕!当然,即便这样你也还是不怕,你这个老混蛋!”

雪编织着天空,又铺展着大地。白色的世界上,人们行色匆匆,都裹在五颜六色的冬装里,想着心事。

“喊够了吗?”

“够了。”

“能听我说一句了吗?”

“你说吧。”

“能相信我说的是真的吗?”

“我愿意相信。”

“事实上我比你还怕,实际上我比你还害怕。”男人说。

男人从春天走到冬天,从清晨走到了深夜。他曾走遍城市。他曾走遍原野、山川、森林,走遍世界。地图已经磨烂了,他相信在这地图上确实没有那个地方。

最后他又走回海边,最初他是从那儿爬上人间的。海天一色。

月亮和海仍然保持着原有的距离,互相吸引互相追随。海仍然叹息不止,不甘寂寞不废涌落;月亮仍然一往情深,圆缺有序,倾慕之情化作光辉照亮海的黑夜。它们一同在命定的路上行走,一同迎送太阳。太阳呢？时光无限，宇宙无涯。

在月亮下面，在海的另一边，城市里万家灯火。

随便哪一个窗口里，都是一个你不能清楚的世界。

一盏灯亮了，一会又灭了，一会又亮了，说明那儿有一个人。

那个人终于出现了，走出屋子，一会又进来坐在灯前翻一本书。有朝一日你和他在路上擦肩而过，你不知道那就是他，他更不知道你曾在某一个夜晚久久注视过他。

两颗相距数十万光年的星星，中间不可能没有一种联系。在这陆地还是海的时候，在这海还是陆地的时候，那座楼房所处之地有一头梁龙在打盹，有一头食肉的恐龙在月光下偷偷接近了它；或者是一头剑齿虎蹑手蹑脚看准了一头柱牙象——你现在这么想也仿佛在远古之时就已注定。人什么时候想什么，不完全是自由的。

男人走累了，想累了，躺在礁石上睡去。天在降下来，地在升上去，合而为一。然后男人开始做梦。

漫无边际的黑暗中，有谁吹起一支魔笛，他不由得跟着那笛声走。只有一件黑白相间的长斗篷在他前面飘动，缓缓前移。他很想超越过去看看这吹魔笛的是谁，但他紧走慢走还是超越不过去，看不见那斗篷里到底是谁或者是什么，只见几根灵巧的手指伸而屈、屈而伸，所吹的曲子令人神往。他就那么一直追着那笛声向前走。很久很久之后，他看见一点曙光，看见广袤无垠的荒漠，看见大大小小的环形山和环形山的影子。那件黑白相间的长斗篷渐渐隐去不露形迹，魔笛声却回旋飘荡不离不散愈加诱人。在山脚下，放着两本书。他拿起一本来看，讲的是天堂里美丽的神话，他看懂了。他又拿起一本来看，说的是地狱里残酷的鬼语，他也能看懂。但当他拿起这一本书去看那一本书的时候，他却什么也看不懂了；相反，拿起那一本书来看这一本书时，也是茫然不知其所云。

他在梦里梦见了以前忘记了的梦，于是记起：两本书互相是不可能完全读懂的，正如两个人。这样他又想起把书颠倒过来读一回，从结尾读向开头。他发现，自由是写在不自由之中的一颗心，彻底的理解是写在不可能彻底理解之上的一种智慧。

一个巨大的火球在荒漠之边寂静升起。

而在月亮上，"阿波罗"带去的那座人的标志，仍在渴望更高的智慧来发现他们。

而在地上，大雪覆盖荒原，老狼也走到了生命的尽头。鹰群在高处向它炫耀新鲜的精力，在窥测它的行踪，并将赞美它所选择的墓地。老狼也要追寻着老鹿而去了，无论是谁，包括这些正在高傲地飞旋着的鹰，早晚都要去。不久将再来，在以往走过的路上重新开始展现和领悟生命。

而在家中，古老的大落地钟旁，菊花白色的花瓣散落一地，在根部保存起生机。

而在山里，在山下开阔的坡地上，在林间，在沼泽，在河的源头，在遥远的不为人知的地方，种子埋进冻土，为了无尽无休的以往继续下去成为无尽无休的未来。花开花落，花落花开，悠悠万古时光。

1987 年

赏析

爱情是为了找一块自由之地

中篇小说《礼拜日》内容丰富,有几条线索。一条是写一对母女,女儿到了叛逆的年龄,母亲总是试图和她沟通,却总是难以如愿;一条是养鸟老人和一个少女,老人回忆过去,一再重复他的人生感慨:一个人总有一天会发现自己是孤零零的一个人;一条是循大自然律动生死演变的鹿群;而中心线索是(一个)男人和(一个)女人讨论爱情的故事。本书节选的是其中的中心线索。

男人和女人本来不相识。男的朋友叫天奇,女的朋友叫晓堃。天奇和晓堃本是一对恩爱夫妻,双方都是好人,都深爱着对方,都想为对方好,而且渴望相互理解,想把对方"读懂",然而读了许多年却还是没读懂,最终离异。这对夫妻各自的朋友(即作品男女主人公:男人和女人),在调解他们关系的过程中相互认识了,由相识到相知、相爱。两人在一起讨论造成朋友悲剧的原因,为了避免同样悲剧的发生,他们共同追求一种相互之间彻底理解、彻底沟通的境界——爱情。他们对生存于其中的世界有一种共同的感受:天底下能够互相彻底理解的人实在是太少了,生活中的人都戴着一个假面具。在父母那儿是一种,在朋友那儿又换上一种,在男人那儿一种,在女人那儿又是一种,大家都把自己包裹上一层东西再见人,谁也不敢说真心话,也就是说生活中的人人都在“装”,装得浑身酸疼,装得就像根本没有装,装得像是根本不会装,装得像是最讨厌装的人,疲惫不堪地维护着什么“尊严”。人活得像囚犯又像看守,囚犯没自由,看守更没自由……于是他们渴望赤裸相见,毫无禁忌,无话不说,渴望彻底的理解,彻底的自由。——“彻底的给予和彻底的接受,整个一个人整个一颗心,不需要任何乱七八糟的玩意儿来掩饰”。

作品把人生放在一个极为阔大的背景(宇宙、星球、鹿群——自然)下讨论人的孤独感,即人际困境——人与人之间互相隔膜、不信任、防范,总之没有自由,这才想找一块儿自由的地方,找来找去找到了爱情——彻底自由的地方。换句话说,爱情就是彻底自由,彻底自由的标志是互相彻底理解,都不再装,想说什么说什么,想做什么做什么,谁也不笑话谁,谁也不提防谁;包括性,从身体到心灵,彻底坦露,彻底的给予和彻底的接受。

但是,彻底的理解,彻底的自由,能吗?梦想中能,现实中往往不能。因为,“两本书互相是不可能完全读懂的,正如两个人”“自由是写在不自由之中的一颗心,彻底的理解是写在不可能彻底理解之上的一种智慧”。

梦想的价值是引导人们不断寻找,作品中男人和女人一直在寻找“太平桥”就是暗寓对于梦想的永远寻觅和追求。

一边是孤独和隔离,一边是彻底的理解,彻底的自由,爱情就是由前者通向后者的路，爱情就是自由和解放的天堂。《礼拜日》中，史铁生的爱情哲学显露端倪，这一思想在以后的小说、散文作品中反复出现，比较集中表达这一意思的是两部长篇小说，尤其是《我的丁一之旅》。

史铁生

三、爱情问题[*]

1

有人说,世界上,每分每秒都有贝多芬的乐曲在奏响在回荡,如果真有外星人的话,他们会把这声音认作地球的标志(就像土星有一道美丽的环),据此来辨认我们居于其上的这颗星星。这是个浪漫的想象。何妨再浪漫些呢?若真有外星人,外星人爷爷必定会告诉外星人孙子,这声音不过是近二百年来才出现的,而比这声音古老得多的声音是“爱情”。爱情,几千年来人类以各种发音说着、唱着、赞美着和向往着它,缠绵激荡片刻不息。因此,外星人爷爷必定会纠正外星人孙子:爱情——这声音,才是银河系中那颗美丽星星的标志呢。

* 史铁生:《史铁生作品系列:我与地坛》,人民文学出版社 2011 年版,第 334 页—344 页。

2

但，爱情是什么？爱情，都是什么呢？

大约不会有人反对：美满的爱情必要包含美妙的性（注：本文中的“性”意指性吸引、性行为、性快乐），而美满的性当然要以爱情为前提。因为世上还有一种叫作“友爱”的情感，以及一种叫作“嫖娼”和一种叫作“施暴”的行为。因而大约也就不会有人反对；爱情不等于性，性也不能代替爱情。如同红灯区里的男人或女人都不能代替爱人。

这差不多能算一种常识。

问题是：那个不等同于性的爱情是什么？那个性所不能代替的爱情，是什么？包含性并且大于性的那个爱情，到底是怎么一种事？

3

也许爱情，就是友爱加性吸引？

就算这机械的加法并不可笑，但是，为什么你的异性朋友不止十个，而爱人却只有一个（或同时只有一个）呢？因为只有一个对你产生性吸引？是吗？

也许有人是。可我不是。我不是而且我相信，像我这样不止从一个异性那儿感受到吸引的人很多，像我这样不止被一个美丽女人惊呆了眼睛和惊动了心的男人很多，像我这样公开或暗自赞美过两个以上美妙异性的人肯定占着人类的多数。

证明其实很简单：你还没有看见你的爱人之时你早已看见了

异性的美妙,你被异性惊扰和吸引之后你才开始去寻找爱人。你在寻找一个事先并不确定的异性做你的爱人,这说明你在选择。你在选择,这说明对你有性吸引力的异性并不只有一个。那么,选择的根据是什么?

若仅仅是性,便没有什么爱情发生,因而那是动物界司空见惯的事件与本文无关。你的根据当然是爱情。

但是爱情是什么眼下还不知道。

现在只知道了一件事:性吸引从来不是一对一的,从来是多向的,否则物种便要在无竞争中衰亡。

4

我读过一篇小说,写一对恋人(或夫妻)出门去,走在街上、走进商店、坐上公共汽车和坐进餐厅里,女人发现男人的目光常常投向另外的女人(一些漂亮或性感的女人),于是她从扫兴到愤怒终至离开了那男人。这篇小说明显是嘲讽那个男人,相信他不懂得爱情和不忠于爱情。

但该小说作者的这一判断只有一半的可能是对的,只有一半的可能是,那个男人尚未走出一般动物的行列。另外一半的可能是那个女人不懂爱情。首先她没弄清性与爱的分别,性是多指向的,而性的多指向未必不可以与爱的专一共存。其次她把自己仅仅放在了性的位置上,因为只有在这个位置上她与另外那些女人才是可比的。最后是那男人没有因为众多的性吸引而离开她,她可想过这是为什么吗?她显然没想过,因为倒是她仅仅为了性妒忌而离开了她的恋人或丈夫。

恋人们或夫妻们,应该承认性吸引的多向性,应该互相允许

(公开或暗自)赞赏其他异性之魅力。但是！但是恋人们或夫妻们,可以承认和允许多向的性行为吗？不,当然不,至少我不,至少当今绝对多数的人都——不！这,是为什么？这是一个最严重也最有价值的问题。

5

毫无疑问,是因为爱情,因为必须维护爱情的神圣与纯洁,因为专一的爱情才受到赞扬。但是,这就有点奇怪,这就必然引出两个不能含混过去的问题:一是,爱情既然是一种美好的情感,为什么要专一？为什么只能对一个人？为什么必须如此吝啬？为什么这吝啬或自私倒要受到赞扬,和被誉为神圣与纯洁？

二是,性吸引既然是多向的,为什么性行为不应该也是多向的？

为什么性行为要受到限制,而且是以爱情(神圣与纯洁)的名义来限制？为什么对性的态度,竟是对爱情忠贞与否的(一个很重要的)证明？为什么多向的性吸引可与爱情共存,而多向的性行为便被视为对爱情的不忠？

6

先说第二个问题。

这不忠的观念,可能是源于早先的把爱情与婚姻、家庭混为一谈,源于婚姻、家庭所关涉的财产继承。所以这不忠,曾经主要是一个经济问题,现在则不过是旧观念的遗留问题。这不无道理。但,这么简单吗？那么在今天,爱情已不等同于婚姻、家庭,已常常与经济无涉，这不忠的观念是否就没有了基础就很快可以消逝了呢？或者这不忠的观念，仅仅是出于动物式的性争夺，在宽厚豁达和更为进步的人那儿已不存在？

我知道一位现代女性，她说只要她的丈夫是爱她的，她丈夫的性对象完全可以不限于她，她说她能理解，她说她自己并不喜欢这样但是她能理解她的丈夫，她说："只要他爱我，只要他仍然是爱我的，只要他对别人不是爱，他只爱我。"可是，当那男人真的有了另外的性对象而且这样的事情慢慢多起来时，这位现代女性还是陷入了痛苦。

不，她并不推翻原来的诺言，她的痛苦不是因为旧观念的遗留，更不是性忌妒，而是一个始料未及的问题："可我怎么能知道，他还是爱我的？"她说，虽然他对她一如既往，但是她忽然不知道为什么他还是爱她的。她不知道在他眼里和心中，她与另外那些女人有什么不同。

她不知道为什么她不是与另外那些女人一样，也仅仅是他的一个性对象？她问："什么能证明爱情？"一如既往的关心、体贴、爱护、帮助……这些就是爱情的证明么？可这是母爱、父爱、友爱、兄弟姐妹之爱也可以做到的呀？但是爱情，需要证明，需要在诸多种爱的情感中独树一帜表明那不是别的，那正是爱情！

什么，能证明爱情？

7

曾有某出版社的编辑，约我就爱情之题写一句话。我想了很久，写了：没有什么能够证明爱情，爱情是孤独的证明。

这句话很可能引出误解，以为就像一首旧民谣中所表达的愿望，爱情只是为了排遣寂寞。(那首旧民谣这样说：小小子儿，坐门墩儿，哭着喊着要媳妇儿。要媳妇儿干吗呀？点灯说话儿，吹灯做伴儿，早上起来梳小辫儿。)不，孤独并不是寂寞。无所事事你会感到寂寞，那么日理万机如何呢？你不再寂寞了但你仍可能孤独。孤独也不是孤单。门可罗雀你会感到孤单，那么门庭若市怎样呢？你不再孤单了但你依然可能感到孤独。孤独更不是空虚和百无聊赖。孤独的心必是充盈的心，充盈得要流溢出来要冲涌出去，便渴望有人呼应他、收留他、理解他。孤独不是经济问题也不是生理问题，孤独是心灵问题，是心灵间的隔膜与歧视甚或心灵间的战争与戕害所致。那么摆脱孤独的途径就显然不能是日理万机或门庭若市之类，必须是心灵间戕害的停止、战争的结束、屏障的拆除，是心灵间和平的到来。心灵间的呼唤与呼应、投奔与收留、坦露与理解，那便是心灵解放的号音，是和平的盛典，是爱的狂欢。那才是孤独的摆脱，是心灵享有自由的时刻。

但是这谈何容易，谈何容易！

让我们记起人类社会是怎样开始的吧。那是从亚当和夏娃偷吃了禁果于是知道了善恶之日开始的，是从他们各自用树叶遮挡起生殖器官以示他们懂得了羞耻之时开始的。善恶观(对与错、好与坏、伟大与平庸与渺小，等等)，意味着价值和价值差别的出现。羞耻感(荣与辱，扬与贬，歌颂与指责与唾骂，等等)，则宣告了心灵间战争的酿成，这便是人类社会的独有标记，这便是原罪吧，从那时起，每个人的心灵都要走进千万种价值的审视、评判、褒贬、乃至误解中去(枪林弹雨一般)，每个人便都不得不遮挡起肉体和灵魂的羞处，于是走进隔膜与防范，走进了孤独。但从那时起所有的人就都生出了一个渴望：走出孤独，回归乐园。

那乐园就是，爱情。

8

寻找爱情,所以不仅仅是寻找性对象,而根本是寻找乐园,寻找心灵的自由之地。这样看来,爱情是可以证明的了。自由可以证明爱情。自由或不自由,将证明那是爱情或者不是爱情。

自由的降临要有一种语言来宣告。文字已经不够,声音已经不够,自由的语言是自由本身。解铃还须系铃人。孤独是从遮掩开始的,自由就要从放弃遮掩开始。孤独是从防御开始的,自由就要从拆除防御开始。孤独是从羞耻开始的、自由就要从废除羞耻开始。孤独是从衣服开始,从规矩开始,从小心谨慎开始,从距离和秘密开始,那么自由就要从脱去衣服开始,从破坏规矩开始,从放浪不羁开始,从消灭距离和泄露秘密开始……(我想,相视如仇一定是爱的结束,相敬如宾呢,则可能还不曾有爱。)

性行为是一种语言。在爱人们那儿,坦露肉体已不仅仅是生理行为的揭幕,更是心灵自由的象征;炽烈地贴近已不单单是性欲的摧动,更是心灵的相互渴望;狂浪的交合已不只是繁殖的手段,而是爱的仪式。爱的仪式不能是自娱,而必得是心灵间的呼唤与应答。爱的仪式,并不发生在一个与世隔绝的孤岛,爱的仪式是百年孤独中的一炬自由之火。在充满心灵战争的人间,唯这儿享有自由与和平。这儿施行与外界不同甚或相反的规则,这儿赞美赤身裸体,这儿尊敬神魂颠倒,这儿崇尚礼崩乐坏,这儿信奉敞开心扉。这就是爱的仪式。爱的表达。爱的宣告。爱的倾诉。爱之祈祷或爱之祭祀。

9

君王与嫔妃、嫖客与娼妓、爱人与爱人，其性行为之方式的相同点想必很多，那是由于身体的限制。但其性行为之方式的不同点肯定更多，因为，就便是相同的行动也都流溢着不同的表达，那是源自心灵的创造。

譬如哭，是忧伤还是矫情，一望可知。譬如笑，是欢欣还是敷衍，一望可知。譬如西门庆和查泰莱夫人的情人，其境界的大不同一读可知。这很像是人们用着相同的文字，而说着不同的话语。相同的文字大家都认得，不同的话语甚至不能翻译。

顺便想到：什么是淫荡呢？在不赞成禁欲的人看来，并没有淫荡的肉身，只有淫荡的心计。只要是爱的表达（譬如查泰莱夫人与其情人），一切礼崩乐坏的作为都是真理，并无淫荡可言。而若有爱之外的指向（譬如西门庆），再规范再八股的行动也算流氓。

10

性是爱的仪式，爱情有多么珍重，性行为就要多么珍重。好比，总不能在婚礼上奏哀乐吧，总不能为了收取祭品就屡屡为亲娘老子行葬礼吧。仪式，大约有着图腾的意味，是要虔敬的。改变一种仪式，意味着改变一种信念，毁坏一种仪式就是放弃一种相应的信念。

性行为，可以是爱的仪式，当然也可以是不爱的告白。

这就是为什么，对性的态度，是对爱情忠贞与否的一个重要证明。

这就是为什么，性要受到限制，而且是以爱情的名义。

爱情，不是自然事件，不是荒野上交媾的季节。爱情是社会事件，在亚当夏娃走出伊甸园之后发生，爱情是在相互隔膜的人群里爆发的一种理想，并非一种生理的分泌。所以性不能代替爱情。所以爱情包含性又大于性。

11

再说第一个问题：爱情既然是美好的感情，为什么要专一为什么不该多向呢？为什么不该在三个以至一万个人之间实现这种感情呢？好东西难道不应该扩大倒应该缩小到只是一对一？多向的爱情，正可与多向的性吸引相和谐，多向的性行为何以不能仍然是爱的仪式呢？那岂不是在更大的范围里摆脱孤独吗？岂不是在更大的范围里敞开心扉，实现心灵的自由与和平吗？这难道不是更美好的局面？

不能说这不是一个美好的理想。这差不多与世界大同类似，而且不单是在物质享有上的大同。在我想来，这更具有理想的意味。至少，以抽象的逻辑而论，没有谁能说出这样的局面有什么不美和不好。若有不美和不好，则必是就具体的不能而言。问题就在这儿，不是不该，而是不能。不是理想的不该，不是逻辑的不通，也不是心性的不欲，而是现实的不能。

为什么不能？

非常奇妙：不能的原因，恰恰就是爱情的原因。简而言之：孤独创造了爱情，这孤独的背景，恰恰又是多向爱情之不能的原因。倘万众相爱可如情侣，孤独的背景就要消失，于是爱情的原因也将不在。

孤独的背景即是我们生存的背景;这与悲观和乐观无涉,这是闭上眼睛也能感受到的事实,所以爱情应当珍重,爱情神圣。

倘有三人之恋,我看应当赞美,应当感动,应当颂扬。这与所谓第三者绝无相同,与群婚、滥交、纳妾、封妃更是天壤之别。唯其可能性微乎其微。更别说四。

12

我知道有一位性解放人士,他公开宣称他爱着很多女人,不是友爱而是包含性且大于性的爱情,他的宣称不是清谈,他宣称并且实践。这实践很可能值得钦佩。但不幸,此公还有一个信条:诚实。(这原不需特别指出,爱情嘛,没有诚实还算什么?)于是苦恼就来了,他发现他走进了一个二律背反的处境:要保住众多爱情就保不住诚实,要保住诚实就保不住众多爱情。因为在他众多地诚实了之后,众多的爱人都冲他嚷:要么你别爱我,要么你只爱我一个!于是他好辛苦:对 A 瞒着 B,对 B 瞒着 C,对 C 瞒着 AB,对 B 瞒着 AC……于是他好荒唐:本意是寻找自由与和平,结果却得到了束缚和战争,本意要诚实结果却欺瞒,本意要爱结果他好孤独。他说他好孤独,我想他已开始成人。他或者是从动物进化成人了,或者是从神仙下凡成人了,总之他看见了人的处境。这处境是:心与心的自由难得,肉与肉的自由易取。这可能是因为,心与心的差别远远大于肉与肉的差别,生理的人只分男女,心灵的人千差万别。这处境中自由的出路在哪儿?我想无非两条:放弃爱情,在欺瞒中去满足多向的性欲,麻醉掉孤独中的心灵和做爱情的信徒,知道它非常有限,因而祈祷因而虔敬,不恶其少恶其不存,唯其存在,心灵才注满希望。

13

不过真正的性解放人士，可能并不轻视爱，倒是轻视性。他们并不把性与爱联系在一起，不认为性有爱之仪式的意义，为什么吃不是爱的告白呢？性也不必是。性就是性如同吃就是吃，都只是生理的需要与满足，爱情嘛，是另一回事。这不失为一个聪明的主张。你可以有神圣的专注的爱情，同时也可以有随意的广泛的性行为，既然爱与性互不相等，何妨更明朗些，把二者彻底分割开来对待呢？真的，这不见得不是一个好主意，性不再有自身之外的意义，性就可以从爱情中解放出来，像吃饭一样随处可吃，不再引起其他纠葛了。但是，爱，还包含性吗？当然包含，爱人，为什么不能也在一块吃顿饭呢？

爱情的重要是敞开心扉不是吗，何须以敞开肉体作其宣布？敞开肉体不过是性行为一项难免的程序，在哪儿吃饭不得先有个碗呢？所以我看，这主张不是轻视了爱，而是轻视了性，倘其能够美满就真是人类的一次伟大转折。

但是这样，恐怕性又要失去光彩，被轻视的东西必会变得乏味，唾手可得的东西只能使人舒适不能令人激动，这道理相当简单，就像绝对的自由必会葬送自由的魅力。据说在性解放广泛开展的地方，同时广泛地出现着性冷漠，我信这是真的，这是必然。没有了心灵的相互渴望，再加上肉体的沉默（没有另外的表达），性行为肯定就像按时的服药了。假定这不重要，但是爱呢？爱情失去了什么没有？

爱情失去了一种最恰当的语言。这语言随处滥用，在爱的时候可还能表达什么呢？还怎么能表达这不同于吃饭和服药的爱情呢？正所谓“假作真时真亦假，无为有处有还无”了。爱情，必要有一种语言来表达，心灵靠它来认同，自由靠它来拓展，和平靠它来实现，没有它怎么行？而且它，必得是不同寻常的、为爱情所专用的。这样的语言总是要有的，不是性就得是其他。不管具体是什么，也一样要受到限制，不可滥用，滥用的结果不是自由而是葬送自由。

既然这样，作为爱的语言或者仪式，就没有什么别的东西能够优于性。因为，性行为的方式，天生酷似爱。其呼唤和应答，其渴求和允许，其拆除防御和解除武装，其放弃装饰和坦露真实，其互相敞开与贴近，其相互依靠与收留，其随心所欲及轻蔑规矩，其携力创造并共同享有，其极乐中忘记你我刹那间仿佛没有了差别，其一同赴死的感觉但又一起从死中回来，曾经分离但现在我们团聚，我们还要分离但我们还会重逢……这些形式都与爱同构。说到底，性之中原就埋着爱的种子，上帝把人分开成两半，原是为了让他们体会孤独并崇尚爱情吧，上帝把性和爱联系起来，那是为了，给爱一种语言或一个仪式，给性一个引导或一种理想。上帝让繁衍在这样的过程里面发生，不仅是为了让一个物种能够延续，更是为了让宇宙间保存住一个美丽的理想和美丽的行动。

14

可为什么，性，常常被认为是羞耻的呢？我想了好久好久，现在才有点明白：禁忌是自由的背景，如同分离是团聚的前提。

这是一个永恒的悖论。

这是一切“有”的性质，否则是“无”。

我们无法谈论“无”，我们以“有”来谈论“无”。

我们无法谈论“死”，我们以“生”来谈论“死”。

我们无法谈论“爱情”，我们以“孤独”来谈论“爱情”。

一个永恒的悖论，就是一个永恒的距离，一个永恒孤独的现实。

永恒的距离，才能引导永恒的追寻。永恒孤独的现实，才能承载永恒爱情的理想。所以在爱的路途上，永恒的不是孤独也不是团聚，而是祈祷。

祈祷。

一切谈论都不免可笑，包括企图写一篇以“爱情问题”为题的文章。某一个企图写这样一篇文章的人，必会在其文章的结尾处发现：问题永远比答案多。除非他承认：爱情的问题即是爱情的答案。

1994 年

赏析

集中表达爱情观之代表作

史铁生在给笔者的信中曾经借韩少功的话说，明确的事写散文，疑难的事写小说。爱情问题，无疑也是史铁生经常思考的一个重大问题。在写于 1987 年的中篇小说《礼拜日》中，史铁生借助一男一女讨论爱情问题，提出人与人之间充满隔膜、防范、不信任，因而感到孤独，因而迫切渴望找到消除隔离消解防范的自由之地，那就是爱情。这一思想在史铁生脑子中徘徊多年后，对于其中一些重要方面终于想清楚了，于是 1994 年以清晰明确的语言写了类似学术论文的散文《爱情问题》。

这篇散文中，史铁生集中表达了他对爱情的哲学思考，对其中一系列问题做出了明确的回答。如果要选一篇最能代表史铁生爱情观的作品，那就非《爱情问题》莫属。

《爱情问题》内容非常丰富，可以视为史铁生爱情观的集大成之作，这在总论中已详细论述。总之，通过分析可以发现，史铁生对“爱情问题”的思考，带有典型的史铁生文本的特征：视角的终极性，理论的思辨性，逻辑的彻底性，结论的形上性。“爱情问题”，本来是一个非常具体现实的人生问题，一般人谈论它都离不开现实的、社会的、伦理的、道德的、乃至于生理的、心理的视角，但史铁生超越了这些，采用了终极视角，即他把“爱情问题”置于人生存的根本处境（或曰困境）中来展开讨论，所以他的思路、他的论述、他的结论都具有浓重的哲学味。史铁生这类文字，有很强的理论说服力，读起来让人感到似乎不是在读文学，而是在读哲学，读后让人获得一种理性上的充实感和得道的彻悟感。

四、病隙碎笔1（第39—51节）[*]

39

如果奇迹并不能改变这“人间戏剧”，苦难守恒，幸运之神无非是做调换角色的工作，众生还能求助于什么呢？只有相互携手，只有求助于爱吧。

这样说，明显已经迂腐，再要问爱是什么，便要惹得潇洒笑话。比如说爱情，潇洒曾屡次告诫过我们了：其实没有。有婚姻，有性欲，有搭伙过日子，哪有什么爱情？这又让迂腐糊涂：你到底是说什么没有，什么？迂腐真是给潇洒添乱——你要是说不出没有的是什么，你怎么断定它没有？你要是说出没有了什么，什么就已经有了。爱情本来是一种心愿，不能到街上看看就说没有。而没有

* 史铁生：《史铁生作品系列：病隙碎笔》，人民文学出版社2011年版，第23页—31页。

这份心愿的人也不会说它没有，他们觉得婚姻和性欲已经就是了。

所以，“爱的奉献”这句话也不算很通顺。能够捐资，捐物，捐躯，可心愿是能够捐的吗？爱如果是你的心愿，爱已经使你受益，无论如何用不上大义凛然。

40

在街市上我见过两只狗，隔着熙攘的人群，远远地它们已经互相发现，互相呼唤，眉目传情。待主人手上的绳索一松，它们就一个从东一个从西，钻过千百条人腿飞奔到一起，那样子就像电影中久别的情人一朝重逢，或历尽劫波的夫妻终于团聚。它们亲亲密密地偎依，耳鬓厮磨，窃窃地说些狗话。然后时候到了，主人喊了，主人“重利轻别离”，它呢，依旧情意绵绵，觉得时间怎么忽然走得这样快？主人过来抓住绳索，拍拍它的脑门儿，告诉它们：你们是狗啊，要本分，要把你们的爱献给某一处三居室。它们于是各奔东西，“孔雀东南飞，五里一徘徊”，消失在人海茫茫之中，而且互相不知道地址。

我常想，这两只狗一定知道它怀念的是什么。虽然它说不出，抑或只因为我们听不懂。不过可以猜想：只身活在异类当中，周围全是语言难通的两足动物，孤独还能教它们怀念什么呢？只是我未及注意它们的性别，不知那是否仅仅出于性欲。

41

不管怎么说，给爱下定义是要惹上帝发笑的。不如先绕开它，换个角度，这样问：什么时候，你第一次感到了爱？或者是在什么样的时候，你感到了需要爱？

我常回想，那是在什么时候？什么样的时候？

那大约要追溯到上小学的时候。有个女孩儿，与我同年，她长得漂亮吗？但是我的目光总被她吸引，只要她在，我的注意力就总是去围绕她。最初发现她是在一次"六一"儿童节的庆祝会上，她朗诵一首诗，关于一个穷苦的黑人孩子的诗……会场中先还有些喧闹，但忽然喧闹声沉落下去，只剩下她的声音在会场中飘荡，清纯、稚气，但却微微地哽咽，灯光全部聚向她时，我看见她的眼边有泪光……从那以后我总想去接近她，但又总是远远地看她并不敢走去近前，甚至跟她说话也有自惭形秽之感，甚至连她的住处也让我想象迭出觉得神圣不可及。这是爱的吗，爱的萌动？但这与性有多少关系呢？那女孩儿，现在想来真的不能算漂亮，身上一点女人的迹象也还没有。是什么触动了我呢？

42

如果那一次触动中其实有着懵懂的性因素，可同样的触动也曾来自一个男孩儿，他住在一座不同寻常的房子里，我在《务虚笔记》中写过那座房子，在《务虚笔记》中我借助对一个女孩儿的眺望，写过，我怎样走进了那座漂亮的房子，看见了里面的生活。那是一座在我当时看去不可思议的房子，和一种我想象不到的生活。在《务虚笔记》中我写到了我当时的感受。在走不尽的灰暗小街的缠缠绕绕之中，在寂寞的冬天的早晨，朦胧的阳光之下，那座房子明朗、清洁、幽静，仿佛置身世外。那里面的布设和主人们的举止，都高雅得让我惊诧，让我羡慕，让一个欲念初萌的孩子从头到脚弥漫开沉沉的自卑。我很快就感觉到了一种冷淡，和冷淡的威胁。

不错，是自卑，我永远都看见那一刻，那一刻永不磨灭。那儿的人是否傲慢地说了什么并不重要，重要的是那自卑与生俱来，重要的是那冷淡的威胁其实是由自卑构筑，即使那儿的人没有任何傲慢的表示，我也早就想逃跑了。《务虚笔记》中写的是：我想回家。我跑出了那座美丽的房子，我走在回家的路上，但是家——那一向等待着我的温暖之中，忽然掺进了一缕黯然。家，由于另一种生活的衬照，由于冷淡的威胁，竟也变得孤独堪怜。在《务虚笔记》中，我借助于画家 Z 的形象去看过我自己那时的心情……

43

自卑，历来送给人间两样东西：爱的期盼，与怨愤的积累。

我想，画家 Z 曾经得到的是后一种。我呢？我之所以能够想象他，想象他就是在那次回家的路上走进了怨愤，料必因为 Z 是我的一部分，至少曾经是这样。要征服那冷淡，要以某种姿态抵挡乃至压倒那冷淡的威胁，自卑于是积累起怨愤，怨愤再加倍地繁衍自卑——这就是画家 Z。相反，若是梦想着世间不再有那样的冷淡，梦想着，被那冷淡雕铸的怨愤终于消散，所有失望过和傲慢过的心灵都能够相互贴近，那就是爱的期盼。甚至纯真的心从不多看那冷淡一眼，唯热盼着与另外的心灵沟通，不屈不挠地等待。走遍一生去寻找，那就是爱的路程。在《务虚笔记》中，我借助诗人 L、女教师 O 和 F 医生的身影，走进这样的梦想，借助于对他们的理解看见了我的另一种心情。

这两种心情似乎都是与生俱来，盘根错节同时都在我心里，此起彼伏，铺设成我的心路。别人也都是这样吗？我只知道，兼具这两种心情的我才是真实的我。我站在 Z 的脚印上，翘望 L、O 和 F

的方向。我体会着Z的自卑，而神往于L、O和F痴心不改的步伐。而且，越是Z的消息沉重，越是L、O和F的消息明媚动人。我知道了，爱原就是自卑弃暗投明的时刻。自卑，或者在自卑的洞穴里步步深陷，或者转身，在爱的路途上迎候解放。

44

不过自卑，也许开始得还要早些。开始于你第一次走出家门的时候。开始于你第一次步入人群，分辨出了自己和别人的时候。开始于你离开母亲的偏袒和保护，独自面对他者的时候。开始于这样的时候：你的意识醒来了，看见自己被局限在一个小小的躯体中，而在自己之外世界是如此巨大，人群是如此庞杂，自己仿佛囚徒。开始于这样的时候：在这纷纭的人间，自己简直无足轻重，而这一切纷纭又都在你的欲望里，自己二字是如此的不可逃脱，不能轻弃。开始于这样的时候：你想走出这小小躯体的囚禁，走向别人，盼望着生命在那儿得到回应，心魂从那儿联接进无比巨大的存在，无限的时间因而不再是无限的冷漠……但是，别人也有这样的愿望吗？在墙壁的那边，在表情后面，在语言深处，别人，到底都是什么？对此你毫无把握。但囚徒们并不见得都想越狱出监，囚徒中也会有告密者，轻蔑、猜疑和误解加固着牢笼的坚壁，你热烈的心愿前途未卜，而一旦这心愿陷落，生命将是多么孤苦无望，多么索然无味，荒诞不经。我能记起很多次这样的经历。从幼年一直到现在，我有过很多次失望——可能我也让别人有过这类失望——很多次深刻的失望其实都可以叫作失恋，无论性别，因为在那之前的热盼正都是爱的情感：等待着他人的到来，等待着另外的心魂，等待着自由的团聚。虽因年幼，这热盼曾经猛然不知何明名，但当有一天，爱的消息传来，我立刻认出那就是它，毫无疑问一直都是它。

45

爱这个字，颇多歧义。母爱、父爱等等，说的多半是爱护。“爱牙日”也是说爱护。爱长辈，说的是尊敬，或者还有一点威吓之下的屈从。爱百姓，还是爱护，这算好的，不好时里面的意思就多了。爱哭，爱睡，爱流鼻涕，是说容易、控制不住。爱玩，爱笑，爱桑拿，爱汽车，说的是喜欢。“爱怎么着就怎么着”是想的意思，随便你。“你爱死不死”，也是说请便，不过已经是恨了。

爱，与喜欢混淆得最严重。“我爱你”，可能是表达着一次真正的爱情，也可能只是好色之徒的口头禅，还可能是各有所图的一回交易。喜欢，好东西谁不喜欢？快乐的事谁不喜欢？没有理由谴责喜欢，但喜欢与爱的情感不同。爱的情感包括喜欢，包括爱护、尊敬和控制不住，除此之外还有最紧要的一项：敞开。互相敞开心魂，为爱所独具。这样的敞开，并不以性别为牵制，所谓推心置腹，所谓知己，所谓同心携手，是同性之间和异性之间都有的期待，是孤独的个人天定的倾向，是纷纭的人间贯穿始终的诱惑。

46

所以爱是一种心愿，不在街上和衣兜里，也不在储蓄所。睁着俩眼向外找，可以找到救济（包括性方面的救济），仅此而已。

爱却艰难，心魂的敞开甚至危险。他人也许正是你的地狱，那儿有心灵的伤疤结成的铠甲，有防御的目光铸成的刀剑，有语言排布的迷宫，有笑靥掩蔽的陷阱。在那后面，当然，仍有孤独的心在战栗，仍有未熄的对沟通的渴盼。你还是要去吗？不甘就范？那就可要谨慎，以孤胆去赌——他人即天堂，甚至以痛苦去偿你平生的夙愿。爱不比性的地方正在这里：性唯快乐，爱可没那么轻松。潇洒者早有警告：哥们儿你累不累？

47

爱情所以选中性作为表达，作为仪式，正是因为，性，以其极端的遮蔽状态和极端的敞开形式，符合了爱的要求。极端的遮蔽和极端的敞开，只要能表达这一点，不是性也可以，但恰恰是它，性于是走进爱的领地。没有什么比性更能体现这两种极端了，爱情所以看中它，正是要以心魂的敞开去敲碎心魂的遮蔽，爱情找到了它就像艺术家终于找到了一种形式，以期梦想可以清晰，可以确凿，可以不忘，尽管人生转眼即是百年。

但也正因为这样，性可以很方便地冒充爱情，正像满街假冒艺术的雕塑还少吗？如果仪式之后没有内容，如果敞开的只是肉体，肌肤相依而心魂依然森严壁垒，那最多不过还是"喜欢"和"控制不住"。（假冒的仪式越来越多，比如种种的宣誓，种种隆重的典礼和剪彩，比如荒诞可以成为时尚，真诚可以用作包装……）其实好色倒也是人情之常。红灯区如同公厕，利于卫生。只是这样无可厚非下去似乎文不对题——在美妙的肉体唾手可得的年代，心灵的孤独怎样了？爱怎样了？以及，性又随之怎样了呢？

性冷漠据说在蔓延，越是性解放的地方，性越是失去着激情。是性不应该解放吗？不，总把性压迫在罪恶的阴影下是要出事的。但也不宜被解放到无根无据的地步，倘其像吐痰一样毫无弦外之音,爱凭什么偏要对它情有独钟,偏要向它注入奔涌不息的能量呢?

48

爱之永恒的能量,在于人之间永恒的隔膜。爱之永远的激越,由于每一个“我”都是孤独。人不仅是被抛到这个世界上来的,而且是一个个分开着被抛来的。

在上帝那儿,在灵魂被囚进肉体之前,“一生二,二生三,三生万物”之初,并无我、你、他之分别,巨大的存在之消息浑然一体,无分彼此内外,浮摇漫展无所不在。然后人间诞生了,人间诞生了其实就是有限诞生了。巨大的存在之消息被分割进亿万个小小的肉体,小小的囚笼,亿万种欲望拥挤摩擦,相互冲突又相互吸引,纵横交错成为人间,总有一些在默默运转,总有一些在高声喊叫,总有一些黯然失色随波逐浪,总有一些光芒万丈彪炳风流,总有弱中弱,总有王中王——不管是以什么方式,不管是以什么标牌,不管是以刀枪、金钱还是话语……总归一样。尼采说对了:权力意志。所有的种子都想发芽,所有的萌芽都想长大,所有的思绪都要漫展,没有办法的事。把弱者都聚拢到一块儿去平安吧,弱者中会浮涌出强人。把强人都归堆到一块儿去平等呢,强人中会沉淀出弱者。把人一个个地都隔离开怎么样?又群起而不干。小时候,我们几个堂兄弟之间经常打架,奶奶就嚷:“放在一块儿就打,分开一会儿又想!”奶奶看得明白,就这么回事。

49

说真的，我不大相信“话语霸权”之类的东西可能消灭，就像我也不大相信可以消灭人的贪婪。但消灭霸权和贪婪正在成为人的愿望，这就好，就像爱情，要紧的是心愿。我怀疑上帝是不是闷了，寂寞得不行，所以摆布一场反反复复的游戏？别管上帝的事吧。人呢，就像我和我的堂兄弟们一样，要紧的是相互想念，虽然打架。那巨大的存在之消息，因分割而冲突，因冲突而防备，因防备而疏离，疏离而至孤独，孤独于是渴望着相互敞开——这便是爱之不断的根源。

敞开，不是性的专利，性是受了爱的恩宠，所以生气勃勃。如果性已经冷漠，已经疲倦，已经泛滥到了失去了倾诉的能力，那就让它仅仅去负责繁殖和潇洒。敞开，可以找到另外的仪式和路径，比如艺术，比如诗歌，比如戏剧和文学。不过文学这个词并不美妙，并不恰切，不如是协作，不如是倾诉和倾听，不如是梦幻、是神游。因为那从来就不是什么学问，本不该有什么规范，本不该去符合什么学理，本不必求取公认，那是天地间最自由的一片思绪呀，是有限的时空中响彻的无限呼唤。为此上帝也看重它，给它风采，给它浪漫，给它鬼魅与神奇，给它虚构的权力去敲碎现实的呆板，给它荒诞的逻辑以冲出这个既定的人间，总之给它一种机会，重归那巨大的存在之消息，浩浩荡荡万千心魂重新浑然一体，赢得上帝的游戏，破译上帝以斯芬克斯的名义设下的谜语。

50

但这是可能的吗？迫使上帝放弃他的游戏，可能吗？放弃分割、放弃角色们的差异，让上帝结束他非凡的戏剧，这可能吗？那么喜欢热闹的上帝，又是那么精力旺盛、神通广大，让他重新回到无边的寂寞中去，他能干？要是他干，他曾经也就不必创造这个人间。喜好清静如佛者，也难免情系人间。我还是不能想象人人都成了佛的图景。人人都是一样，岂不万籁俱寂？人人都已圆满，生命再要投奔何方？那便连佛也不能有。佛乃觉悟，是一种思绪。一团圆满一片死寂，思之安附，悟从何来？所以有"烦恼即菩提"的箴言。

人间总是喧嚣，因而佛陀领导清静。人间总有污浊，所以上帝主张清洁。那是一条路啊！皈依无处。皈依并不在一个处所，皈依是在路上。分割的消息要重新联通，隔离的心魂要重新聚合，这样的路上才有天堂。这样的天堂有一个好处：不能争抢。你要去吗？好，上路就是。要上路吗？好，争抢无效，唯以爱的步伐。任何天堂的许诺，若非在路上，都难免刺激起争抢的欲望。不管是在举天之外，或是在异元时空，任何所谓天堂只要是许诺可以一劳永逸地到达，通向那儿的路上都会拥挤着贪婪。天堂是一条路。这就好了，永远是爱的步伐，又不担心会到达无穷的寂寞。上帝想必是早就看穿了这一点，所以把他的游戏摆弄个没完。佛陀谙熟此道，所以思之无极。谢天谢地，皈依是一种心情，一种行走的姿态。

51

爱是软弱的时刻，是求助于他者的心情，不是求助于他者的施予，是求助于他者的参加。爱，即分割之下的残缺向他者呼吁完整，或者竟是，向地狱要求天堂。爱所以艰难，常常落入窘境。

所以“爱的奉献”这句话奇怪。左腿怎么能送给右腿一个完整呢？只能是两条腿一起完整。此地狱怎么能向彼地狱奉献一个天堂呢？地狱的相互敞开，才可能朝向天堂。性可以奉献，爱却不能。爱就像语言，闻者不闻，言者还是哑巴。甘心于隔离地活着，唯有爱和语言不需要。爱和语言意图一致——让智慧走向心魂深处，让深处的孤独与惶然相互沟通，让冷漠的宇宙充满热情，让无限的神秘暴露无限的意义。巴别塔虽不成功，语言仍朝着通天的方向建造。这不是能够嘲笑的，连上帝也不能。人的处境是隔离，人的愿望是沟通，这两样都写在了上帝的剧本里。

赏析

爱之根源与含义

这里所选 13 则随笔，所谈内容广泛，但中心线索与“爱”相关。

这里讨论的“爱”，与“残疾”相对，既包括广义的人与人之间的爱即博爱，也包括狭义的男女之爱即爱情。

因为是“碎笔”，所以各节之间结构相对松散，但综合起来看，围绕“爱”，大致涉及以下一些意思。

一、爱之根源

爱之根源，也可以说是爱之前提，爱之背景，即人与人之间为什么需要爱。对此问题，史铁生没有就事论事，而是从哲学角度，或曰终极角度回答问题。终极，是史铁生看问题的基本角度，是史铁生区别于其他作家的一个显著特点。

人为什么需要爱？史铁生的回答是：“爱之永恒的能量，在于人之间永恒的隔膜。爱之永远的激越,由于每一个'我'都是孤独。人不仅是被抛到这个世界上来的,而且是一个个分开着被抛来的。"进一步解释,在上帝那儿,在灵魂被囚进肉体之前,世界是一个巨大的一体的存在,并无你、我、他之分,然后人间诞生了,巨大的存在之消息被分割进亿万个小小的肉体,小小的囚笼,当人们以渺小的有限面对巨大的无限时,自然会感到孤独,感到隔离,因而呼唤他人,渴望与他人相连相通,等待他人的到来,等待着自由的团聚,渴望着在他人那里获得温暖。这,就是爱的需求,爱的呼唤,就是爱产生的动因,或曰根源。

人的根本处境永远不会改变,因而人之爱的需求也永远不会改变。人,永远需要爱;人类,永远需要爱。

二、爱之含义

关于爱之涵义,史铁生没有像院校学者那样逻辑严密地下定义,而是根据自己的理解,根据爱之背景、爱之根源做出自己的解释:"爱是一种心愿。……爱是软弱的时刻,是求助于他者的心情,不是求助于他者的施予,是求助他者的参加。爱,即分割之下的残缺向他者呼吁完整,或者竟是,向地狱要求天堂。"

三、爱的标志

史铁生说,爱这个字颇多歧义,有的是爱护,有的是尊敬,有的是容易或控制不住,有的是喜欢,有的是随便。这中间,尤其是"喜欢"与"爱"混淆得最严重。那么,喜欢与爱的情感到底有什么不同呢? 史铁生说:"爱的情感包括喜欢,包括爱护、尊敬和控制不住,除此之外还有最紧要的一项:敞开。互相敞开心魂,为爱所独具。这样的敞开,并不以性别为牵制,所谓推心置腹,所谓知己,所谓同心携手，是同性之间和异性之间都有的期待，是孤独的个人天定的倾向，是纷纭的人间贯穿始终的诱惑。”

为什么喜欢不是爱的标志，而敞开却是？这还需要从爱的根源说起。史铁生的原话是：“那巨大的存在之消息，因分割而冲突，因冲突而防备，因防备而疏离，疏离而至孤独，孤独于是渴望着相互敞开——这便是爱之不断的根源。”

四、爱情为什么选中性作为表达

史铁生的回答是：“爱情所以选中性作为表达，作为仪式，正是因为，性，以其极端的遮蔽状态和极端的敞开形式，符合了爱的要求。极端的遮蔽和极端的敞开，只要能表达这一点，不是性也可以，但恰恰是它，性于是走进爱的领地。”

爱情与性的关系，前人、他人有诸多见解，而史铁生的所见相当独特，也相当深刻，既符合哲学之理，又符合实际之情。即，既可以理解之，亦可想象和体验。史铁生对此发现相当自信，于是把这一见解表现于多篇作品中，尤其在长篇小说《务虚笔记》和《我的丁一之旅》之中表现得更为充分。在那里，他不是理论的表述，而是感人的故事，具体的人物，生动的形象。读者可以参看。

五、爱的追求是一条永恒之路

人的处境是隔离，人的愿望是沟通。既然爱是分割之下的残缺向他者呼吁完整，或者竟是，向地狱要求天堂，而天堂是一种无极之路，天堂只能走向而不能走到，那么同理，爱也是一条永恒之路。在多难的人生路上，唯有爱是可以期盼的拯救。

五、病隙碎笔 2(第 18—19 节)*

18

福柯在《疯癫与文明》一书中说:“疯癫不是一种自然现象,而是一种文明产物。没有把这种现象说成疯癫并加以迫害的各种文化的历史,就不会有疯癫的历史。”这一关于疯癫的论说,依我看也适用于残疾,尤其适用于所谓残疾人的性障碍。肢体或器官的残损是一个生理问题,而残疾人(以及所有人)的性爱问题,根本都在文化。你一定可以从古今中外的种种性爱方式中,看出某种文化的胜迹,和某种文化的囚笼。比如说,玛·杜拉斯对性爱的描写,无论多么露骨,也不似西门庆那样脏。

性,何以会障碍?真让人想不通。你死了吗?

* 史铁生:《史铁生作品系列:病隙碎笔》,人民文学出版社 2011 年版,第 47 页—48 页。

性在摆脱了繁殖的垄断之后,已经成长为一种语言,已经化身为心灵最重要的表达与祈告了。当然是表达爱愿。当然是祈告失散的心灵可以团圆。这样的欲望会因为生理的残疾而障碍吗？笑话！渴望着爱情的人你千万别信那一套！你要爱就要像一个痴情的恋人那样去爱,像一个忘死的梦者那样去爱,视他人之疑目如盏盏鬼火,大胆去走你的夜路。你一定能找到你的方式,一定能以你残损的身体表达你美丽的心愿,一定可以为爱的祈告创造出丰富多彩的乃至独领风流的性语言。史铁生和我,我们看不出为什么不能这样。也许,这样的能力,唯那无言的坚壁可以扼杀它,可以残废它。但也未必,其实只有残疾人自己的无言忍受、违心屈从才是其天敌。

残疾人以及所有的人,固然应该对艰难的生途说“是”,但要对那无言的坚壁说“不”,那无言的坚壁才是人性的残疾。福柯在同一部书中,开宗明义地引用了陀思妥耶夫斯基的一句话:“人们不能用禁闭自己的邻人来确认自己神志健全。”而能够打破这禁闭的,能够揭穿这无形共谋的,是爱的祈告,是唤起生命的艺术灵感,是人之“诗意的栖居”。

19

有人说过:性,从繁殖走向娱乐,是一种进步。但那大约只是动物的进步,说明此一门类族群兴旺已不愁绝种。若其再从娱乐走向艺术,那才能算是人的进步吧。

是艺术就要说话,不能摸摸索索地寻个乐子就完事。性的艺术,更是以一种非凡的语言在倾诉,在表达,在祈祷心灵深处的美景。或者,其实是这美景之非凡,使凡俗的肉身禀领了神采。当然，那美景如果仍然是物质的，你不妨就浑身珠光宝气地去行你的事吧，但那美景若是心灵的团聚，一切饰物就都多余，一切物界的标牌就仍是丑陋的遮蔽，是心灵隔离的后遗症。心灵团聚的时刻，你只要上帝给你的那份财富就够了：你有限的身形，和你破形而出的爱愿。你颤抖着，试着用你赤裸的身形去表达吧，那是一个雕塑家最纯正的材料，是诗人最本质的语言，是哲学最终的真理，是神的期待。不要害怕羞耻，也别相信淫荡，爱的领域里压根儿就没它们的汤喝。任何奇诡的性的言辞，一旦成为爱的表达，那便是魔鬼归顺了上帝的时刻……谴责者是因为自己尘缘未断。

什么是纯洁？我们不因肉身而不洁。我们不因有情而不洁。我不相信无情者可以爱。我倒常因为看见一些虚伪的标牌，媚态的包装和放大的凛然，而看见淫荡。淫荡不是别的，是把上帝寄存于人的财富挪作他用。

赏析

审美的性爱观

关于性,中国文化似乎一直没有正眼看过它,一直把它贬得很低,让它抬不起头来。但史铁生不这样看,他认为性行为有种种分别,不可一概而论,但爱情中的性已经成长为一种极为重要的语言,已经化身为心灵最重要的表达与祷告,它是雕塑家最纯正的材料,是诗人最本质的语言,是哲学最终的真理,是神的期待——这些表述是对性的性质的重新界定,是性的诗化赞歌。在中国文化中,似乎还没有过这样的评价和赞美。

只有纯洁的心灵,才能感受到性的纯洁;只有审美的眼睛,才能看出性的审美价值。

六、病隙碎笔2(第21—22节)[*]

21

这一个愚顽的人,常在暮色将临时独坐呆问:爱情既是这般美好,何以倒要赞誉它的止步于1对1? 为什么它不能推广为1对2、对3、对4……以至于n对n,所有的人对所有的人? 这时候我就围绕他,像四周的黑暗一样提醒他:对了,这就是理想,但别忘了现实。

现实是:心灵的隔离。

现实是人吃了善恶树上的果实,因而偏离了上帝之爱的角度,只去看重人的社会价值,肉身功能(力量、智商、漂亮、潇洒),以及物质的拥有。若非这样的现实,爱情本不必特地受到赞美。倘博

* 史铁生:《史铁生作品系列:病隙碎笔》,人民文学出版社2011年版,第50页—51页。

爱像空气一样均匀深厚，为什么要独独地赞美它的一部分呢？但这样的现实并未如愿消散，所以爱情脱颖而出，担负起爱的理想。它奋力地拓开一片晴空，一方净土，无论成败它相信它是一种必要的存在，一种象征，一路先锋。它以其在，表明了亘古的期愿不容废弃。

博爱是理想，而爱情，是这理想可期实现的部分。因此，爱情便有了超出其本身的意义，它就像上帝为广博之爱保留的火种，像在现实的强大包围下一个谛听神喻的时机，上帝以此危险性最小的 1 对 1 在引导着心灵的敞开，暗示人们：如果这仍不能使你们卸去心灵的铠甲，你们就只配永恒的惩罚。

那个愚顽的人甚至告诉我，他听出其中肯定这样的意思：这般美好的爱愿，没理由永远止步于 1 对 1。——我不得不对他，以及对愚顽，刮目相看。

22

所以，残疾人（以及所有的残缺的人），怎能听任爱情权利的丢失？怎能让爱愿躲进荒漠？怎能用囚禁来解救囚禁，用无言来应答无言？

诚实的人你说话吧。用不着多么高深的理论来证明，让诚实直接说话就够了，在坦诚的言说之中爱自会呈现，被剥夺的权利就会回来。爱情，并不在伸手可得或不可得的地方，是期盼使它诞生，是言说使它存在，是信心使它不死，它完全可能是现实但它根本是理想啊，它在前面，它是未来。所以，说吧，并且重视这个说吧，如果白昼的语言已经枯朽，就用黑夜的梦语，用诗的性灵。

这很不现实，是吗？但无爱的现实你以为怎么样？

赏析

“爱情完全可能是现实但它根本是理想”

爱情既然是美好的，为什么只能止步于1对1，而不能推广为1对2、对3，以至于n对n。这一问题史铁生反复在多篇作品中提出过，他自己曾做出过逻辑严谨、论证缜密的回答。论证的具体过程及内容，请参看论说性散文《爱情问题》，参看《务虚笔记》中诗人L对这一问题的反复追问，参看《我的丁一之旅》中丁一的实验与失败。

这两篇随笔中，史铁生再次提出这一问题。他说，从理论上说，这是可能的，也可能是现实，但从根本上说，它却是理想。这一意思，史铁生把它演绎成一部长篇小说《我的丁一之旅》。小说并非写实而是写意，即相当于心理实验。在实验中，丁一实现了他的理想，但他的理想最终还是败迹于现实。史铁生说，理想本身埋藏着危险，理想具有不可实现性。为什么？因为，实现了，就不再是理想;但这理想,又不是可望而不可即的,它永远都是人心中的现实。注意,这里说的是“心中的现实”而不是现实中的“实现”。心中有理想就可以照见现实的不足,就给现实以引导,这就是理想的价值——精神价值。

七、病隙碎笔5(第29—43节)[*]

29

我正巧在读《毛姆随想录》,所以时不时地总想起他的话。关于爱,我比较同意他的意见:爱,一是指性爱,一是指仁爱(我猜也就是指宏博的爱愿吧)。前者会消逝,会死亡,甚至会衍生成恨。后者则是永恒,是善。

可他又说:“人生莫大的悲哀……是他们会终止相爱。……两个情人之中总是一个爱而另一个被爱;这将永远妨碍人们在爱情中获得完美幸福……爱情总是少不了一种性腺的分泌,这当是无可置疑的。对于极大多数的人,同一的对象不能永久引发出他们的这种分泌,还有随着年事增长,性腺也萎缩了。人们在这个问题

---

* 史铁生:《史铁生作品系列:病隙碎笔》,人民文学出版社2011年版,第114页—123页。

上十分虚伪,不肯面对现实。……难道爱怜与爱情可以同日而语吗?”性爱是不能忽视荷尔蒙的,这无可非议。但性爱就是爱情吗?从“这将永远妨碍人们在爱情中获得完美幸福”一语来看,支持性爱的荷尔蒙,并不见得也能够支持爱情。由此可见,性爱和爱情并不是一码事。那么,支持着爱情的是什么呢?难道“性腺也萎缩了”,一对老夫老妻就不再可能有爱情了吗?并且,爱情若一味地拘于荷尔蒙的领导,又怎能通向仁爱的永恒与善呢?难道爱情与仁爱是互不相关的两码事?

30

单纯的性爱难免是限于肉身的。总是两个肉身的朝朝暮暮,总是难免有互相看腻的一天,但,若是两个不甘于肉身的灵魂呢?一同去承受人世的危难,一同去轻蔑现实的限定,一同眺望那无限与决定,于是互相发现了对方的存在、对方的支持,难离难弃……这才是爱情吧。在这样的栖居或旅程中,荷尔蒙必相形见绌,而爱愿弥深,衰老的肉身和萎缩的性腺便不是障碍。而这样的爱一向是包含了怜爱的,正如苦弱的上帝之于苦弱的人间。毛姆还是糊涂啊。其实怜爱是高于性爱的。在荷尔蒙的激励下,昆虫也有昂扬的行动;这类行动,只是被动地服从着优胜劣汰的自然法则,最多是肉身间短暂的娱乐。而怜爱,则是通向仁爱或博爱的起点啊。

仁爱或博爱,毛姆视之为善。但我想,一切善其实都是出于这样的爱。我看不出在这样的爱愿之外,善还能有什么独具的价值,相反,若视“正当”为善,倒要有一种危险,即现实将把善制作成一副枷锁。

31

耶稣的话:“我还有不多的时候与你们同在。后来你们要找我,但我所去的地方,你们不能到。这话我曾对犹太人说过,如今也照样对你们说。我赐给你们一条新命令,乃是叫你们彼此相爱。我怎样爱你们,你们也要怎样相爱。”

林语堂说:“这就是耶稣温柔的声音,同时也是强迫的声音,一种近二千年来浮现在人了解力之上的命令的声音。”

我想,“正当”也会是一种强迫和命令的声音,但它不会是温柔的声音。差别何在?就在于,前者是“近二千年来浮现在人了解力之上的声音”,是无限与绝对的声音,是人不得不接受的声音,是人作为部分而存在其中的那个整体的声音,是你终于不要反抗而愿皈依的声音。而后者,是近二千年来人间习惯了的声音,是人智制作的声音,是肉身限制灵魂、现实胁迫梦想的声音,是人强制人的声音。

32

我希望我并没有低估了性爱的价值,相反,我看重这一天地之昂扬美丽的造化,便有愁苦,便有忧哀,也是生命鲜活地存在。低估性爱,常是因为高估了性爱而有的后果。将性腺作为爱的支撑,或视为等值,一旦“春风无力百花残”或“无边落木萧萧下”,则难免怨屋及乌,叹“人生苦短”及爱也无聊。尚能饭否或尚能性否,都在其次,尚能爱否才是紧要,值得双手合十,谓曰:善哉,善哉!

我曾在另外的文章里猜想过:性爱,原是上帝给人通向宏博之爱的一个暗示，一次启发，一种象征，就像给戏剧一台道具，给灵魂一具肉身，给爱愿一种语言……是呀，这许多器具都是何等精彩，精彩到让魔鬼也生妒意！但你若是忘记了上帝的期待，一味迷恋于道具，糜菲斯特定会在一旁笑破肚皮。

33

性爱，实在是借助于肉身而又要冲破肉身的一次险象环生的壮举。你看那姿态，完全是相互融合的意味；你听那呼吸，那呼喊，完全是进入异地的紧张、惊讶，是心魂破身而出才有的自由呵！性爱的所谓高峰体验，正是心魂与心魂于不知所在之地——“太虚幻境”或“乌托之邦”——空前的相遇。不过，正也在此时，魔鬼要与上帝赌一个结局：也许他们就被那精彩的器具网罗而去，也许，他们由此而望见通向天国的“窄门”。

34

因此，我虽不是同性恋者，却能够理解同性恋。爱恋，既是借助肉身而冲破肉身，性别就不是绝对的前提，既是心魂与心魂的相遇，则要紧的是他者。他者即异在。异性只是异在之一种，而且是比较习常的一种，比较地拘于肉身的一种，而灵魂的异在却要辽阔得多，比如异思和异趣，尤其是被传统或习常所歧视、所压迫着的异端，更是呼唤着爱去照耀和开垦的处女地。在我想，一切爱恋与爱愿，都是因异而生的。异是隔离，爱便是要冲破这隔离；异又是禁地，是诱惑，爱于是有着激情；异还可能是弃地，是险境，爱所以温柔并勇猛（我琢磨，性腺的分泌未必是爱的动因，没准儿倒是爱的一项后果或辅助)。这隔离与诱惑若不单单地由于性之异,凭什么爱恋只能在异性之间?超越了性之异的爱恋,超越了肉身而在更为辽阔的异域团聚的心魂,为什么不同样是美丽而高贵的呢?

35

人与人之间是这样,群、族乃至国度之间也应该是这样——异,不是要强调隔离与敌视,而是在呼唤沟通与爱恋。总是自己恋着自己,狭隘不说,其实多么猥琐。党同伐异,群同、族同乃至国同伐异,我真是不懂为什么这不是猥琐而常常倒被视为骨气?我们从小就知道要对别人怀有宽容和关爱,怎么长大了倒糊涂?作为个人,谦虚和爱心是美德,怎么一遇群、族、国度就要以傲慢和警惕取而代之?外交和国防自然是不可不要,就像家家门上都得有把锁,可是心里得明白:这不是人类的荣耀,这是不得已而为之。千万别把这不得已而为之看成美德,一说"我们"便意味着迁就和表彰,一提"他们"就已经受了伤害。

36

"第三者"怎么样?"第三者"不也是不愿受肉身的束缚,而要在更宽阔的领域中实现爱愿吗?可能是。也可能不是。比如诗人顾城的故事,开始时仿佛是,结果却不是。"第三者"的故事各不相同,绝难一概而论。

"第三者"的故事通常是这样:A 和 B 的爱情已经枯萎,这时出现了 C——比如说 A 和 C,崭新的爱情之花怒放。倘没有什么法律规定人一生只能爱一次,这当然就无可指责。问题是,A 和 B 的爱情已经枯萎这一判断由谁做出？倘由C来做出，那就甭说了，其荒唐不言而喻；所以C于此刻最好闭嘴。由B做出吗？那也甭说，这等于没有故事。当然是由A做出。然而B不同意，说："A，你糊涂哇！"所以B不退出。C也不退出，A既做出了前述判断，C就有理由不退出。我曾以为其实是B糊涂，A既对你宣布了解散，你再以什么理由坚持也是糊涂。可是，故事也可能这样发展：由于B的坚持，A便有回心转意的迹象。然而C现在有理由不闭嘴了，C也说："A，你糊涂哇！"于是C仍不退出。如果诗人顾城最初的梦想能够在A、B、C间实现，那就会有一个非凡的故事了。但由B和C都说"A，你糊涂哇"这件事看来，A可能真是糊涂——试图让水火相融，还不糊涂吗？可是，糊涂是个理性概念，而爱情，都得盘算清楚了才发生吗？我才明白，在这样的故事里，并没有客观的正确，决不要去找一条放之四海而皆准的真理，这不是理性的领域，但也不是全然放弃理性的领域，这是存在先于本质的证明；一切人的问题，都在这样的故事里浓缩起来，全面地向你提出。

37

我想，在这样的处境中，唯一要做并且可以做到的是诚实。唯诚实，是灵魂的要求，否则不过是肉身之间的旅游，"江南""塞北"而已，然而"小桥流水"和"大漠孤烟"都可能看腻，而灵魂依然昏迷未醒。"第三者"的故事中，最可悲哀、最可指责也是最为荒唐的，就是欺骗——爱情，原是要相互敞开、融合，怎么现在倒陷入加倍的掩蔽和逃离了呢？

通常的情况是A和C骗着B。不过这也可能是出于好意——何苦让B疯癫，跳楼或者割腕呢？尤其B要是真的出了事，A和C

都难免一生良心不安。于是欺骗似乎有了正当的理由。可是，被骗者的肉身平安了，他的灵魂呢，二位可曾想过吗？B 至死都处在一个不是由自己选择而是由别人决定的位置上；所有人都笑着他的愚蠢，只他自己笑着自己的幸福。然而，你要是人道的，你总不能就让他去跳楼吧？你要是人道的，你也不能丢弃爱情一辈子守着一个随时可能跳楼的人吧？是呀，甭说那么多好听的，倘这故事真实地发生在你身上，说吧，简单点儿，你怎么办？

38

我真的不知道该怎么办。

我的第一个想法是：在这样的故事里我宁愿是 B。不要疯癫，也别跳楼，痛苦到什么程度大约由不得我，但我必须拎着我的痛苦走开。不为别的，为的是不要让真变成假，不要逼着 A 和 C 不得不选择欺骗。痛苦不是丑陋，结束也不是，唯要挟和诅咒可以点金成石，化珍宝为垃圾，使以往的美丽毁于一旦。是呀，这是 B 的责任，也是一个珍视灵魂相遇的恋者的痛苦和信念。“第三者”的故事，通常只把 B 看作受害者而免去了他的责任，免去了对他的灵魂提问。第二个想法是：在这样的故事里，柔弱很可能美于坚强，痛苦很可能美于达观。爱情不是出于大脑的明智，而是出于灵魂的牵挂，不是肉身的捕捉或替换，而是灵魂的漫展和相遇。因而一个犹豫的 A 是美的，一个困惑的 B 是美的，一个隐忍的 C 是美的；所以是美的，因为这里面有灵魂在彷徨，这彷徨看似比不上理智的决断，但这彷徨却通向着爱的辽阔，是爱的折磨，也是命运在为你敲开信仰之门。而果敢与强悍的“自我”，多半还是被肉身圈定，为荷尔蒙所胁迫，是想象力的先天不足或灵魂的尚未觉悟。

39

爱情,从来与艺术相似,没有什么理性原则可以概括它、指引它。爱情不像婚姻是现实的契约,爱情是站在现实的边缘向着神秘未知的呼唤与祈祷,它根本是一种理想或信仰,有一句诗:我爱你,以我童年的信仰。你说不清它是什么,所以它是非理性的,但你肯定知道它不是什么。所以它绝不是无理性。对于现实,它常常是脆弱的——比如人们常问艺术:这玩意儿能顶饭吃?——明智而强悍的现实很可能会泯灭它。但就灵魂的期待而言,它强大并且坚韧,胜败之事从不属于它,它就像凡·高的天空和原野,燃烧,盛开,动荡着古老的梦愿,所有的现实都因之而显得谨小慎微,都将聆听它对生命的解释。因而我在《向日葵》的后面常看见一个赴死的身形,又在《有松树的山坡》上听见亘古回荡的钟声。

40

那回荡的钟声便是灵魂百折不挠的脚步,它曾脱离某一肉身而去,又在那儿无数次降临人世,借无数肉身而万古传扬。生命的消息,就这样永无消损,永无终期。不管科学的发展——比如克隆、基因、纳米——将怎样改变世界的形象,改变道具和背景,甚至改变人的肉身,生命的消息就如这钟声,或这钟声之前荒野上的呼唤,或这呼唤之上的浪浪天风,绝不因某一肉身的枯朽而有些微减弱,或片刻停息。这样看,就不见得是我们走过生命,而是生命走过我们;不见得是肉身承载着灵魂,而是灵魂定制了肉身。就比如,不是音符连接成音乐,而是音乐要求音符的连接。那是固有的天音,如同宇宙的呼吸,存在的浪动,或神的言说,它经过我们然后继续它的脚步,生命于是前赴后继永不息止。为什么要为一个音符的度过而悲伤?为什么要认为生命因此是虚幻的呢?一切物都将枯朽,一切动都不停息,一切动都是流变,一切物再被创生。所以,虚无的悲叹,寻根问底仍是由于肉身的圈定。肉身蒙蔽了灵魂的眼睛,单是看见要回那无中去,却忘了你原是从那无中来。

41

当然,每一个音符又都不容忽略,原因简单:那正是音乐的要求,这要求于是对音符构成意义,每一个音符都将追随它,每一个音符都将与所有的音符相关联,所有的音符又都牵系和铸造着此一音符的命运。这就是爱的原因,和爱的所以不能够丢弃吧。你既是演奏者,又是欣赏者,既是脚步,又是聆听。孤芳自赏从根本上说是不可能的,单独的音符怎么听也像一声噪响,孤立的段落终不知所归。音符和段落,倘不能领悟和追随音乐的要求,便黄钟大吕也是过眼烟云,虚无的悲叹势在必然。以肉身的不死而求生命的意义,就像以音符的停滞而求音乐的悠扬。无论是今天的克隆,还是古时的炼丹,以及各类自以为是的功法,都不可能使肉身不死,不死的唯有上帝写下的起伏跌宕、苦乐相依的音乐,生命唯在这音乐中获得意义,驱散虚无,而这永恒的音乐,当然是永恒地要求这音符的死生相继,又当然会跳过无爱的噪响,一如既往保持其美丽与和谐。

42

爱,即孤立的音符或段落向着那美丽与和谐的皈依,再从那美丽与和谐中互相发现:原来一切都是相依相随。倘若是音符间的相互隔离与排拒,美丽与和谐便要破坏。但上帝的音乐岂容破坏?比如说,地球的美丽是不容破坏的,生态的和谐是不容破坏的,被破坏的只可能是破坏者自己,比如说,上帝之手将借助干旱、沙尘暴、艾滋病、环境污染、臭氧层破洞……删除造成这一切不和谐的赘物。癌症是什么?是和谐整体中的一个失去控制的部分,这差不多是对无限膨胀着的人类欲望的一个警告。艾滋病是什么?是自身免疫系统的失灵,而生态的和谐正是地球的自身免疫系统。上帝是严厉而且温柔的,如果自以为是的人类仍然听不懂这暗示,地球上被删除的终将是什么应该是明显的。

43

书架上的书,一本一本几千本,看似各成一体相互孤立,其实全有关联。几千年的消息都在那儿排开,穿插、叠摞,其相互关联的路径更是玄机无限,鬼神莫测。真可谓"横看成岭侧成峰",但其中任何一本都是"不识庐山真面目"。

我猜想,基因谱系也并不是孤立的每人一份,上帝不见得有那样的耐心,上帝写的是大文章,每个人的基因谱系只是其中一个小小的段落,把这些段落连成一气才可能领悟上帝的意图。领悟,而非破解。用陈村的话说,上帝的手艺哪能这么简单?比如,基因谱系中何以会有很多不知所云的段落?不知所云只是对人而言,只是对“岭”和“峰”而言，是整体对部分而言。部分只好是“知不知，尚矣”。这便是命运永远的神秘，便是人要对上帝保持谦恭，要对他说“是”，要以爱作为祈祷的缘由。

赏析

爱情根本是一种理想或信仰

所选十五则“碎笔”所论虽“碎”，但一以贯之的话题是爱、爱情。主要涉及以下内容：

1.“性爱与爱情并不是一码事”

29 至 30 两则随笔借英国作家毛姆关于爱的言论讨论性爱与爱情的不同：单纯的性爱仅仅限于肉身，受荷尔蒙支配；爱情除肉身外还牵系灵魂——一同承受人世的危难，一同去轻蔑现实的限定，一同眺望无限与绝对，互相发现对方的存在，对方的支持，难离难弃——

2. 性爱的价值

史铁生看重爱情的价值，但并不否定性爱的价值，相反，他说他更“看重这一天地之昂扬美丽的造化，便有愁苦，便有忧哀，也是生命鲜活地存在”。史铁生认为性爱是借助肉身而又要冲破肉身的一次险象环生的壮举，是身心相互的融合，是心魂破身而出才有的自由。出于这种理解，史铁生高度评价性爱的文化价值："性爱，原是上帝给人通向宏博之爱的一个暗示，一次启发，一种象征，就像给戏剧一台道具，给灵魂一具肉身，给爱愿一种语言——"

3. 理解同性恋

同性恋在传统道德那里是被歧视甚至是被蔑视被鄙视的，而史铁生却给以理解与同情。他的理由是："爱恋，既是借助肉身而冲破肉身，性别就不是绝对的前提，既是心魂与心魂的相遇，则要紧的是他者。"他者即异在，异是隔离，爱便是要冲破这隔离；异又是禁地，是诱惑，爱于是有着激情。这隔离与诱惑若不单单地由于性之异，凭什么爱恋只能在异性之间？超越了性之异的爱恋，超越了肉身而在更为辽阔的异域团聚的心魂，为什么不同样是美丽而高贵的呢？

4. 讨论"第三者"

和同性恋一样，"第三者"也是一个被传统道德众口一词声讨的人，但史铁生认为第三者的情况比较复杂，不可一概而论。史铁生以 A、B、C 三者之间的复杂情况为例讨论进入三角恋的人应该怎么办。讨论的结果是提出了两个"想法"。两种"想法"的核心理念是"灵魂至上"——灵魂的牵挂，灵魂的漫展和相遇。在灵魂的照耀下，一个犹豫的 A 是美的，一个困惑的 B 是美的，一个隐忍的 C 是美的；所以是美的，因为这里有灵魂在彷徨，彷徨通向着爱的辽阔，通向信仰之门。

5. 爱是非理性的但绝不是无理性

从起源与特征、形态看，史铁生认为："爱情，从来与艺术相似，没有什么理性原则可以概括它、指引它。爱情不像婚姻是现实的契约，爱情是站在现实的边缘向着神秘未知的呼唤与祈祷，它根本是一种理想或信仰。”

爱情既然是站在现实向神秘未知的呼唤与祈祷，是一种理想与信仰，那么你就常常说不清它究竟是什么，所以它是非理性的，但你肯定知道它不是什么，所以它又绝对不是无理性的。

爱是非理性的但绝不是无理性的，这是爱情蕴含的基本悖论。爱情悖论的明确拈出，为处于爱的迷惘状态中的人指出了如何选择、如何处理问题的原则：一、因为爱情是非理性的，因此绝不可以用生硬、冰冷、僵化的规则、风尚以及现实理性（工具理性）去扼杀激情澎湃的爱情；二、也不能因为爱情是非理性的，就完全无视理性的提醒，否则激情就会成为脱缰的野马，成为从天而下的山洪，后果也不堪设想。

爱情游走在理性与非理性之间，徘徊于理想与现实之间，能在这两个“之间”找到平衡点，这，大约就是爱情的智慧所在。

八、病隙碎笔5(第54—57节)*

54

我一直相信,人需要写作与人需要爱情是一回事。

人以一个孤独的音符处于一部浩瀚的音乐中,难免恐惧,这恐惧是因为,他知道自己的心愿,却不知道别人的心愿;他知道自己复杂的处境与别人相关,却不知道别人对这复杂的相关取何种态度;他知道自己期待着别人,却没有把握别人是否对他也有着同样的期待;总之,他既听见了那音乐的呼唤,又看见了社会美德的阴沉脸色。这恐惧迫使他先把自己藏起来,藏到甚至连自己也看不到的地方去。但其实这不可能,他既藏了就必然知道藏了什么和藏在了哪儿,只是佯装不知。这,其实不过是一种防御。他藏好

---

* 史铁生:《史铁生作品系列:病隙碎笔》,人民文学出版社2011年版,第128页—130页。

了，看看没什么危险了，再去偷看别人。看别人的什么呢？看别人是否也像自己一样藏了和藏了什么。其实，他是要通过偷看别人来偷看自己，通过看见别人之藏而承认自己之藏，通过揭开别人的藏而一步步解救着自己的藏——这从恋人们由相互试探到相互敞开的过程，可得证明。是呀，人，都在一个孤独的位置上期待着别人，都在以一个孤独的音符而追随那浩瀚的音乐，以期生命不再孤独，不再恐惧，由爱的途径重归灵魂的伊甸园。

55

奇斯洛夫斯基的《情戒》，就是要为这样的偷看翻案，使这背了千古骂名的行为得到世人的理解，乃至颂扬。影片说的是一个身心初醒的大男孩，爱上了对面楼窗里的一个成熟女人，不分昼夜地用望远镜偷看她，偷看她的美丽与热情、孤独与痛苦。当这女人知道了这件事后，先是以不齿的目光来看他。幸而这是个善良的女人，善良使她看见了大男孩的满心虔诚。但她仍以为这只是性的萌动与饥渴，以为可以用性来解救他。但当她真的这样做了，大男孩却痛不欲生，惊慌地逃离，以致要割腕自杀。为什么呢？因为他的期待远不止于性啊！他的期待中，当然，不会没有性。其实身心初醒就像刚刚走出了伊甸园，感到了诱惑，感到了孤独，感到了爱——这灵魂全面且巨大的吁求！性只是其一部分啊，部分岂能代替整体？尤其当性仅仅作为性的解救之时，性对那整体而言就更加陌生，甚至构成敌意。大男孩他说不清，但分明是感到了。他的灵魂正渴望着接近那浩瀚的音乐，却有一种筹谋——试图把复杂的沉重解救到简单的轻盈中去的筹谋，破坏了这音乐之全面的交响。

56

当然，这大男孩会逐日成熟，就像人出了伊甸园会越走越远。未来，他也许仍会记得灵魂所期待的全面解救，性从而成为爱的仆从，部分将永久地仰望整体。但也许他就会忘记整体，沉湎于部分所摆布的快乐之中；就像那个成熟的女人，以为性即可解救被逐出了伊甸园的人。未来什么都是可能的。但现在，对于这个大男孩，灵魂的吁求正全面扑来，使他绝难满足于部分的快乐。所幸者，在影片的末尾，那成熟的女人似也从这男孩的迷茫与挣扎中受了震动，仿佛重新听见了什么。

57

应该为这样的偷看平反昭雪。除了陷害式的"偷看"，世间还有一种"偷看"，比如写作。写作，便是迫于社会美德的围困，去偷看别人和自己的心魂，偷看那被隐藏起来的人之全部。所以，这样的写作必"与社会美德有相当程度的隔绝"。这样的偷看应该受到颂扬，至少应该受到尊重，它提醒着人的孤独，呼唤着人的敞开，并以爱的祈告去承担人的全部。

赏析

“爱是灵魂全面而巨大的吁求，性只是其一部分”

《情戒》中男孩的“偷看”，在世俗观念中为人所不齿，但是，他的行为有什么值得人所不齿吗？无非是虚伪的道德在故作正经罢了。《情戒》为这样的偷看翻了案，使其得到理解乃至颂扬。世俗观念认为男孩儿的偷看只是为了性，但男孩儿的表现表明，他感受到了爱，这爱是“灵魂全面而且巨大的吁求！性只是其一部分”。换句话说，他想看的是人的真实的灵魂，是人的灵魂的全部真实。

这是人性的基本欲求——“以一个孤独的音符而追随那浩瀚的音乐，以期生命不再孤独，不再恐惧，由爱的途径重归灵魂的伊甸园。”

由此可见史铁生对人、对爱、对灵魂的理解和把握之深，可见他灵魂的纯净与诚实。

九、从“身外之物”说起*

常言道“常言道”，其实“常言道”并不都高明。比如“身外之物”，多指名利，或对名利之争的轻蔑，此外还有什么吗？问题是何为“身内之物”？“身内”未定，“身外”难免疏漏。这让我想起一位国人对幸福的总结：“高知不如高官，高官不如高薪，高薪不如高寿，高寿不如舒服。”真可谓步步进取，直指“身内”。便又让我想到国人多忌谈死，你一说死，立刻引来劝慰：“哎呀哎呀，您千万可别这么想。”怎么想呢？死，难道可以因为不说它，它就终于不来？渐渐有点明白了：“身外”既已摒弃，“身内”若再有失，后果自不堪言。好了，“身内”已辨，“身外”也就有些轮廓了。但“身内之物”迟早是要玩儿完的，靠些迟早要玩儿完的东西来鼓舞自己和祝福别人，总归不妥。故“身外之物”切不可一律轻视。习惯中，“心”与

---

* 史铁生：《史铁生作品系列：扶轮问路　妄想电影》，人民文学出版社 2011 年版，第 10 页—14 页。

“身”、“灵”与“肉”常相对立，故可推想，“身内之物”即一副肉身的圈定，而“身外之物”自然就还包括心灵，或者说精神。试想，以此类“身外之物”去祝福别人，不好吗？相当于说您灵魂不死，精神永在——就像媒体上常常颂扬的那些伟人。

又比如有人曾跟我说，那常见的祝福之词——“身体健康，精神快乐”，不如颠倒过来，这样说：“祝您精神健康，身体快乐。”是呀，精神的境界，怎么能仅仅是快乐呢？记得有人就曾赞美过“平静的坏心情”。止于快乐的精神，难说不够狭隘，就算是幸运吧，也得有迟钝来配合。精神又迟钝，身体又健康，这哪里是祝福？分明是嘲讽了。而精神又健康，身体又快乐，才是最佳配置。身体无论强弱，快乐都是目标。而健康的精神，则不仅可以享受快乐，更能够应对苦难。徐悲鸿有一副座右铭式的对联：“独执偏见，一意孤行。”可见其精神是何等健康，而这绝不会是说，因此身体可得其何等的舒适与保养。

还有两个常用的词，也该就其不同的底蕴较个真儿——“爱”和“喜欢”。比如恋爱，“爱上了”和“喜欢上了”，现在就弄得很没有区分。然而不幸的婚姻常是两类：1. 爱，但不够喜欢，或后来发现根本就不喜欢；2. 喜欢，但很少爱情，或后来发现根本就不是爱情。怎么讲？喜欢，多是对其容貌、体魄、健康、能力等——即“身内之物”——而言。爱情呢？则不拘“身内”，更是强调于“身外”的汇合了，那当然就只有凭据心灵或精神。不好说缺了哪一项更易忍受，唯当祝愿所有恋人都能“鱼与熊掌得兼”。但在某种时候，“爱”与“喜欢”的不同就会鲜明。什么时候？当你喜欢上了另一位！不可能吗？若不可能，爱人就无须选择，你或者打一辈子光棍，或者就有美满的婚姻按时向你扑来。喜欢，肯定是多向的；正如性，若非多向，则进化一事即告拉倒。但，爱情就不是多向的？

若不是，博爱也得拉倒。这问题我在《我的丁一之旅》中掂量过，简要的认识是：爱情的本质，乃心灵战争中的一方平安之地，乃重重围困下的一处自由之乡，乃人心隔肚皮时的一份两心互信之约。只能是两心吗？不不，博爱从来都是理想。但正如施米特所说：三人成政。只要有两个人，就难免敌我之虑，就有了政治。由此又可以说：爱情，甚至是从政治中独立出来的信仰。它既希望不受政治的伤害——比如罗密欧与朱丽叶，比如白娘子和许仙；又希望得到政治的支援——比如自由恋爱曾经冲破包办婚姻，比如同性恋者正在争取着合法权利，比如“愿天下有情人终成眷属”。但后者常会处在愿而不达的境地，而前者的醒目标题是现实。因而婚姻是现实，更像政治，当事人必须遵守一种广泛承认的规则；爱情却是信仰，个人自由，别人最好不插嘴。

但就像早年一部电影《流浪者》中说的，“法律不承认良心，良心也不承认法律”，婚姻和爱情也常常互不承认——比如你不承认第三者的爱情，第三者也挑战你的婚姻。不管具体何因吧，挑头作乱的都是欲望。欲望都要谴责吗？其实它是动力，原动力。不信消灭掉欲望你试试，一切都要拉倒。爱欲的最初表现是喜欢。

喜欢，常常已经有了性因素。接下来呢，传统的话，法律只承认婚姻；先锋的话，爱情不承认法律。无论你是传统还是先锋吧（现在好像没人管了），麻烦都在于另一种情况：你已经有了婚姻，甚至这婚姻中也有爱情，传说中的第三者却来显形成真。当然了，要是他/她跟你“性”一下之后明确表示瞧不上你，谢天谢地事情就好办多了，然而他/她“喜欢”你，甚至还“爱情”着你，这就麻烦。只拣三种情况来研究：1. 老婆或丈夫并未发现你的出轨，而你却发现“喜欢”远远抵消不了说谎的痛苦，便了结掉这一不轨情缘，自行回归；2. 你不仅了结了这一不轨情缘，还向老婆或丈夫做了坦白和忏悔,但不被原谅;3. 坦白之后,老婆或丈夫原谅了你,可第三者却纠缠不休。

先说1:出轨毕竟是错误,但若爱情依旧,错误可以原谅,谎言则不可。谎言是爱情的头号敌人(或"喜欢"的潜在盟友),因为爱情的根本,就是要在心灵争战的大环境中建设一处自由、互信的乐土。如果,你曾出轨,却因为不能忍受谎言之苦而自行回归,则表明这是一次真正的爱情事件,是一个爱情重于喜欢的突出例证;因而你绝不是传说中那种不懂爱情的人。相反2:这样的老婆或丈夫不懂爱情,更不懂你的坦白之于爱情的价值,他们只懂婚姻。那么3:这样的老婆或丈夫才是伟大的老婆或丈夫,才是真正的爱人;而那位第三者却是只懂得喜欢,或还懂得那句错位的祝福——"身体健康,精神快乐",但无论怎样都只针对自己。只针对自己的事,一般与爱情无关。

我是在为出轨者开脱吗?有可能。以己度人,我以为人人都会因"喜欢"而在心里有所出轨,没有相应的行动就好,但也可能是没有相应的机会。但若认为出轨即是爱情的失败,就把爱情看得太简单了。

出轨,其实只是对婚姻而言。至于爱情,却谈不上轨不轨——婚外之爱也仍在爱的轨中,婚内无爱也仍在爱的轨外;而婚外的喜欢,并且有所行动,也只是出了婚姻之轨。

所以,出轨应属一次法律性错误,而回归与否,却是一次面神的抉择。因为,婚姻是人约——由司法部门出具证明,而爱情,却属神约。"你愿意他/她做你的丈夫/妻子吗?"——此乃神问,超越法律,要你用灵魂来回答。这样想,倒是不能以回归与否来判定你是否违背神约了——回归,是爱情战胜了喜欢;不回归呢,却也可能是爱情冲破了婚姻。关键在于:人约可变,神约莫违——如果你把爱情看作信仰，而不仅仅是法律的话。因而，如果婚姻中没有爱情，离婚也就正当。但若婚姻中没有的爱情，第三者那儿却有，该怎样评价“出轨”呢？当然，出轨仍需承担法律责任，但它却并不违背信仰，所以再婚亦属妥善之策。可是，如果第二者死活不跟你离，第三者又誓言死等，可咋办呢？唯一的希望是大家都能懂得：婚姻即法律，不可以不尊重，但爱情即信仰，毕竟是根本。也就是说，你先得守法，否则淫乱滋生，连神圣的爱情也将被混淆得面目全非；然后，何去何从，终归还是得面神而问——以你的诚实之心，看你的爱情何在。

于是有了一个总结：法律先于信仰，信仰高于法律。这差不多是和谐社会的特征。

这就又让我想起不久前广为争论的一件事：人权高于主权，还是主权高于人权？争论得热烈而且糊涂。说人权高于主权吧，先就会给些不轨之谋以借口。其次，难道不是主权为着人权，倒会是相反吗？如果相反，则想必慈禧太后也会喜欢——无论她是在保卫主权，还是在出卖主权。

大凡局面两难，就当另辟思路。既有了前述那一总结，想来就应该是：主权先于人权，人权高于主权。凭什么呢？很明显，主权在法律的范畴，人权则属于信仰。

法律是怎么来的？为使不同信仰的人群都能享有同等权利，大家协商，互有妥协，制定出一套共同遵守的行为准则，便有了法律。所以，一旦人们有了矛盾，就该先去问问法律，看自己是否履行着当初的承诺。可是，法律乃人智的产物，不可能面面俱到，如果发生了法律也不知所措的事情，又该去问谁呢？当然了，要完善和不断地完善法律！可完善它的根据是什么呢？曾经制定它的根据是什么，现在完善它的根据就应该还是什么。曾经你问的是谁，现在就还问谁去。这样，料必你就会问到“天赋人权”那儿。天赋的，即人所固有的、没人愿意失去的。比如说，谁不想活吗？谁不想幸福吗？谁愿意让别人掐着自己的脖子活吗？天赋的，就是最高的；不可违背也无法再问的，即是神说。难道有谁会问“您为什么想活、想幸福、想不让自己的脖子给人掐”吗？所以说人权高于主权，正如信仰是法律的根据。主权原本是为了维护人权的，否则它的责任又是什么？如果主权就是主权，并不对另外的事情负责，那么，要留要卖就都是它自己的事了。反对出卖主权，说到底，是不能容忍它损害了大家的人权。如果损害了，就应当改善它。改善的根据，前面说过了，去问那个不可再行追问的最高者。至于改善是否合时宜，够策略，则另当别论。

赏析

“爱”与“喜欢”的区别

日常生活，尤其是在男女之情中，“爱”与“喜欢”是人们经常使用的两个词(概念)，但对于二者的区别却少有考虑，史铁生对此做了认真深入的辨析。

辨析这两个概念，是从辨析常用语“身外之物”与“身内之物”引出的。史铁生说，身内之物即一副肉身的圈定，而“身外之物”还包括心灵或者说精神。与此相关，喜欢，多是对他人容貌、体魄、健康、能力等“身内之物”而言；而爱，则不拘“身内”，更是强调于“身外”的汇合，即与心灵或精神的汇合。喜欢，肯定是多向的，正如性是多向的；而爱情，不是多向的，是一对一的，因为爱情的本质乃是心灵战争中的一方平安之地，重重包围下的一处自由之乡，人心隔肚皮时一份两心互信之约，不可能是多向的。

为辨析二者的关系，史铁生以婚外恋、第三者、出轨等问题为例。婚外恋问题极为复杂,难以一概而论,史铁生的意思是,面对复杂问题不要简单肯定或否定,而要具体情况具体分析。分析与判断的依据,在于当事人是否有真正的爱情。面对极难处理的困境,史铁生的建议是:“希望大家都能懂得:婚姻即法律,不可以不尊重,但爱情是信仰,毕竟是根本。也就是说,你先得守法——然后,何去何从,终归还得面神而问——以你的诚实之心,看你的爱情何在。”

在一篇专门讨论“喜欢”与“爱”的关系的文章(《喜欢与爱》)中,史铁生更明确地指出,喜欢是看某物好而“欲占有”,而爱则多是看某物不够好但盼望它好随之而来的激励是“愿付出”。爱情追求喜欢与爱二者兼备,二者兼备实为难得的理想状态,爱情所以是一种理想。

十、务虚笔记·死亡序幕*

14

在我的印象里，深夜。被一阵急促的喊声和捶门声叫醒的那个医生，就是 F 医生。

闷热的夏夜，急救车到来之前，惊慌失措的人们忽然想起的那个医生，我想，他会不会就是 F 医生？

据说一位住在邻近的医生，匆忙赶来，推开众人直奔画家妻子的床前，指望能从死亡手中把她抢出来。当我听到这个传闻，眼前立刻浮现出 F 医生雪白的头发。因而在写作之夜，那个匆忙赶来的医生就是 F：四十七八岁，满头白发。

但是已经太晚了。

---

* 史铁生：《史铁生作品系列：务虚笔记》，人民文学出版社 2011 年版，第 19 页—35 页。

F摸摸画家妻子的脉搏，看看她的眼睛……其实F医生刚一触到她的身体就已明白，晚了，一切都太晚了。可以肯定，她已经把她想做的事做成了：瞳孔散大，心动消失，体温一会儿比一会儿更低下去。F医生用一秒钟时间又注视了一下那张美丽而苍白的脸，然后转身离开床前。

“多久了？”F医生问。

有人回答：“听说十几分钟前还是好好的。”

回答的人向另一间屋里张望了一下，画家坐在那边一声不响。

“她吃了什么？”

“会不会是安眠药？”回答的人再向画家那边望一眼，画家仍无反应。

“不，不可能。”F医生说，“没有那么厉害的安眠药。”

F医生环视四周，在纸篓里捡起了一个小玻璃瓶。“这个小瓶子刚才就在这儿吗？不是你们谁丢的吧？”

众人摇头。

小玻璃瓶上没有标志。F拧开瓶盖，嗅一嗅，在桌上铺一张纸，把瓶子倒过来在上面磕几下，掉落出几片什么东西的碎屑。F用镊子夹起一片碎屑，凑近灯下看了很久，然后又装进那个小玻璃瓶。

“她是做什么工作的？”F医生问。

有人回答：“教师。”

“教生物？”

“不，教历史。”

F医生没再说什么，像所有在场的人一样束手无策地站着。F仅比其他人多知道了一件事：她是真的想死，其赴死之心由来已久。

另一间屋子里，另一些人陪伴着画家。画家一动不动地坐着，脸色并不见得比他妻子的好，但目光比死者的多着困惑。我感到，那困惑之深，倘不走向疯狂，就势必走向与日俱增的茫然。

两间屋子里，人们站成两个弧，分别围着那两个默不作声的人。

很久，两个弧才有所松散、变形、无序地游移。

两间屋子里还有走廊里，几乎看不见墙壁，到处都挂满了画家的作品。F 医生顾不上看那些画作，但还是能感到它的动荡——说不清具体在哪儿，总有一缕缕彻骨的冷色似乎在飘展，就便闷热的夏夜也不能抵消它。

正是一年中最热的季节，屋里人又多，虽已是后半夜，仍然不见凉爽。窗户都开着，偶尔飘进来的花香立刻被人的汗味淹没。人们毫无表情地走来走去，分散开。人群用最低的声音，在屋子里，在走廊中，在阳台上，在楼梯的拐弯处，断断续续地探询和描绘事情的经过。偶尔可以听清的总是这么一些循环交替的字句：……为什么……谁……是吗……怎么会呢……不知道……可到底因为什么……噢……那么那个人呢……不，不知道……但是这些稍显清晰的字句刚一冒头，便仿佛立刻被凝滞的空气阻断、吸收掉了。紧跟着是沉默。正是黎明前最寂静的时候，低语和轻喘，细碎又沉重。人们不时在其中侧耳寻找急救车的音信。

F 医生背对众人，背对正在萌动的蜚短流长，一直注目着角落里安卧的死者。那个角落幽暗、清寂，与周围世界相连处像是有着一道边缘，像是有另一种存在在那儿重叠，或是现世的时空在那儿打开了一个出口，女教师的形神正由那儿隐遁进另一种时空，另一维世界正把她带走。死，F 医生记不清见过多少次了，但每一次都同样使他惊讶，使他怀疑，他总不能相信：死，怎么可以把一个人那么多那么多不容轻蔑的痛苦、愿望、期盼、也许还有幸福，就那么迅速、简单、轻而易举地统统化为零了呢？死是什么？还有灵魂，那个刚刚离去的灵魂这会儿在哪儿？我甚至看见F医生四处张望了一下。死是什么，也许正像爱是什么，不知在哪儿但必定有其答案。

但这一次，是女教师那张忧郁却淡远、柔弱又决绝的脸，给了F医生更为深刻的印象。还有：她已经穿戴整齐，她已经为自己选好了素朴而优雅的行装。未来，当F医生也要从这个世界上离开的时候，我想他不会不想起这个女人，不会没有想起过这张消退了血色与凡尘的脸。

我作出这一判断的理由是：当急救车的笛声终于在暗夜的深处出现，众人再次慌乱之时，F医生猛地转过身来，但是停了一会儿，说："要是不想让更多的眼睛分食她的尊严，依我看，就把什么急救车之类的玩意儿都打发回去吧。"我想F医生是这样说的。他说这话的声音很低，说得很慢，但是我想画家在另外的屋子里还是能听到。

然后，F医生挤出人群。他离开之前，把那个小玻璃瓶放在桌上最醒目的地方，说："警察来了，交给他们。"

15

F医生回到家，夫人告诉他：那个画家叫Z。他妻子，对，那女教师，叫O。夫人接着告诉他：她早就看出那女人不是很正常。

"从哪儿？"

"不从哪儿，"夫人说，"不一定非得从哪儿。"

夫人说："事实证明我没看错。"

夫人说："别看她表面上那么文静、随和。但是她，心不在焉。"

“心不在焉?”

“对,你注意过没有?”夫人说,“她很漂亮,可是她心里有事。”

夫人说:“她心里有事,我们都看出来了。”

“谁们? 谁? 有多少人?”

“我! 我骗你吗? 当然还有很多人!”

夫人告诉他:很多人都知道,女教师总是独自到那个荒弃的园子里去看书。很多人都见过,很晚很晚,她一个人从那个园子里出来,回家。

夫人一边准备重新入睡,一边告诉他:女教师把书放在腿上,有时候并不看,光是两眼空空地望着别处。倒是没见有别人和她在一起。

夫人告诉他:女教师老是一个人在那片老柏树林子里。她老是坐在那棵枯死的老柏树下。没人记得是从什么时候开始,她老是到那儿去。那儿草很深,很旺。那儿,树很高树冠很大,叶子很密,但即使这样也不是不能看出来有一棵已经死了,她常常就是坐在那棵树下。那儿晚上有灯,四周很暗但灯下很亮。雨天雪天也有人见她在那儿。不管她是埋头看书,还是把书放在腿上瞪大眼睛张望,你走过去,你走过她眼前,她也看不见你。

夫人说:“我没猜错,她心里有事。”

夫人说:“我上下班,有时穿过那园子。有几次我跟她说过话。”

夫人告诉F医生:在街上,在车站,也许还在什么地方,她跟她说过几次话。其实女教师人挺随和,她笑的时候很甜,那一笑甚至就像孩子。

夫人说:“不过我什么都看得出来。”

夫人:“她好像挺喜欢跟你说话,可是很快你就发现她在想着别的，说着说着她不知道你说到了哪儿，你也弄不清她想到哪儿去了。”

夫人：“我肯定这个人不太正常。”

夫人：“你还不信吗？”

这时又有人敲门。

16

一个疲倦的警察，两个还在发抖的街道积极分子。两个发抖的人轮流把一个疲倦的人的身份、姓氏、职务和来意介绍了一遍。警察试图用拳头拦截一个来势迅猛的哈欠，也许喷嚏。

警察问：“依你看这肯定不是他杀？”

“我不是法医。”F 说。

“这我们知道。不过我们也想听听你的意见，你是第一个到场的医生。”

“一切都做得有条不紊，泰然自若。”

“就是说，你认为肯定不是他杀？”

“如果是，那么被杀者一定很配合。”

“什么意思？”

“依我看，这又是一件与法律无关的事。”

“你说什么，与法律无关？”

“一个人不想再活下去，有哪条法律规定过他该怎么做吗？这不过是一个……涉及了一条鱼的故事。”F 指指警察手里的那个小玻璃瓶。

“鱼？”疲倦的人拧开瓶盖，看里面那几片碎屑。“这是鱼？”

“我想是。”

“什么鱼?”

“很漂亮的鱼。不过它的内脏和皮肤都有毒,毒性剧烈,比氰化物还要厉害。”

“你怎么知道?”

“我刚好知道。”

“到底是什么鱼?”

“化验师也许能告诉您它的确切的名字。我猜,是河豚的一种。”

“哪儿有这种鱼?”

“海里,只有海里。”

“我们这儿离海很远呀?”

“它肯定不是自己游来的,您说呢?”

“呵,当然当然。”

“鱼已经焙干了,或者是晾干了,研碎了,看样子已经保存很久了。”

警察拧紧瓶盖,终于打响了一个哈欠,不是喷嚏。

一个疲倦的人和两个发抖的人走后,F 医生夫人继续告诉丈夫:“据说,这事,几天前就开始了……”

F 医生拉开窗帘,天蒙蒙亮了。阳台上的夜来香在蔫缩起黄色的花瓣,牵牛花正展开紫色的花蕾。

17

晦涩的晨曦从几座巨大的黑影后面浮现。或者说,昏黑的夜空,是从一些庞然大物的边角处开始退色。

据说几天前的晚上,画家和女教师的家里来了一个朋友,对,一个男人。现在，谁也猜不出这个人到底是怎么一回事。现在，那个男人已经无影无踪……

幢幢庞大的建筑物脚下，暗淡的路灯骤然熄灭，明显的电力不足，路灯熄灭后暗蓝色的夜幕仍然沉垂厚重，层层叠叠。印象中宽阔的长街，像一条僵卧的细虫。灰色的建筑群，深浅不一绵延漫展，如同一望无际的荒岗。

有玻璃的地方开始发光，灰白闪亮，像是大大小小的盐的晶体。

街上，刚刚醒来的人群还稀疏，还沉闷，动作迟缓。城市还很安静。也没有鸟叫。

据说，那个男人是女教师 O 的朋友，或者是她和画家 Z 共同的朋友。这应该不会错。那个男人差不多是六点钟来的，Z 和 O 和他一起共进晚餐。他们一块喝酒喝到很晚，可能是因为太晚了误了末班车，那男人就在另一间屋子里住下了。

没有鸟儿，到处都没有，早就没有了。

只好干等着城市自己醒来。

有人说那个人是从挺远的地方来，但也有人说他可能就住在这个城市里。

据说，整个晚餐的过程中，三个人的谈话都没有什么特别的地方，很普通，甚至很平淡，互相都很客气。酒喝得也很沉闷。酒虽然喝到很晚，但 O 和那个男人并没有真正说过什么，只是互相问一些别人的事，讲一些别人的事。三个人一起闲聊罢了。讲到过一些不可思议的传闻，比如人体特异功能，比如飞碟和外星人，比如这宇宙中也许存在着更高级的智慧，据说只在这时 O 认真地问了一句——更高的智慧又能怎样呢？据说这样，酒一直喝到很晚，那个男人要离开的时候发现末班车的时间已经过了……

清晨来临时没有鸟叫，谁也说不准这是从哪年开始了。人们很少注意到清晨里已经没有了鸟叫。这儿已经没有鸟的栖息之地。连乌鸦也逃离在别处。

一天一度的黎明，仿佛是从肠胃里卷起的一阵阵咕噜噜的欲望。在影影绰绰的楼群后面，从这浩瀚都市的腹地那儿，一副巨大的肠胃或是一架巨大的发动机开始呻吟、轰鸣、喧嚣，那声音沿着所有刚性物体的表面流传、聚积、碰撞、冲天而起再四散飞扬……但如果你走进去，走进网膜一样黏稠的街道中去，你找不到，无论是那副辘辘饥肠还是那架永动的机器你都找不到；你以一个微弱的“咕噜噜”参加进去而已。

你简直不能相信。这真是件奇怪的事。但你不能不信。到处都在传说：那个夜里，丈夫醒来，妻子不在床上，屋门开着，画家起身走进厅廊，厕所的门开着，厨房的门开着，还有阳台的门，开着。这下你应该猜到了，哪个门关着……

楼与楼之间，有着峡谷一般的裂隙，白昼之光从那些地方升腾，扩展。被豢养的鸽群成为唯一的鸟儿，它们的祖辈因为一次偶然的迷失被带进城市，从此它们就在这儿飞来飞去，飞来飞去，唯唯诺诺喊喊喳喳地哼咏，在空中画一些或大或小的圈地。从楼峰厦谷中可以看见一段规整而污浊的河，黑绿色的泡沫像一条没头没尾的大舢板在河面上漂移，平缓地隐没在土堡一样的矮房群中，在朝阳灿烂的光辉里熏蒸，与千家万户的炊烟一起升腾。远远近近的蝉鸣开始响亮。老人们在蝉歌中回首往事，年轻人兴奋地走出家门为昨夜的好梦去奔波一生。

女教师和另外那个男人在一起，对，只有那间屋的门关着。关紧着的门里很静，偶尔传出断续的低语。众说纷纭。他们——O和另外那个男人，当然，也许不一定就在床上，但他们之间到底发生了什么，到了什么程度，众说不一。因为邻居们从梦中惊醒纷纷跑来时，只见所有的门都开着，画家正冲着他的妻子大喊大叫，声色俱厉，女教师一声不吭。O 目光迟滞地望着她的丈夫，什么也不解释。另外的那个男人站在近旁，脸色惨白，不久他就消失，不知什么时候溜走了……

除画家之外，没人能证明当时的细节。但细节无关紧要。

据说这之后女教师到死只说过一句话，她只坚持一点：她今生今世只爱画家。画家，懂吗？她的丈夫。

提到那个男人，那个逃走的家伙，据说女教师只似有或无地笑了一下。

有人说：没见过她笑得那么不屑和冷漠。有人说：在当时那场合很难相信她会笑得那样轻慢。有人说她还说了："那个人嘛，不用谁为他担心……

灰色的蚯蚓像一条彩色的蜈蚣那样动起来，五颜六色的车流像一条条艳丽的蛇。当金碧辉煌的烟尘里一条沙哑的歌喉，模仿着哀愁，东一句西一句兴冲冲地唱遍各个角落的时候，城市的白天才算正式开始。

车站的晨钟，一下一下，清朗悦耳。

几天后，对，就是昨天深夜，有另外的人在场的时候，画家和他的两个朋友在另一间屋子里说话的时候，女教师走进卧室，关上门，找出一个小玻璃瓶，镇静地拧开瓶盖，把一些什么东西的碎屑倒进了嘴里。

据说是一条鱼。一条毒性非常剧烈但色彩相当漂亮的鱼，晾干了，研碎了，可能已经保存了很久。

据说画家和他的两个朋友发现时，女教师的呼吸已经很困难了。她示意画家看桌上的遗书。向妻子俯下身时，Z 的眼睛里全是困惑,从未有过的困惑。O 呢,至死都盯着画家那双眼睛,用尽最后的力气说:“不,你不要……不要,你千万不要……”不知道她这是指什么,“不要”到底指什么,她究竟不要他怎样?

18

这样的事不可能不流传。对于 O 的死,对于她与那个男人的关系,以及她是不是如她所说还是爱着她的丈夫,众说纷纭。

O 的自始至终什么也不解释,使人们倾向于相信,她与那个男人之间确是发生了越轨的行为。那个男人的逃走,更使这种猜测占了上风。

要是一个女人瞒着她的丈夫,在深夜和另一个男人关起门来在一起——当然不是简单地在一起——这怎么说?一般来说,是这个女人已经不爱她的丈夫了。最通常最简单的理解是:要么她已经无可逃脱地迷上了另一个男人,要么就是她在两性关系上持一种过分即兴的态度。

但在 O 的朋友中,没有人不认为 O 在性行为方面一向是严格的,是信奉传统价值的。事实显然也不支持那种占上风的猜测,如果 O 是那种够随随便便就可以同一个男人上床的女人,她也就不会那么果断尤其那么镇静地去死了。她的朋友们说,如果她需要情人,她早就可以有不止一个更为精彩的情人,但是她只需要一个爱人和不止一个朋友。她的朋友们说,在她的异性朋友中间有人对她抱有多年的幻想,这她知道,他们知道她知道,她知道他们知道她知道。但是那个夏夜的事件毕竟是发生了。事情发生在 O 身上,发生在与那样一个庸卑畏怯的男人之间(他竟那么迅速地逃之夭夭并且再没露过面),这不仅使那些对她倾慕多年的人蒙受痛苦,而且令她所有的朋友大惑不解。也许“庸卑畏怯”不过是嫉妒生出的偏见?也许那个男人真是有什么不同凡响的魅力,他看中哪个女人,哪个女人就在劫难逃?也许O真是迷上了他,爱上了他?

但是了解O的人(看来只是自以为了解)无一例外地相信,至少在爱情上O是一个撒不了谎的人,况且她既已决定去死,又何必撒谎呢?在O的遗书上只有写给画家的一句话,仍是她在最后的几天里唯一强调的那句话:在这世界上我只爱你,要是我有力量再爱一回,我还是要选择你。我宁愿相信这话的真实。我的直觉告诉我,这是她最终唯一想说的,也是唯一能够说得清的。就像一句禅语,听不听得懂要看听者的悟性了。

我不怀疑,她的朋友们谁也不怀疑,O恰恰又是那种绝不能与不爱者维持夫妻关系的人,一分钟也不能。在这点上她并不遵从传统,完全不遵从,而是发自本性地认同现代观念。她以前的那次离婚给大家留下的这种印象相当深刻。

19

七年前,当O遇到了画家,爱上了画家,并且根本不知道画家可不可能爱上她的时候,她就离开了她当时的丈夫。那是O第三次去画家的画室里看他作画之后,从那间简陋昏暗的画室里出来,骤然走进四月午后的阳光里,那时成熟的杨花正在到处飘摆到处垂落,也许是那杨花强烈而虚幻的气息所至,O感到心里(而不是头里)一阵昏眩,这昏眩并不使人要摔倒,而是让人觉得空间和万物都在飘散,一切都颤动着震响着飘散得无边无涯。我感到她有点儿想喊,有点儿想跑,想哭,在我的印象中她强忍着这突如其来的激动，在路边坐下，希望弄清楚在这从未有过的情绪背后都是什么。在那儿坐了将近三个小时，能够弄明白的只有一点：她以往并没有爱过，在这之前她从未真正体验过爱情。

太阳快要下去的当儿。耳边有人问她，要不要一张到某个地方去的卧铺车票？她环视四周，发现自己是坐在火车站的近旁。(这件事她至死都觉得神秘，画家的画室离火车站足足有十公里，她是怎么走过来的？后来她常常以为那或许是一幕幻景，随后的旅行不过是一个梦，可是她明明还保存着那张车票。)她把那张退票买了下来。她给学校拨了电话，说远在千里之外的祖母病危，种种缘故总之“只好我去”。不能说谎和不会说谎是两码事。然后，她竟然想得周到还给她当时的丈夫打了电话。“出差?”“对。”“这么急吗?”“是，火车就快开了。”“去哪儿?”她又掏出车票看了看才记住那个地方，一个十分钟之前对她来说并不存在的地方。

她不知道甚至也还没来得及去想：画家会不会爱她，会不会接受她的爱。似乎，此时此刻这并不重要。坐了一夜火车，其间她似睡非睡再什么也没想。天将亮时车停了她懵懵懂懂地下了车，她以为到了那个地方，随着下车的人们一起下了车。火车继续往前开走时她才看出，这是另一个她从未听说过的地方——一座小镇，小镇的名字与车票上的那个地名完全不是一码事。她在空空的站台上坐下，坐了好一会儿才慢慢地清醒了。是小镇清寂的黎明消散了她的梦？还是她梦进了这小镇黎明的清寂？我想，这也不是重要的事。

她在小镇上漫无目的地走。画家此刻在哪儿？在干什么和想什么？不知道。但这也仍然不重要。她来这儿不是为了找到什么，她来这儿不如说是为了逃离。逃离一种与她的梦想不相吻合的形式，逃离与她真确的心愿不相融洽的状态。那是什么？那是什么我已经明白:她要逃离的是那个她曾经称之为家的地方,是那个她曾与之同床共衾的人,是她的合法丈夫,她要逃离的是一个无辜的男人。逃离、欺骗、不忠、背叛,这些词她都想到了,甚至变成声音她都听见了。伤害、折磨、负疚,对一个无辜的人和对她自己,这些她都想到了,变成画面她都看见了,变成一缕味道她已经闻见了,而且知道这一切注定要成为现实永远都不能消灭了。但是别无他法。必须得这样,别无他法,正如那间简陋的画室里的味道再也不能消灭一样。很久以后,在她成了画家的妻子的很多年里,她会经常想起这座小镇,那时她便闻到两种味道:远方小镇上空气的清新,和画家小屋里油彩味的浓重。

至于那小镇上的景物,她一直也没有看清楚,因而在她的记忆里或在我的印象中只是纵横的几条虚幻而冷清的小街,或者干脆只是一些参差排列、色彩单调的几何形体。太阳升起来的时候,她走到了小镇的边缘。她爬上一段颓败的城墙,看见了辽阔如海的一片绿色;那是还没有长大还没有开花的向日葵,新鲜稚嫩的叶子牵连起伏铺地接天,晨风和朝阳里闪闪耀耀的新绿如潮如浪,仿佛地荡山摇。她像小时候那样旁若无人地跪下来,跪在城墙沿头的荒草里,呆呆地望着。眼前这情景她好像见过,但不知是在哪儿,也想不起可能是在哪儿见过。也许是在过去,也许是在未来,过去遗留在梦里,或者未来提前走进了梦中吧。我有过类似的体验:一种情景,或者一种感觉,仿佛曾经有过,发生过或者经历过,但是想不起由来,甚至明明知道那是不可能见过的,但无疑又是多么熟悉。这怎么解释呢?也许是前世所见?但更可能是一个久已忘怀了的梦,一个从开始就没有记住的梦,或者是一个白日梦——未来。在你的心中的造化。但那梦景变成情绪弥漫在心灵中而没有留在大脑里,凭智力很难把它找回来。

女教师O跪在荒草丛中，她很幸运——我为她找回了一幅梦景，因而她的一个久已疏淡了的梦想不召而至：那绿色也是这样地飘缭摇荡，那天空也是这样浩瀚无涯，但没有一点儿声音，天上都是灿烂的云彩，一只白色的鸟儿舒展地飞入画面，翅膀一张一收一张一收也没有一点儿声音，从天的这边飞向天的那边，在远处的地平线上就有了一座老屋，鸟儿正是朝那儿飞的，那鸟儿飞得洒脱，优美而真切，飞得无拘无束毫不夸张，但那老屋却相当虚幻、缥缈，仿佛只是一种气息的凝结，唯那一种古老房舍的气息确凿存在，鸟儿正是朝那儿飞的，那只白色的鸟儿，飞得没有一点儿声音……这个梦也许她对我说起过，也许没有。但在我的印象里或在写作之夜，分明有这样一幅属于她的梦景。这究竟是我的梦还是女教师O的梦呢？无关紧要。究竟是过去的经历呢还是对未来的憧憬？都无关紧要。但梦中那老屋的样子只好在醒后凭借希望才可描述。我有时猜想，在O的南方老家，或者在她对南方的思念里，必有那样一座老屋。O弄不清这梦的原因，也记不准是在什么年龄上开始做的了，总之很早，那只鸟很早就飞进过她的梦里，那古老房舍的气息流进她的梦里肯定更早，这梦她做过很多次，但有很久没再做了。

O在那小镇上待了三天。最后一天她又做了那个梦，与以往大为不同的是那个梦境变成了一幅画——挂在美术馆中的一幅画。那幅画挂在一个不为人注意的角落里，美术馆是一座辉煌飘逸的现代建筑，厅廊回转层层叠叠可能根本走不出去，阒无一人，光亮宽坦的地面上只有她自己的影子和脚步，脚步声渐渐被巨大的空旷所吞噬，她却找不到那幅画了，到处找也找不到它了，但能闻见它的气息，虚缈而确凿的气息到处弥漫随处可闻……

“是否就是那座老屋的气息？”多年以后我问O。

“不，不不，一点儿都不，”她说，“跟那气息完全不同。”

醒来，她以为她一下子就明白了这次梦的含意。她懵懵懂懂坐了一会儿，心想对画家如此魂牵梦萦到底算什么？是崇拜？还是爱情？她相信是后者；如果这仍然不是爱，她想象不出爱还能是什么。在以后的七年里她将不断地遵循这个逻辑而不断地得出同样的结论，直到死。一直到死。不过她第一次感到死的诱惑，恰是在她得出上述结论的同时。她离开那座小城回来，列车越近终点，死亡越是像一头温存的怪鸟（当然不是白色的，而且也不会飞）在她心里不住声地取媚邀宠，驱赶不去。她见过死，我也见过，七岁见过一个老人寿终正寝，十五岁见过一个中学老师跳进了十几米高的烟囱，二十岁在农村见过一个妇女死于难产和一个结实的汉子死于塌方，开始是惊骇、仓惶、深不见底的湮灭和悲恐，然后便只是偶尔的沉郁，再后来就不多想，死和生一样成了怅然常驻的疑问便不再去多想。O 却从未像现在这样，想到死竟生出丝丝缕缕的柔情，觉得轻松觉得安泰，仿佛静夜中一曲牵人入梦的笛箫。不不，O 绝不是想如果画家不接受她的爱她就去死，不，绝不是，而是：如果她当时的丈夫执意不肯跟她离婚的话，她想她总归活不成。至于画家，她甚至还没来得及去想需不需要向他表白。

20

她回到家里，看见那个还是她丈夫的人，她首先想到的是：她睡在哪儿？最紧迫的问题是：她今夜睡在哪儿？她不再能做到与眼前这个男人同在一个房间里过夜了。这当然不是个法律问题，甚至也不是感情、良心或欲望问题。若说感情，她现在甚至愿意以死来安慰他，使他快乐使他免受伤害，让他幸福。若说良心，她现在并不对画家负有什么责任，因而是完全可以与这个还是她丈夫的人同床共衾的。欲望呢？她看着眼前这个男人，相信自己对他过去没有现在也仍然没有什么生理上的厌恶，如果换一种心境，她相信她仍然是可以和他做爱的。但现在不能。是否从现在起永远不能了呢？也许吧，但不知道。为什么呢？似乎仅仅是个形式问题，是形式的障碍，或者是仪式问题，是仪式的错位，至少眼下是这样。就好比说，你决不能在婚礼上采用葬礼的仪式，也决不能在葬礼上播放婚礼进行曲。这时候，形式，是至关重要的。但她自己也想不通为什么这样看重形式，这样苛刻地对待一种形式。很可能是因为：比如一个骗子，别人不知道他在骗人。但他自己不可能不知道他是在干什么，因而他无法再用同样的方式骗自己。关键就在这儿——任何形式都是要说话的，都是一种公开的或悄悄的告白，一种形式不是表达一种真意，就是变卖一种真意。你可以闭目塞听，但你无法关闭心灵的耳目，谁也逃不脱这形式的告白。比如性，那赤裸的相见，不是赤裸地表白爱的真诚、坦荡，就是赤裸地宣布对爱的轻蔑和抹杀。

“我太累了我想早点儿睡了，今晚我自己在客厅睡。”

她说这话的时候不敢看她的丈夫，什么都不敢看哪儿都不敢看，急转身走进客厅，那样子想必是又孱弱又委琐又狼狈又滑稽。那一夜她痛痛快快地厌恶着自己，诅咒自己，死亡整宿都在她心里扑打着翅膀喋喋不休。她想，这必就是爱情了？那形式躲避开一个合法的婚姻，一定是给爱情保留着了？那她对身边这个无辜的人也许从前是但现在肯定不是爱情了？可她又是多么希望他不受伤害，希望他快乐和幸福呀——这是真的，确凿无疑是真的，这样的感情不是爱情吗？是什么呢？哦，死，人们为什么会认为死是最可怕的呢？她像个十五六岁的小姑娘那样，怀着恐惧和迷茫或者还有激动，问自己：爱情，到底是什么？爱情不是法律，对，不是。爱情不是良心，对，至少不是由良心开始和由良心决定的。爱情不仅仅是生理的快乐，对，不仅仅是那种事。那么，爱情也不是爱护的感情吗？不是。至少不全是。主要不是。从根本上说，不是。否则，爱情的对象就可以是很多人了。爱护的感情，加上性欲，就是了吗？当然不，至少那绝不是一个加法的问题。那么到底是什么呢？

我也是这样问自己。

破晓时分，O听见那个无辜的人在她门前徘徊了很久，差不多两个小时，她一动不动大气不出。那脚步声离去之后她开始无声地流泪。那脚步声出了家门，下了楼，听不见了，听不见了……她望着墙上他和她的照片，恍如隔着千载光阴，一切关于他的记忆都已变成了概念，没有了活泼的内容。她认识他；她知道他的名字；他是她的丈夫，是的，是过；她与他有过夫妻生活，对，性生活，也叫作“行房”或“做爱”；他们没有过孩子，因为她自己执意不要，他陪她去作过两次“人流”……这些都像是一份档案材料，仅仅是些毫无活气的铅字记录了。

一份落满尘灰，纸张已然变黄发脆的文字记录，历史悠久。她使劲回忆与他的上一次耳鬓厮磨肌肤相依是在哪一天？什么时候？什么方式？却怎么也记不得了，忘了，完全忘了，她相信他也不会记得，然而那却是最后一次，没有意识到这一点是个遗憾，无法给它一点点纪念了确实是个无法弥补的遗憾……她光着脚在总共两间屋的家里慢慢走，随心所欲地哭，在墙根下蹲一会，在地板上抱拢双膝坐一会，眼泪肆无忌惮地流淌，心里却明白一切都已无可挽回：她得跟他离婚。

21

关于那个无辜的人，我一无所知。我没有见过他。有人说他是个心地善良、宽厚而近于窝囊的人，只要狠一狠心谁都可以轻易把他甩掉，他无从反抗也无以诉说。也有人说，他绝不是个软弱可欺的人，相反，他的自制力太强了，他早已觉察了O的变化但是不问，只等她自己说，他太自视清高了，O刚把自己的想法说了个开头，他就转身去收拾了自己的衣物，说声“好，我不会麻烦你”，就拖起个大旅行袋走了。办理离婚手续的那天两个人又见了一面，但他一句话也没说，一句O的解释也不听，以后O再也没见过他。还有人说，那个无辜的人看似豁达大度但骨子里并非如此，他实际上是说了：“很好，但我会报复。不过你放心，我的报复不会那么小气。”但是没有谁说过那无辜的人不爱O，或者对O的离去无所谓，也没有人认为O应该爱他，从始至终没人说起过O离开他是对还是错。人们在说起O的时候顺便提起他，对他做一点儿很不深入的推测，仅此而已，其余的时间里他不存在。至少在我的印象里，还没有他再次出现的丝毫迹象。

赏析

执拗于美丽梦境的人

《务虚笔记》是史铁生第一部也是最重要的一部长篇小说，其意蕴深厚，内容复杂，难以简单地概括和归纳，但起码有一点可以肯定，思考、讨论爱情是其中一个重要内容，所以史铁生说："如果有人说这是一部爱情小说，我不会反对。"

书中比较详尽地描写了多对爱情组合，其主要人物差不多都有不同的爱情经历，都体现了史铁生爱情思考的某些方面。在诸多爱情故事中，女教师 O 是作者浓墨重彩描写的一个角色。

O 出生于优雅高贵的家庭，从小有着富裕的物质生活和良好的家庭教育，她天真、单纯、善良、正直，富有同情心。她没有等级俗念，童年时和出生于农村的少年 WR 两小无猜，友好相处，逐渐发展为朦胧的初恋关系。WR 因言得罪，被发配至西北边陲，她不离不弃，相约永远等他。WR 归来后决心从政，需要攀高枝往上爬，抛弃了等待多年的O而结了一门政治婚姻。遭受打击后的O痛不欲生，万念俱灰之下匆忙结了婚。婚后生活庸常平淡，直到后来发现画家Z，她的爱情之火被重新点燃。她感到自己又找到了真正的爱，为此突然出走，后来毅然离婚投奔了Z。

Z出身寒微但有极强的自尊心，少年时因曾被蔑视而受极大刺激，发誓报仇雪恨，一定要爬到社会等级的高端而报复他人。他勤奋刻苦，努力作画，坚忍不拔，小有成就。他的行为和精神打动了O，因而不顾一切和Z结合。但是Z一心想的是高端和高贵，是出人头地，是征服庸众，是报仇雪恨。O一心向往的是平等的、温馨的、浪漫的、纯情的爱，但在Z这里却没有，Z居高临下对待O，而且多次激辩说平等压根儿不存在，要求平等是弱者的幻想。在Z这里，O感受不到她向往的那种爱，能感受的只是Z的冷傲和强悍："他其实谁也不爱。……他只爱他的高贵和征服。"就连他对O的爱，也在潜意识中埋藏着某种报复心理和施虐倾向，因为他把O当作童年受蔑视时那家的小女孩儿。他以能征服、污损、破坏、占有高贵为满足。O不接受Z的理论，但又无法说服他。O无限失望，无限迷茫。她不知道自己错在哪里，她知道别人错但不知道别人错在哪里，极度绝望之中，她只有以一死告别这个她弄不懂的世界。

单纯善良优雅的O向往平等、温馨、浪漫、纯情的爱，错了吗？没有人说她错啊！在爱情中，人们历来向往的不就是这个吗?！尤其是，古典的爱情理想不正是这个吗？但是，她却实实在在地失败了，她的理想实实在在地破灭了。为什么？就因为她的理想太单纯、太浪漫、太优雅了，她所生活的这个世界容不下她，她天真纯洁，理想脱离现实了。如，她向往的那种无条件的、绝对的平等是根本不可能存在的，是违反辩证法的；世人并不都像她那样单纯、热情和美好。最后，看似柔弱的她，内心却又有强大的力量，她终于决绝地“拒绝了这个她活着就不能拒绝的世界。这样，她终于守护住了她“质本洁来还洁去”的童年理想和赤子纯情，但也证明了这种理想的无望、不可能和扼杀生命的本质（邓晓芒的《史铁生：可能世界的笔记》）。

在“童年之门”一章中史铁生创造了一个春天落日余辉的意象。“落日余辉”，温暖而荒凉，正在无可挽回地消逝。叙述人在提到O时说：“O一生一世没能从那春天的草丛中和那深深的落日里走出来，不能接受一个美丽梦境无可挽回地消逝。……O，无论是她死了还是她活着，从世界为我准备的那个网结上看，她都是蹲在春天的荒草丛中，蹲在深深的落日里执拗于一个美丽梦境的孩子。”

从叙述人的评价中我们可以窥见作者对O的评价。美丽，但却是梦境；美丽的梦境最后却无可挽回地破灭了。这是什么？当然是悲剧！不折不扣的典型的悲剧——美的悲剧，爱的悲剧，理想的悲剧！让人痛心、揪心，让人伤感、怅惘！

美丽的梦境却破灭了，那么它就无价值，就需要抛弃吗？当然不是！它的价值就是让人向往、让人怀念、让人欣赏、让人眷恋；它以它的美丽衬照出现实的残缺和灰暗，激发出纠正残缺和灰暗的正能量。一句话，O不是读者学习（或模仿）的对象，而是读者审美的对象。

O差不多是贯穿全书的重要形象，对她的描写比较集中的，除了“死亡序幕”之外，还有“童年之门”“昨天”“差别”“猜测”等章节。

十一、务虚笔记 · 恋人[*]

31

画家九岁时闯进那座迷宫般美丽的房子要去找的那个女孩儿，她是谁？也许我也许无论哪一个男孩儿，平生第一次怀着男人的激情去找过的那个女孩儿，她是谁呢？或者，在未来，在所有留给我深刻印象的女人当中，在写作之夜，谁就是那个如梦如幻的女孩儿的继续呢？

N。我有时候感到她就是 N。对，女导演 N。

在某些时间，某些地点，某些事件和我的某些思绪里，那女孩儿变成 N，变在 F 医生从童年开始就迷恋着那个女人。那飘忽不定的悠久的幻影，走过若干年，走过若干人，在经过 N 的时候停一下，

---

* 史铁生:《史铁生作品系列:务虚笔记》，人民文学出版社 2011 年版，第 49 页—69 页。

在N的形象和身世中找到了某种和谐,得以延续。于是,又一种虚无显化成真,编进了N的网结——准确地说应该是,纺织进一张网的N结上,从而有了历史。

(虽然算起来,N与那个小姑娘年龄不符,但思绪是没有年龄的。因而,她并不一定就在这N结上永远停留,在这之前、之后,或与此同时,她也可能是别的女人,比如是T,是X,比如也许很简单她就是O。没人能预先知道,思绪会把她变成谁。)

N最早出现在那本电影画报里。就是我蹲在一片春天的草丛里所翻看的那本画报。在没人跟我玩的时候我常常翻看那本画报,看那上面一群漂亮女孩儿的剧照。从童年,到少年,我多次去看过那个电影。奶奶问我:“你又去看什么电影?”或者:“你又看了个什么电影呀?”我随便编出一个片名骗她。实际我看的全是那一个。百看不厌。看她们童话般的美貌,看她们童话般的校园和教室,童话般的夏令营、篝火、鸽子、葵花和白杨树……去看她们以童话般的纯真所眺望的童话般的未来。不知那电影院售票的老人——我愿意把好几个售票者想象成一个老人,一个近乎于为教堂守门的老人——他是否注意到了,有个男孩儿一次次去看那个电影,一次次散场之后男孩儿童年的欣羡变成了少年的痴哀。那个男孩儿,那个缥缥缈缈的男孩儿就像是我,就像是所有男人的童年记忆,在传说般的往昔岁月,在巨大的云彩和天空下不经挑选的一条小路上,也许是在梦里,也许是在往昔直至今日的向往之中,他缥缥缈缈地走着,但也许他真的冒着雪后寒冷的风,走进过一座美丽的房子。下午的阳光里传送着小贩或者手艺人孤单而悠扬的叫卖声,一直到阳光渐渐地消逝,那时他心里想着去找的,应该就是那群女孩儿中的一个。

没想到将来,他真的与那群女孩儿中的一个相识。

那一个,她就是N。

我认识N的时候,她已近中年,在一家电影厂做着导演。她身材修长,她依然美貌。她四十岁生日那天我在她家喝酒。醉人的酒。我问她还记不记得她小时候住的那座房子。她说当然记得。我说,那座房子,简直,简直就像个宫殿!她说怎么你去过?你在那儿认识谁呢?我说你的姐姐还弹钢琴吗?她说,什么?她说她没有姐姐。我说,还有你的哥哥,他太安静了,他好像挺忧郁是吗?她说噢好了,你别再喝了。她夺过我的酒杯说,她没有姐姐,兄弟姐妹她都没有。我看着她心想她到底是谁?我近乎无礼地看着她心想她是谁这不要紧,她还是那么美,温文尔雅像她的母亲虽然我几乎没有见过她的母亲,她还是那么美但不像她的姐姐(她的姐姐美,但是冷),虽然她说她并没有姐姐。不管她是谁这确实没什么关系,她还是那么需要一个教堂守门的老人来守护,四十岁算什么,八十岁也埋没不掉她脸上的童话。我说这没关系,真的,没关系。同时我想象着她爱的时候必定疯狂无比炽热灼人。

我说:“那天他走后,你父母骂你了吗?”

“为什么骂我?”

“他们错了。那是他们的错儿。你父母,还有你的姐姐和哥哥,甚至你家的保姆,是他们的错儿。”

“我看你是不是睡一会儿?”

“他们在第四章里,以为画家是个野孩子。就是说——坏孩子。真的,他们错了。”

“好了好了,你躺下,什么第四章不第四章,对,就躺在这儿,躺下来。”

“噢没关系,真的我没关系。但是画家却对这件事耿耿于怀。”

“画家?哪个画家?你说谁?”

“这不重要。画家那时候和所有的孩子一样。所有的孩子都一样,不是吗?但是画家并不走,他把这件事记得越来越深。我知道他,我知道他为什么总在画那根羽毛,那根越来越飘逸越来越冷峻越来越孤傲不群的羽毛。我甚至知道O,为什么离开这个世界……”

“你睡一会儿吧,好吗?”

“为……为什么睡……睡一会儿?”

“你已经在做梦了。”

我望着她,很久(甚至直到今天,甚至会到永远),都不敢确定她到底是在童话中,还是已经从童话中不小心走进了现实。

“那么,当我蹲在那片春天的草丛中看你的时候,你正在干什么?”

“不知道。也许,那时我的父亲正在写一本书,我正看着他写。”

“那些童话吗?”

“不,他正在虔诚地写着一部足以葬送全部童话的书。”

32

写作之夜,N所以是女导演N,所以在我的印象中有了这一种职业,是因为在那个早来的夏天,传说她忽发奇想,借来一部摄影机,请来一对青年演员,在人群如潮如涌的大街上,拍摄了三本胶片。她相信,无论过去还是将来,任何导演都不可能再现如此浩大壮观的场面。女导演N所要拍摄的情节非常简单,只是男女主人公在万头攒动的人群中忧心如焚地互相寻找。她给两个演员的提示也很简单:“第一,男女主人公正在初恋的狂热之中。第二,他们不小心在这动荡的人群中互相丢失了。”演员问：“接下去呢？”N摇摇头，说：“不知道。”“剧本在哪儿？”“没有。没有剧本，甚至连故事都还没有。现在除了这对恋人在互相寻找，什么都还来不及想。”“那你凭什么相信，这情节，在你将来的故事里一定用得上呢？”N说：“因为我相信不管什么时候，我们可能丢失和我们真正要寻找的都是——爱情！”N说：“就是现在，我也敢说在我们视野所及的范围里，至少有几千对恋人正在互相寻找，正在为爱情祈祷上苍。”N站在一辆平板三轮车上，把定摄影机，对准那两个青年演员，在人的海洋中缓缓行进，跟拍这一对焦灼地相互寻找着的恋人。一群记者追着她问：“你认为，你的这部片子什么时候能够公映呢？”N回答：“这不是问题。”记者问她：“你是否想过，你一定能把它拍完？”N回答：“我早晚会把它拍完。”记者问：“如果那时这两个演员已经不合适了呢？比如说，他们已经老了呢？”N思忖片刻，说：“对爱情来说，什么年龄都合适。只要我那时还活着，我还是要把他们请来，我将拍摄两个白发苍苍的老人互相亲吻着回忆往昔，互相亲吻着，回忆他们几十年中乃至一生一世历尽艰辛的寻找。”人群中有个声音问：“喂，女导演，光是亲吻吗？在您的爱情故事里打不打算出现性场面呢？”人群中于是有些窃笑。女导演回答：“是的先生，你提醒了我，那动人的爱情当然需要有一个无遮无拦的美丽仪式，不可或缺！”笑声于是淹没在刹那的肃静中，和由肃静中突然爆发的掌声里。记者接着问：“那么从青年到老年，这间隔您打算怎么拍呢？这期间的他们由谁来扮演？”N说：“由所有的人来扮演。”她把摄影机缓缓地摇了三百六十度，说：“由现在一直到那时的，所有的恋人们，来补充！”人群再次报以掌声。传说，掌声中一个年轻的低音忽然唱道：“哎哟妈妈，请你不要生气，年轻人就是这样相爱……”传说所有在场的青年人都唱起来，不同音部：“哎哟妈妈,哎哟——！哎哟妈妈,哎——哟……”传说有一个像我这般年纪的人问:“这个女导演她是不是曾经也演过什么电影？我怎么看着她这么眼熟?”传说所有在场的中年人和老人也都跟着唱了:“哎哟妈妈,请你不要生气,哎哟妈妈请你不要生气——年轻人就是这样相爱。”

33

F医生有二十多年不问政治了,二十多年来他几乎做到了不读书不看报(当然除去医学书刊),不听广播不看电视,也不看电影,除去做手术他很少跟人打交道,除了医学差不多没有第二件能让他着迷的事。不用说,他的医道精湛——这既是涉及一个医生的故事时我们所希望的,又刚好符合这位医生的实际情况。但他至今仍只是个主治医生,不是教授、副教授,不是主任或者副主任,因为他的资历和水平都够了可惜没有相应的著作或论文。他的论文写了十几年了,尚未脱稿。吸引他的是神经细胞、大脑组织乃至精神方面的问题:物质以什么样的结构组织起来就有了感觉,脑细胞以什么样的形式联系起来就能够思想？每当他锯开颅骨看见沟回盘绕的大脑,感到这些白嫩嫩的物质的温度和运动,他总要怀着惊愕和尊敬在心里暗暗地问:这里面已经埋藏了多少幸福和痛苦?这里面有多少希望和梦想？不能把那些痛苦从中剔除,或者把更多的快乐移植进去吗？当他带领学生做尸体解剖时,无比的神秘总使他激动不已,从他做学生的时代起这种激动便开始跟随他:把大脑分解开来,都是些常见的玩意儿,那么灵魂在哪儿？灵魂曾经在哪儿？灵魂是以什么方式离开这儿的？看来灵魂是从结构里产生的,灵魂不是物质,或者说灵魂就是全部这些物质的结构。这结构一旦被破坏灵魂也就消失。那么是不是说，只要能把那些必要的物质纳入一种恰当的序列，灵魂的秘密就要泄露了？我们就可以造出我们所喜爱的灵魂？我们就可以像牙科医生把任何难看的牙齿矫正得非常漂亮那样，也把丑陋的灵魂调整得高尚呢？但是他的思路很可能是在什么地方出了差错，或者是因为他需要做的更为实际的手术太多，用于研究上述问题的时间太少，研究和实验的条件也太简陋，十几年来没有多少进展。墨守成规的医学同事觉得他这纯粹是跟自己的论文和职称过不去。在“文化大革命”中，甚至有人为此说他是反对领袖的思想：“灵魂？你们这些臭知识分子，老人家早就说过了，政治就是灵魂！”倒是诗人L有一天听懂了他的玄思，对他说：“可您别光盯着大脑呀，您曾经对了您已经注意到了结构！但是整个结构中不光有大脑呀，譬如说，还有肛门呢。一个不会拉屎不会放屁的人，你想想，难道能够生存吗？”F相信诗人给了他珍贵的理解，虽然他并不因此就打算与诗人合作。他顺带又问了诗人一句：“你对人工智能这件事的前景怎么看？”诗人说：“您不见得还想制造永动机吧？”医生呆愣片刻，问道：“你怎么想起了永动机？你认为这两件事有什么联系吗？”诗人说：“算啦算啦别又这么认真，我不过是说说玩儿的。”F医生问：“那，你相信人工可以制造出跟人有同样智能的生命来吗？”

诗人的回答语破天惊：“性交，先生，这方法有谁不信吗？”

L是F最亲近的朋友，他们的友谊从L失恋的那年开始。那年，失恋的痛苦使L成了F的病人。某个晚上L不知从哪儿弄到了半斤酒，如数倒进肚里，十分钟后他躺在地上又哭又喊，闹得整个病房秩序大乱。护士们轮番的训斥只能助纣为虐，诗人破口大骂，骂爹骂娘，骂天骂地，骂这个时代骂这颗星球，听得众人胆战心惊，都考虑是否应该把他送去公安局定他一个反革命宣传罪，但他的骂锋一转,污言秽语一股脑冲着他自己去了,捶胸顿足,说他根本就不配活,根本就不应该出生,说他的父母图一时的快感怎么就不想想后果,说他自己居然还恬不知耻地活着就充分证明了人类的无望。护士们正商量着给他一针镇静剂,这时 F 医生来了。

F 医生请护士们离开,然后对 L 说:“有什么话别憋在心里,跟我说行吗？你要是信得过我,我这一宿都可以在这儿。”诗人的哭闹竟声势大减,仿佛转入了另一乐章,这一乐章是如泣如诉的行板,是秋水荡荡的对往日的怀恋,是掉进深渊的春天的回声,是夏日旷野中的焦渴,是绵绵冬夜里的幻梦,语无伦次和喋喋不休是这一乐章的主旋律。F 医生从这久违了的交响之中,当然听出了爱神残酷的舞步,他守护着诗人,耐心地(或者不如说享受一般地)听诗人倾诉一直到凌晨。L 终于累了也终于清醒了些,他注意到医生的头几乎低进了怀里。L 等了一会儿,他想医生会不会早已进入了梦乡？有好一会儿听不到诗人的动人的乐章,F 医生这才抬起头来。这一下诗人醉意全消——医生的脸色惨白得吓人。轮到病人问医生了:“您不要紧吧？您去睡一会儿吧。”然后医生缓缓地站起身,嘱咐病人:“是啊是啊睡一会儿吧,我们都是罪孽深重。”L 惊愕地看着 F,相信 F 才应该去写诗。

但是 F 医生非但不写诗,而且不读诗,尤其不喜欢 L 的那些现代诗。L 每有得意之作都要跑来读给 F 听,当他从那场痛不欲生的失恋中活过来以后,他希望自己也能为 F 分担一点儿心事,希望为 F 沉寂的河流能够增加一点儿狂放的诗情,甚至哪怕使它泛滥。然而对于诗人神采飞扬或泣不成声的朗诵,F 一向以沉默和走神儿作答。

只有一次 F 医生的脸色又变得惨白——

我等你，直到垂暮之年/野草有了/一百代子孙，那条长椅上仍然/空留着一个位置/……

医生连续向诗人要了三支烟。三支烟相继燃尽之后，F说："你认为像这样的话非要说出来不可吗？"

34

二十多年前，青年F已经把一生的话说了百分之九十，余下的话大致上只属于医学了。

在最后与N分手的那个夜晚，或者那些数不清的夜晚，F医生只是流泪，什么话也说不出来。不管N说什么，怎么说，求他无论如何开开口，都无济于事……

……我什么都不怕，N说，不管别人说我什么，不管他们怎么看我，N说，我不都怕……N从窗边，从夜风吹拂着的一盆无花的绿叶旁走过来，来一条对角线，走到F面前……只要你也不怕，N说，只要你坚持，我相信我们没什么错儿，如果我们是真心相爱，N说我们就什么都不用怕……

……N从那座古祭坛的石门旁转过身，走过那盏路灯，走过明亮的灯光下翻动着的落叶，走过那棵老柏树，抓住他的膝盖蹲下与他面对面……我不想指责别人我尤其不愿意伤害他们，你懂吗，我是说你的父母，N说我一向尊敬他们，我多么希望我能爱他们，但是……

……N的脚步声，N和F的脚步声，响彻寂暗的小街，雨停了，收起伞，风把树上的雨水一阵阵吹落，落在脸上也没有感觉……但是我知道我没有错，如果你曾经说你爱我那是真的，如果现在这还是真的，N说我记得我们互相说过，只有爱，是从来不会错的，N说，如果爱是真的爱就不可能错，如果那是假的那根本就不是爱……

……N没有来。在车站上等她但是总不见她来。在那座古园里走遍找遍也没有她的踪影。她的窗口黑着，她到哪儿去了呢？半夜回到家，F的书桌上，灯下，有N寄来的一封信

……N说，要是我不知道我错在了哪儿，要是我们并没错，我为什么要放弃，我们凭什么要分离……

……N走在前面，沿着那座古园荒圮的围墙走在前面，走在月光和墙影之间，淡蓝色的头巾以及攒动的肩膀时隐时现，然后她转回身停下等他，等他走到她跟前，看着他也停下，看着他的目光一直停在她肩头的那块凄迷的月光上……你能不能再告诉我一遍，N说，你曾经告诉我的，是不是真的？N说，请你告诉我，是不是出身可以使爱成为错误？是不是有什么东西可以使爱成为错误？N说我不是指现实我是指逻辑，现实随它去吧我只是想求证……N走进星空下清冷的草地，草地上有一座被人遗忘的大铜钟，一人多高，底部陷进了土里，身上爬满了绿锈，常有养蜂人在那儿逗留，在那儿布下蜂箱，搭起帐篷，N远远地望着那座大钟的影子，坐在草丛中，等着他走来，等到听见他在她身后站下，很久……N说我能够承认现实，我也许不得不接受现实，N说，如果我父亲的罪孽注定要剥夺我，N说至少我不想让它再剥夺你，走吧你去苏联留学吧，N说，我不想损害你父母为你安排的锦绣前程，但是我必须得知道这仅仅是现实这并不就是一切的证明……

……N站起身，走开，走一条对角线，走向那盆如深夜一般宁静的无花的绿叶，走到窗口旁……现在我想听听你怎么想，你真实的想法是什么，只要是真实的那至少还是美的，你总得有一句确定的回答，我只想证实这个世界上除了现实之外还有没有另外的什

么是真的,有还是没有,另外的,我不要求它是现实但我想知道它可不可以也是真的,我求你无论如何开开口好吗?劳驾你,开开口行吗……

大概就是从那时起青年F开始明白世间的话并不都是能够说的,或者并不都是为了说的。整个晚上他都像个孱弱的孩子抽抽噎噎地哭泣,肆无忌惮地用手背抹眼泪,哭得尽心尽意津津有味,仿佛万事大吉他单是为了享受这最后的自由哭泣而来。N恨不能揍他。N留给他的最后一句话是:“你的骨头没有一点儿男人!”这句不甚通顺的话,说不定碰巧是一句咒语或偶然与某种符咒同效,F立刻止住哭泣(他的眼泪至此终生告罄),定定地看了N足有半小时,像是要把一篇碑文一字不差地背诵下来,然后他缓缓转身,离开,再没回头。路上,他的头发开始褪色。

F用眼泪所演算的一道难题是:如果他立刻宣布与N结婚,那么他父母的心脏就可能立刻停止跳动;如果他想等到他父母的心脏停止跳动之后再与N结婚,那么他父母的心脏可能还要跳上三十年。

他一路慢慢地走,凭习惯迈动着脚步,心中再无所念,但回到家时已是两鬓斑白。他的母亲看见他,先是问:“喂,这位同志您找谁?”继而大惊失色地喊道:“天哪你这是怎么啦?快看看你的头发!”他一言不发,走进卧室纳头便睡,鼾声如雷直到天明。前半宿,他的母亲、父亲、姐姐和妹妹差不多每隔半小时就来看他一次,每一次都惊讶地发现他的白发又添了许多。后半宿,全家人就围定在他的床边一筹莫展地看着他,流着泪,屏住呼吸,看着他的头发分分秒秒地变化,竟以肉眼可以分辨的速度在变白。就这样,一夜之间青年F的一头乌发踪影不留。黑夜开始消退时F醒来,一家人从他的床边缓缓散开,退到不能再退的地方,贴墙根站下,心惊胆战地看着那一团白发，不知它最终还会变成什么。F 起床、穿衣、下地，黎明在那一团游动的白色四周无声地扩展。母亲最先看出那变化已经结束，至少已经告一段落，便慢慢地退向墙角试图把镜子挡住。F 从大伙的神色中知道必是自己的头上出了什么问题，他请母亲让开。镜子里，F 的满头银丝如霜如雪晶莹闪亮，在黑夜与白昼的衔接处像一团自由灿烂的冰凌。

窗外的晨鸟像往日一样声声啼啭。窗外的晨光像往日一样，从寂暗中壮大，渐渐地喧嚣。而在这座城市里在这个世界上 N 再也见不到往日的 F 了——那一头茂盛的白发呀，“纵使相逢应不识”！F 镇定得如同换了一个人，对着镜子把那头白发翻看了一遍，仿佛对它们白得如此彻底感到满意。“孩子，”母亲终于说，“你是不是去看看医生？”“不用了父母大人，我就是医生，”F 说，“有时候头发和心脏一样都不是一个医学问题。”父母愣愣地站着，好像并没有听懂他的话。F 又说：“不过你们的账我已经还清，以后你们再犯心脏病那就只是个医学问题，与我的前程无关了。”说罢，他梳理一下满头的白发，有条不紊地走出家门。从此 F 医生的血液渐渐平静，他不仅没去苏联留学，以后的二十多年里除去有病人的地方他哪儿都不去，二十多年中他就像一条流量均匀的小河，任两岸喧闹抑或荒疏，无喜无怨不惊不废一年四季以同样的速度耐心地流淌，流经在医院与家之间。不久之后他搬出了父母家——大约就是那座美丽得出人意料的房子吧，我想——有了自己的家。他自己也以为他的生命中不再会起什么波澜了。

35

同在一个城市里居住，但自分手后 F 再没见过 N，非常奇怪二十多年里竟连一次偶然相遇的机会也没有,但他没有一天不想起她。一天当中总有闲下来的时候,一个手术做完了或是一顿饭吃过了,总会有暂短的闲暇,他就会想起她:N 此刻在哪儿?N 正在做什么?N 今年多少岁了?她已经发胖了还是永远都不会发胖?她有些老了吗?她也会老吗?她老了是什么样子?想象不出。在他的眼前,N 还是二十多年前的样子,衣着简朴大方,身材健美,脸上找不到一丝皱纹。在上班的路上,在下班的路上,或是读一份病历的间歇,听一场无聊的报告的时候,以及无论为了什么事必须挤在人群中无所作为之际,心里忽然会有一块不大的空隙,F 想起 N:她不至于忽发奇想改了名字吧?她还是在老地方住吗?从她的窗口望出去,有什么?有一排树,有一条路,那条路的西端是堵死的,有一盏高而暗的路灯。那盏灯被风吹得摇摇欲坠,地上的人影和树影便无声地移动。从树叶稀疏之处能看见她的窗口,站在那些晃晃荡荡的影子里就像站在一叶漂泊的小船上。他曾多少次站在那儿,看见她的窗开着或是关着,看见那儿有灯光或是没有灯光,或是黑洞洞的窗口忽然间光芒四射……

……当我~~还没来~~到你的面前,你千万~~要把我呀记在心~~间,要耐心~~地等待我耐心地等待我,姑~~娘!我心像东方初升的红太阳~~呜喂~~,sin-sin-so-,sin-si-so-,风儿呀吹~~动我的船帆~~,姑娘呵我~~要同你见面~~,向你诉~~说心中的思念~~,sin-sin-so-,sin-sin—so……

那曾经多么近而如今多么远的歌呀……不,这么多年了,F 想,N 肯定已经搬了家。那么她现在住在哪儿?他要是想知道,那其实很容易，不必费太多力气就能打听到，但是他不想。他知道，空冥的猜想可以负载任意的梦景，而实在的答案便会限定出真确的痛苦。他以为诗人 L 总在为实现梦想而百折不挠，实在与诗人的逻辑不符。他把这归咎为诗人的年轻。在 F 看来，梦是自己做的，并且仅仅是做给自己的，与他人无关，就像诗其实仅仅是写给自己的没道理发表或朗诵一样。如果上帝并不允许一个人把他的梦统统忘掉得干净，那么最好让梦停留在最美丽的位置，在那儿画一个句号，或是一行删节号。所谓最美丽的位置，F 医生以为，并不一定是指最快乐的位置，最痛苦的位置也行，最忧伤最熬煎的位置也可以。

36

我曾经不知道这是为什么。

有时候我怀疑：F 不断地想起 N，未必一定是思念，那更像是二十多年如一日的生活所养成的习惯，是他平静河流上的一个摆渡，或者更像是一种枯寂的消遣，最多是略带忧伤略带温馨的欣赏——就像是集邮，把往日的收藏拿出来看一看，无论是引出快乐还是引出痛苦，都益于时光的流逝，然后依旧把它们收藏起来，不让它们为非作歹打破一条河流的通畅，包括不让往事把今天弄得脸色惨白。很长的一段时期内，我被这样的怀疑搞得沮丧。直要等到有一天，F 医生已不在人世，诗人 L 也不再年轻，等到诗人 L 多年的梦想就要实现或者永远地破灭之时，那时诗人才能对我说：你错了，错了，真的你理解错了，你还不懂得什么是幸福的位置。

诗人说：一个幸福的位置，其实就因为它是一个美丽的位置。

美丽的位置？

对了，那必不能是一个从赤诚相见退回到彬彬有礼的位置。

一个美丽的位置？

对了，那必不能是一个心血枯焦却被轻描淡写的位置。

37

二十多年前的晚些时候，F 医生结了婚。

N 见了 F 的婚礼。是见了，不是参加。那完全是巧遇。

那天，N 与一群大学时的同学在一家餐馆里聚会。席间自然是互相询问着毕业后的经历，询问着未能与会的同学都在何方，在干什么，结婚了没有或是有了儿子还是有了女儿，自然很是热闹。但隔壁似乎更热闹，哄笑声不断，一浪高过一浪总是压倒这边。

“那边在干吗哪？”

“结婚的，这你还听不出来吗？”

“不是新郎就是新娘，家里肯定不一般。”

“何以见得？”

“你们没见门外的轿车？好几辆，有两辆‘伏尔加’，还有一辆‘吉姆’。”

大伙都对新郎新娘的样子发生兴趣，也许是对新郎或新娘的父母抱了好奇，轮流出去看，在那婚宴的门前走个来回。

只有 N 一言不发，呆坐不动。自打一入席 N 就听见隔壁的喧闹中有个非常熟悉的嗓音，不久她就听出，那不仅是 F 而且是新郎 F。

出去的人有的看清了，有的没看清。看清了的人回来调侃说，新娘容貌平平，新郎倒是文质彬彬仪表不俗，他未必不能找到一个更好的。N 的味觉几近麻痹，嘴里机械地嚼着和咽着，耳朵里则塞满了隔壁的阵阵哄笑。

终于,她还是借口去方便一下而离席。

她不敢在隔壁的门前停留,走过那儿时竟不敢侧目。她走到院中,在一棵大树的影子里独自站了一会儿,舒一口气,不想回去但还是得回去,总不能就这样不辞而别。回来时她不经意地走进盥洗间,在那儿偶然发现了一个极恰当的角度:盥洗间的门半开着,从穿衣镜里刚好可以望到那个贴了喜字的房门。她在那地磨蹭了很久,终于等见新郎和新娘从那门里出来送客。那当然是他,是F,一点儿没变(事实上F只是在新婚前夜才把白发染黑,此后再没染过)。N一动不动站在那面穿衣镜前,看着那对新郎新娘,看着他们与客人不疼不痒地道别,满脸堆笑着送客人出去。N以为F不可能发现她,但是镜子里送客回来的F忽然停住脚步,神情惊诧;新娘并未发觉,从他身旁走过独自回屋去了。走廊里只剩下F愣愣地站着,朝N这边伫望,那表情毫无疑问是发现了她。N低下头摆弄一会儿衣裳,再抬头,F仍然站在原地朝她这边望,镜子里四目相对。N和F,在那镜子里互相望着,不说话,很久,也都没有表情。那情景就像是在美术馆里,他或者她,面对一幅画,一幅写真的肖像,写真的他或者她,看得忘记了自己也忘记了那幅画。直到新娘出来对新郎说了句什么,F才猛地转身离去……

就我的记忆所及,这是N最后一次看见F。

N相信那个女人是爱F的,但不相信F会爱那个女人,虽然F肯定会“对得起她”,但是N不相信他对那个女人是出于爱情。

此后N也很快地结了婚,与一个刚好在那时向她表达了爱慕之情的人。N明白,这在她,也不是出于爱情。N在镜子里与F最后望别之时就已决定:从现在开始算起,谁最先向她求婚,她就嫁给谁。真是“来早了不如来巧了”,一些多年来对N抱着幻想的男子汉只好暗自叹息:N,你这决定应该早些公开才公平呀! N 对此淡然一笑,相信自己今生今世不可能再有什么爱情了,结婚嘛仅仅就是结婚,不过是因为并不打算永远不结婚罢了。

38

关于 F 医生的夫人,我未能从那个婚礼的宴席上得到任何印象。她注定跟 O 的前夫一样,在写作之夜是个被忽视的角色。她的形神以及她的身世,唯可能随着日后 F 医生连绵不断的梦呓而稍有触动,或者,在常常被历史忽略的人群中发现一点儿她存在过的迹象。

F 医生的婚礼进行得很正常,婚后的一切也都合情合理,生活按部就班地运转。已经说过了,随后的二十多年里,他就像一条落差很小且流量均匀的小河,涓涓潺潺四季不废。只有一次他的心被刺痛了一下,感到自己和周围的世界都忽悠悠地昏眩了一会,那是因为新婚的窗帘让夜风吹拂得飘动,飘动得舒展、深稳,他忽然想到在这世界上的另一处,蜜月中的窗帘也会这样飘动,N 的窗帘不管这样飘动了没有但时间不停顿地流走这样的飘动总会在某一刻发生,到处的风都是一样,到处的夜风都要吹拂,那样的飘动在所难免。他忽忽悠悠地听着那夜的风天昏地暗刮了一宿,天亮时风平浪静,夫人告诉他:“夜里你唧里咕噜梦话就没停。”自那以后他避免去做这样的细节联想。他办到了。他有效地阻滞了心或脑的这一功能,二十多年来他的心魂愈益平静全赖于此。诗人 L 后来赞扬抑或讥讽地说过他:“F,谁是佛? 你! 你知道吗你就是佛,风动旗动心不动 F 你已经成佛啦。”

所以,对于 F 医生也忽然激动走进那个不同寻常的夏天里去,

F 夫人惊讶不已。

F 夫人二十多年来却有了不小的变化,随着人到中年,她素有的严肃、古板、一本正经的习惯逐年有所消失,以往瘦长而发紧的身材可能原本就埋藏了其他因素,现在舒展了,丰腴了,倒比年轻时还要明朗了。F 医生肯定没有注意到这些变化。F 夫人在一家机关的资料室里任职。事实上那资料室只由她一个人管理,所谓管理就是不让那成吨的印刷品引起火灾,至于查阅资料的人如何在那儿像一只困兽似地东突西撞,而终于从堆积无序的纸山中夺路而逃,那不是她的责任。F 夫人现在喜欢看看电视连续剧,喜欢翻翻各种各样的杂志,喜欢编织和收藏各色各类的毛线,她叫得出所有影星和歌星的名字,并谙熟他们的婚恋史。丈夫的脾气好得不能再好,对她从无挑剔,给他买什么衣服他就穿什么衣服,除了吃饭和抽一点儿烟他再不需要钱。女儿已经上了大学,大致上不用她操心了。不知她从哪儿找来了许许多多奇奇怪怪的杂志,不管是站在厨房里、坐在厕所里、躺在沙发上、趴在阳台的栏杆上她都能看得入迷,真正为那些杜撰的故事动情,有时竟至一整天默默悠悠坐卧不宁,郁郁寡欢直到晚上。这样的时候如果 F 注意到了,F 会惊慌地放下手里的医学书问她:“怎么了你,哪儿不舒服?”或者:“怎么感觉不好?”虽然一字一句都只像似医生的询问,但神情语气之温柔焦虑还是更像病人的家属。这使得夫人屡屡失去对他发火的动力。性情愈益宽厚的 F 夫人偶尔想过:我的丈夫是医生呢,还是我的医生是丈夫?但这问题一向没有答案。杜撰的故事缠绕着 F 夫人直到晚上,躺在床上要是她到底按捺不住还是想给 F 讲一讲书中人物的遭际,最好的结果是听到一阵安详的鼾鸣。要是 F 为了表明他对文学或对夫人的尊重,从睡魔的法力中挣扎着搭讪,结果倒要坏得多:开始还好,他毕竟还有能力顺从着夫人的思路，但渐渐地他的应答便南辕北辙不着边际了，也可能又是一些类似医疗的用语——中文的、英文的、拉丁文的，没有一定，也可能是些不明由来的短句，毫无规则地罗列，颇具诗意地组装。F 夫人便知他正在现实和梦乡的边缘徘徊。F 夫人兴致全光睡意全光，月在中天，倒不如听听这个幸福的医生还会说些什么。然而 F 的梦语，细听，似都有着不祥的余音萦回缭绕，夹杂着仿佛缺氧般的喘息抑或是啜泣。有几回 F 夫人忽发奇想，躺在现实中与这个梦中人对话，一句一句跟着他的逻辑勾引他说下去，那孤独的梦者便呈现出从未有过的亢奋，虽一唱三叹般的话语依旧艰涩难解，却堪称才情横溢文采飞扬，使 F 夫人时而暗自惊诧，时而满腹狐疑，时而醋意萌动，时而如坠五里雾中，到后来她不敢再搭腔了，她觉得一下下毛骨悚然，那梦语中似乎隐含着一个名字，似乎一个不散的冤魂在一片历史的残迹上空流连不去。她轻轻地唤他，推他，轻轻地抚摸他，让他平息让他从那个缺氧的地带里回来，她怕他真的想入非非致使白天也丧失掉安定。不过 F 夫人的这份担心纯属多余，自从二十多年前他们结婚的那一天起，F 医生的黑夜和白天从不混淆，他从不把黑夜的梦带进白天。不，不是不把，而是不能，随着白昼的到来无论什么稀奇古怪的梦都必然消散得无影无踪，他自己对此也深感迷惑；他记得过去母亲总嫌他做事不稳重，责备他考虑问题不实际，嘲讽他“迷迷糊糊的白天也像在做梦”。事实上 F 夫人明白自己没有理由担心，二十多年的每一天都在表明，她的丈夫仅是个夜梦者，到了白天他就只在一条固定的河床里流，不同的时间里翻动着相同的浪花。因而，一想到 F 忽然泛滥到那个夏天的潮流里去，F 夫人总要下意识地看看周围：这到底是白天还是黑夜？

39

四月最后几天的一个晚上，F 医生很晚才回到家，一切都很正常，他还没有吃饭，一切都符合常规，他先去书房再去卧室然后去厨房，动作有条不紊，打算吃晚饭。倒是 F 夫人闻声从厕所里出来时情绪有些低落。

“饺子，自己煎煎吧。”F 夫人的鼻音挺重。

“怎么了你，有点儿感冒？”

夫人没回答。厕所的门没有完全关上，F 看见厕所的暖器上放着一摞杂志，随后注意到夫人腋下夹了一本黑皮的小书。

F 的目光在那本小书上停留很久。夫人没理会，顾自走进卧室。

过了好一会，F 夫人听见走廊里分明有人在说：Love Story。声音很轻很柔很缥缈，但却分明：“Love Story。”

夫人立刻从卧室里出来，惊讶地看着 F 医生：“你怎么知道？”

F 还站在那儿，停在原地未动，目光也停在原来的地方没动。有那么一会儿 F 完全没有发现夫人在看着他。

“一本……老书。”然后 F 可能是这样说，说着走进了厨房。

（未来 F 夫人坚持说，F 医生一反二十多年之常态，事实上从他看见那本书时就开始了，只可能比那更早！F 夫人回忆说：“他一说出那本书的名字我就觉得古怪，觉得浑身上下一阵冷，就像在夜里那样，我就猜到可能要出事了，这回非要出点儿什么事不可了。”）

F 夫人等那阵冷过去之后，问：“你看过这本书？”

没有回答。

F 夫人又问：“喂，你听见没有！你知道这个故事？”

仍旧没有回答。然后厨房里传出煎饺子的声音。

煎饺子的声音响了好一阵子,照理说不应该响得那么久。

(未来,据F医生的儿女推断,就是在煎饺子的时候F从衣兜里摸到了一份印刷品,那是白天别人塞给他的他可能已经忘了,他可能是偶然需要一张废纸才从衣兜里把它掏了出来。但为什么这份印刷品忽然使F医生激动起来,那不是F医生的女儿能够猜到的。写作之夜我猜想,那份印刷品上很可能有女导演N在人山人海中拍摄那部故事片的消息。)

F从厨房里出来时已是神色大变。他步态迟缓地走进卧室,嘴里含含混混地唧里咕噜个不停。(那个夏天之后,F夫人才慢慢听出他唧里咕噜的正是那本《爱情的故事》中的几句对白——女主人公:“你为什么爱我?”/男主人公:“就因为我爱你。”/女主人公:“很好,你的理由非常充足。”)然后卿里咕噜停止了,F坐在沙发上,面容僵滞,目光恍惚。

F夫人猛然醒悟到,一件从未发生过的事正在发生着:F又在现实与梦境的边缘徘徊,这样的状态终于在白天出现了。F夫人以为这完全是因为那本书,她猜他肯定看过那本书,但他为什么不承认?F夫人相信梦语更近真情,于是她像夜间曾有过的那样与这个梦者谈话,引导这个丧失了警惕的人泄露秘密。

她把那本小书在F眼前晃了晃,确信该人已经进入了梦的诚实,然后问他说:“这病,现在,有办法治了吧?”

“有一点儿,不多。”

“什么病?那是什么病?”

“白血病。不过你以为真是因为白血病吗?”F梦眼朦胧地望着夫人。

夫人长吁了一口气,咽喉里微微地颤动。她猜对了:F看过这本书，这本《爱情的故事》，但他不想承认，但他从不说起。二十多年中他对她隐藏了多少事呢？

“唉——！好人总是这样。”F夫人还是说下去：“怎么好人总是这样。”

F夫人机智地跟着他的梦路：“那，悲剧的原因，是什么？”

好半天没有回答。

“你的，或者别人的，是什么？”

这时F医生的样子，就好像突然记起一件久已忘怀的大事，惊惧之余，绞尽脑汁追忆着那到底是什么事。到底是什么事呢？

“譬如说你的，你自己的悲剧，是怎么回事？”F夫人从婚后第二天的早晨就想问这句话了，可一直拖延了二十多年。“说吧，要是你想找人说说，为什么不能跟我说说呢？”

F的头深埋下去。他真是弄不清这是在白天还是在黑夜了。就在他懵懵懂懂浑然不知所在的当儿，那句消散多年的话又还魂般地聚拢了，并借着他的声带振荡起来：“你的骨头，没有一点儿男人。”

“谁的骨头？你说谁？”

也许从来就有这样一个秘诀：咒语由被施咒的人自己说出来，就是解除咒语的方法。

窗外星光朗朗，月色溶溶。

F喃喃地重复着那句话，心中也如外面的夜空一样清明了。

少顷，有一片如云朵般的微笑在他的眼睛里掠过。二十多年的咒语与二十多年的“佛性”便同归于尽。

F夫人又有点儿害怕了，也有点儿后悔。她靠近他，拍拍他的肩，抚摸他的背，叫他的名字，想把他唤醒回来。但这一次F医生没有睡，也再没有醒。

他站起来时说了一句话（“我得去看看她了”），声音轻虚得如同自语，F 夫人愣了下神儿那句话已经过去了。但从他的语气之平和、表情之泰然、目光之迷蒙来判断，他都像是说的——“我得去睡一下了”。

40

夏天过后很久 F 夫人想，F 医生最后说的肯定不是“我得去睡一下了”，而必是“我得去看看她了”。而且，F 夫人终于知道了那个女人的名字。

那个动荡的夏天之后，女儿在父亲四月间穿过的衣服兜里发现了那份印刷品，拿给母亲看。F 夫人看着女导演 N 的名字，一下子全懂了。“就是她，”F 夫人说。毫无疑问，这就是盘桓萦绕于丈夫二十多年梦中的那个名字，云遮雾障年复一年，这个名字到底显形露面了，似从洪旷混荒之中脱颖而出。就是这个名字，肯定就是这个人，就是她！刹那间 F 夫人把丈夫所有的呓语都听明白了。

“不，主要不是因为那本小书。”F 夫人说。

“是她，而是因为她。”F 夫人说。

“谁？”女儿问。

“因为谁？”女儿问，“她是谁？”

“为什么？”女儿问，“您怎么知道？”

F 夫人一声不响，觉得再没有说什么的理由。

“妈妈，你怎么啦？！”女儿喊。

母亲感到女儿此刻看她的眼神，与自己以往在夜间看那个梦者的眼神完全一样。这样，F 夫人懂得了丈夫早就懂得了的那件事：世间的话不都是为了说的。

赏析

无奈的丢失与永远的寻找

女导演N与医生F的爱情故事,是《务虚笔记》中下功夫描写的另一对恋人。两人和O与WR一样,也是青梅竹马,长大成为恋人。两人相爱之深之痴令人感动。但是,因为一场猝不及防的政治运动,N的父亲成了右派,被发配至大西北。F的父母害怕儿子受连累,因而逼F与N分手。F害怕父母"心脏停止跳动"屈从了压力。N坚信只要两人真诚相爱就不会错,就不应该因为其他原因而分手。但她无法改变F父母的阻挠,也不想损害他们为F安排的前程,但她想执着追问的是,F对她的爱还是不是真的。她说:"我能够承认现实,我也许不得不接受现实——但是我必须得知道这仅仅是现实这并不就是一切的证明。……我只想证实这个世界上除了现实之外还有没有另外的什么是真的。"善良而懦弱的F无力回答,违心地退出爱情,从此心如死灰,过着麻木不仁的生活几十年，但他心里始终没有忘记对 N 的爱。若干年后，F 感到自己已经对父母对家庭尽了责任，该恢复自我出外寻找 N 了，于是他频繁出现在 N 的周围，出现在 N 导演的人山人海中寻找恋人的画面里。

再说 N。当年 F 在父母的高压下无奈妥协的时候，就是她，一再追问这个世界上除了现实利害之外，还有没有爱情。她把爱情看得至高无上，视为人生最珍贵的东西。她认为爱情是两个人之间的事，不应该受到外界的干扰，所以她对因外力导致的爱情丢失痛心疾首，死不甘心。这是她一生永远的痛。于是她当了导演之后，突发奇想，请来一对青年演员，在人如潮涌的大街上，拍摄了三本胶片，内容是：互相丢失了的一对恋人，在万头攒动的人群中忧心如焚地互相寻找。

这一构思实在是太宏伟太震撼了！这是一个人生寓言——人山人海中，恋人的失散与寻找。

这一情景（场景、意境、意象），是剧中角色的，也是导演 N 与医生 F 的，也是本书中其他角色的（本书写了太多这样的故事），还是所有人的。三百六十度广角镜头下，所有人都是观众，又都是剧中人。

构想出如此绝妙的创意，当然有 N 个人的原因。但作为艺术家，她没有停留于个人恩怨个人悲欢上，她把个人经历上升为具有普遍意义的人生场景。世界上真诚相恋的人并不一定都能终成眷属，她和 F 的悲剧同时也是更多人的悲剧，所以她自信自己的创意完全可以用在将来的故事里——“我相信不管什么时候，我们可能丢失和我们真正要寻找的都是——爱情”。

正因为她的创意具有人生的普遍意义，所以她的构思他的艺术不仅激动了年轻人，而且激动了中年人和老年人。

F 和 N 的悲剧，和 O 的悲剧一样，是人世间时刻都在发生的悲剧。真诚相爱的恋人之间,因社会的、家庭的、文化的等各种各样的原因,姻差缘错,被迫成为悲剧。社会、现实、功利与美丽的爱情,二者碰撞,后者永远是弱者。这是一个永远的、普遍的悲剧,不以时代、社会的变迁而改变。

美丽的爱情在冷酷而强大的利害面前毁灭了,这让人永远伤心、痛心、揪心、不甘心。虽然毁灭了,但人们永远永远地怀念她。既然不能实现于现实,那么就把她树为梦想吧! F 医生想:“如果上帝并不允许一个人把他的梦统统忘掉得干净,那么最好让梦停留在最美丽的位置。……所谓最美丽的位置,并不一定是指最快乐的位置,最痛苦的位置也行,最忧伤最熬煎的位置也可以。”

从 N 执导的人群中恋人相互寻找的电影和 F 医生的人生感悟中,我们体会到史铁生对真诚的爱情的崇敬、信仰、乃至于崇拜。但史铁生也知道真诚美好的爱情之难得、之脆弱,也知道美好在现实中容易失落的悲剧,所以他通过医生 F 的思考指出,如果美梦不能成真,那么就让她成为一个梦也是好的,好梦就让她停留在最美丽的位置上吧! 有梦总比无梦好。

当今时代,对于爱情的价值,没有多少人比史铁生看得更纯更高了。

十二、务虚笔记·夏天的墙(节选)*

78

在画家暂时消失的时间里，继续着诗人的消息。诗人 L 是一种消息。见没见过他是次要的，你会听到他，感觉到他。空间对诗人 L 无足重轻。他是时间的一种欲望、疑问和一种折磨。

没有这种欲望、疑问、折磨，也就没有时间。

从他用煤，在那座桥墩上描绘一个小姑娘的头发时起，我听见他的消息。他坦白的心愿遭到嘲笑，草丛中童真无忌的话语成为别人威胁他的把柄，那时，我感觉他已存在。沿着长长的河堤回家，看见偌大的夕阳中注满了温存和忧恐，我想就是从那一刻，诗人的消息已不能埋没。

---

* 史铁生:《史铁生作品系列:务虚笔记》，人民文学出版社 2011 年版，第 133 页—163 页。

L 是个早熟的孩子,比其他孩子要早一些梦见女人。

这未必不是诗人的天赋之所在。

L 一岁的时候,奶奶让他坐在草地上,在他周围放了水果、钢笔、书、玩具手枪、钱、一方铜印、一把锤子和一张印了漂亮女人的画片,想试一试这孩子的志向。但是让奶奶失望,还是婴儿的 L 一点儿都没犹豫就抓了那张画片,而且拿在手里上上下下仔细端详。要紧的是,在所有那些东西中,画片离他最远,奶奶特意把那画片放在离他最远的地方,但他对别的东西睬都没睬,直奔那画片爬去。在场的人哈哈大笑,说这孩子将来必是个好色之徒。奶奶叹了口气自慰道:"好色之徒,幸亏他没再去抓那方印,这两样东西一块抓了那才麻烦呢。"一岁的 L 不懂人们为什么笑,坐在草地上颠来倒去地看那画片,众人的笑声使他兴奋,他手舞足蹈,把那个漂亮女人举上头顶拼命地摇,像摇动一面旗帜,哗啦哗啦仿佛少女的欢笑,我记得于是天上灿烂的流云飞走,草地上阳光明媚,野花盛开……

我记得母亲抱着 L 立于湖岸,湖面的冰层正在融化,周围有一群男人和女人,他分辨得出女人们的漂亮和丑陋,我想那时 L 大约两岁。冰层融化,断裂时发出咔嚓的响声,重见天日的湖水碧波荡漾。那些女人争着要抱抱他,要摸摸他,要亲亲他,并且拨弄他那朵男人的小小花蕾,我记得 L 先是躲开,缩在母亲怀里把那些女人都看一遍,之后忽然向其中一个张开双臂。那一个,就必定是那一群中最漂亮的。在男人们的笑声中其余的女人不免尴尬,嗔骂,在 L 的屁股上不轻不重地打一下,掐一下,直到他哭喊起来……

L,我记得他更喜欢跟女孩子们一起玩,我记得,他童年的院子里有几个跟他差不多大小的女孩儿,小姐姐和小妹妹,五岁的 L 总在想念她们。平时他被奶奶无比地娇惯,说一不二,为一点儿不如意就号啕不止，脾气暴躁甚至喜怒无常，动辄满地打滚儿，提些不着边际的无理要求，奶奶常常暗自怀疑是否有什么妖魔勾引了这孩子。五岁的L，一身的坏毛病。但只要奶奶说“看哪快看哪，小姐姐和小妹妹们来啦她们都来看你啦”，五岁的L便从无端的烦恼中走出来，从天翻地覆的哭喊中立刻静下来，乖乖，侧耳谛听，四处张望，精神焕发。“L——L——！小L你在家吗？”太阳里，天边，很远，或者很近就在门前的绿荫间，传来她们悠扬的呼唤：“L小哥哥——L小弟弟——喂，L你在干吗呢？”在变化着的云朵里，在摇动着的树叶上，或者月光下矮墙的后面，或者午后响亮的蝉歌中，要么就在台阶上，细雨敲打着的伞面移开时，很远和很近，传来女孩儿们呼唤他的声音。L他便安静下来，快乐起来，跑出门去，把那些女孩儿迎进来，把他所有的好东西都拿出来摊在桌上倒在地上扔得到处都是，毫不吝惜。五岁的L就像换了个人，和和平平安安稳稳跟女孩儿们一起玩耍，五岁的诗人就像个小听差，像个小奴仆，对女孩儿们言听计从忠心耿耿。奶奶又笑着叹气说：“唉！这孩子呀，将来非得毁在女人手里不行。”我记得那时，L相信奶奶说得对，奶奶的话非常正确，就要那样就应该是那样，那个“毁”字多么美妙迷人，他懵懵懂懂感到：是的是的，他要，他就要那样，他就是想毁在女人手里……

七岁的L，七岁的诗人，不见得已经知道“真理”这个词了，但我记得他相信真理都在女孩子们一边，在女孩子们手中，在她们心里。尤其是比他大的女孩子，比他大很多，她们是真理的化身。他整天追在一群大女孩儿屁股后面，像个傻瓜，十三四岁的大女孩儿们并不怎么理会他，不怎么理解他。这没什么，七岁的诗人并不介意。她们走到哪儿L跟到哪儿，她们当中的一个也许两个甚至讨厌这个只有七岁的小男孩儿，但是L喜欢她们，要是那时L就知道世界上有“真理”这个词，我想在他而言，跟着她们就是正确，看着她们就是全部的真理了。她们要是也不介意，L就饭也不吃一直跟在她们身旁，无论奶奶怎么喊也喊不得他回家。那些大女孩儿，她们要是讨厌他了他就远远地退到墙根下去站着，看着她们游戏，一声不响，喜她们之所喜，忧她们之所忧，心里依然快乐。她们如果需要他，比如说她们缺了一个助手，噢，那便是诗人L最幸福的时光，那便是真理光芒四射的时候。他帮她们摇跳绳，牵皮筋，帮她们捡乒乓球。他把皮筋牵在脑门儿只相当于她们牵在腰间，他踮起脚跟伸直胳膊把皮筋高举过头顶，也只与她们把皮筋牵在的耳边一样高，再要高呢，他就站在凳子上，还要高呢他就爬上了树。大女孩儿们夸奖他，于是七岁的诗人备受鼓舞，在树上喊：“还想再高吗你们？那很简单，我还可以坐到墙上去你们信吗？”所以，再逢大女孩儿们不理会他的时候，忽视了他，他就爬上墙去。这一下，不料大女孩儿们震天动地地惊叫起来。L以其诗人的敏觉，听出那惊叫之中乃隐含着称赞，隐含着欣赏和钦佩，他就大摇大摆地在墙上走，豪情满怀一点儿都没想到害怕。大女孩儿们就像小女孩一样吓得乱喊乱叫了，停了她们的游戏，紧聚成一团，仰望诗人，眼巴巴地开始真正为他担忧了：“小心啊——！小心点儿L——！”“下来吧——！快下来吧小L——！”既然这样L又爬上房，在房上跳，像是跳舞，还东一句西一句唱着自编的歌，期望女人们的惊叫和赞美更强烈些，期望她们的担忧更为深切。但是大女孩儿们忽然严肃起来：“你要再不下来，我们就都走啦不管你！”诗人停下来，心中暗自揣测，然后从房上下到墙下，从墙上下到树上，灵机一动把树上未熟的果实摘下来抛给那些女人们。树下的大女孩儿们又是欢声笑语了，漂亮的衣裙飘展飞扬，东一头西一头争抢着酸涩的果实。“再摘些！L——L——再摘些！”“喂——小L，多摘些，对啦摘些大的！”“喂喂，L——我还没有呢！我要几个大的行吗小L？”多么快乐，多么辉煌，多么灿烂的时光！树叶间的L和蓝天白云中的诗人感到从未有过的甜蜜和骄傲……可是功亏一篑。我记得，L从树上下来的时候裤带断了，小男孩L的裤子瀑布般飘落下来，眨眼间一落到脚，而且七岁的诗人竟然没穿裤衩儿。功亏一篑差不多是葬送了大好河山！我看见，我现在还能看见，他那朵尚未开放的男人的花蕾峭立在光天化日之下。L万万没料到，几分钟前的光辉壮举还没来得及细细品味，竟以几分钟后这空前的羞辱为结束。他相信那是莫大的羞辱，他真不懂为什么会忽然这样大难临头。在大女孩儿们开心的讪笑声中，诗人一边重整衣冠，一边垂头落泪……

79

十岁。L十岁，爱上了一个也是十岁的小姑娘。

那是诗人的初恋。

如果那个冬天的下午，融雪时节的那个寒冷的周末，九岁的Z在那座出乎意料的楼房里，在那个也是九岁的女孩儿的房间里，并未在意有一个声音对那女孩儿说——“怎么你把他带进来了，嗯？谁让你把他们带进来的？”如果Z并未感到那声音的美而且冷，而是全部心思都在那个可爱的女孩儿身上，那么完全可能，他就不是九岁的Z而是十岁的L。

那个女孩儿呢，也就不再是跟画家一样的九岁，而是跟诗人L一样，十岁。

如果在那个下午临近结束的时候，九岁的Z走出那座梦幻般美丽的房子，没有再听见那种声音——“她怎么把外面的野孩子带了进来……怎么能让她把他们带进来呢……”那么他,就是十岁的L。或者他听见了——“……她怎么把那个孩子……那个外面的孩子……怎么把他们带了进来……”但他不曾理会,不曾牢记,或者一直都没来得及认为这样的声音很要紧,他站在台阶上一心与那女孩儿话别,一心盼望着还要再来看她,快乐,快乐已经把这男孩儿的心填满再没有容纳那种声音的地方了,那么这样的一个男孩儿,就不再是九岁的画家Z,而成为十岁的诗人L。

那个冬天的下午呢,也便不再是冬天的下午。

十岁的L告别十岁的女孩儿,那时不再是冬天,那个融雪时节的寒冷的周末迅即在我眼前消散。L走过一家小油盐店,走过一座石桥,沿着河岸走在夕阳的辉照里,我记得那时满目葱茏,浩大的蝉歌热烈而缠绵,一派盛夏景象……

但如果这样,那个如梦如幻的女孩,她又是谁呢?

这样的话,她也就不再仅仅可能是未来的女导演N。

她是另一种情绪了。

她既像是未来的女导演N,又像是未来的女教师O。另一种情绪,在少女N和少女O之间游移不定。这情绪有时候贴近N,有时候贴近O,但并不能真正附着于她俩中的任何一个。这样,在少年诗人初恋的目光中,我模模糊糊地望见了另一个少女——T。当O和N在我的盛夏的情绪中一时牵连、重叠,无从分离无从独立之时,少年诗人狂热的初恋把她们混淆为T。

这情绪模模糊糊地凝结成T,是有缘由的:有一天,当我得知诗人L不过是单相思,T并不爱他,T爱的是另一个人,那一天,O和N就还要从模糊的T中脱离出来,互相分离,独立而清晰;爱上F的那一个是N,爱上WR的那一个是O。那一天L的初恋便告结束,模糊的T不复存在。至于模糊的T能不能成为清晰的T,能不能是确凿的T、独立的T,现在还不能预料。

现在,沿着河边的夕阳,沿着少年初恋的感动,沿着盛夏的晚风中“沙啦啦……沙啦啦……”树叶柔和爽朗的呼吸,诗人一路吹着口哨回家,一路踢着石子妙想联翩,感到夕阳和晚风自古多情,自己现在和将来都是个幸福的人。诗人L一路走,不断回头张望那座美丽的房子,那儿有少女T。

80

可能有两年,或者三年,L最愿意做的事,就是替母亲去打油、打酱油、打醋、买盐。因为,那座美丽的楼房旁边有一家小油盐店。

几十年前有很多那样的小油盐店,一间门面,斑驳的门窗和斑驳的柜台,柜台后头坐一个饱经沧桑的老掌柜。油装在铁皮桶里,酱油和醋装在木桶里,酒装在瓷坛里,专门舀这些液体的用具叫作“提”,提柄很长,慢慢地沉进桶里或者瓷坛里,碰到液面时发出深厚的响声,一下一下,成年累月是那小店的声音。那深厚的声音,我现在还能听见。小油盐店坐南朝北,店堂中不见阳光。店堂中偶尔会躲进来一两个避雨的行人。

L盼望家里的油盐早日用光,那样他就可以到那家小油盐店去了。提着个大竹篮,篮中大大小小装满了油瓶,少年诗人满面春风去看望他心中的小姑娘。那房子坐落在河对岸,一直沿着河岸走,灌木丛生垂柳成行,偶尔两三杆钓竿指向河心,垂钓的人藏在树丛里,河两岸并没有现在这么多高楼,高一声低一阵到处都是鸟儿的啼啭,沿着河岸走很久但这对诗人来说是最幸福的时刻,并不觉得其路漫长。然后上了小石桥,便可望见那座橘红色的房子了,晚霞一样灿烂,就在那家历尽沧桑的小油盐店旁边。

老掌柜一提一提地把油灌进 L 的瓶子里。把那么多瓶子都灌满要好一阵子,少年 L 便跑出油盐店,站在红色的院墙外,站在绿色的院门前,朝那座美丽的楼房里忘情地张望,兴奋而坦率。不,他对那座房子不大留心,灿烂的色彩并不重要,神秘的内部构造对他并不重要,因为现在不是画家 Z,现在是诗人 L。在诗人 L 看来,只是那女孩儿出现之时这房子才是无比地美丽,只是因为那女孩儿可能出现,这房子才重要,才不同寻常,才使他渴望走入其中。自那个冬天的下午之后,画家 Z 虽然永远不会忘记这座房子但他再没有来过。画家 Z 不再到这儿来,不断地到这儿来的是诗人 L。单单是在学校里见到她,诗人不能满足,L 觉得她在那么多人中间离自己过于遥远,过于疏离。L 希望看见她在家里的样子,希望单独跟她说几句话,或者,仅仅希望单独被她看见。这三种希望,实现任何一种都好。

有时候这三种希望能够同时实现:T 单独在院子里跳皮筋儿,踢毽子,跳"房子"。

"喂,我来打油的。"

"干吗跑这么远来打油呢你?"

"那……你就别管了。"

"桥西,河那边,我告诉你吧离你家很近就有一个油盐店。"

"我知道。"

"那你干吗跑这么远?"

"我乐意。"

"你乐意?"女孩儿 T 笑起来,"你为什么乐意?"

"这儿的酱油好。"诗人改口说。

T 愣着看了 L 一会儿,又笑起来。

"你不信?"

“我不信。”

少年诗人灵机一动：“别处的酱油是用豆子做的，这儿的是用糖做的。”

“真的呀？”

“那当然。”

“噢，是吗！”

“我们一起跳‘房子’，好吗？”

好，或者不好，都好。少年 L 只要能跟她说一说话，那一天就是个纪念日。

这样，差不多两年，或者三年。

两三年里，L 没有一天不想着那女孩儿，想去看她。但家里的油盐酱醋并不是每天都要补充。

没有一天不想去看看她。十二岁，或者十三岁，L 想出了一条妙计：跑步。

以锻炼身体的名义，长跑。从他家到那座美丽的房子，大约三公里，跑一个来回差不多要半小时——包括围着那红色的院墙慢跑三圈，和不断地仰望那女孩儿的窗口，包括在她窗外的树下满怀希望地歇口气。还是那三种希望，少年 L 的希望还不见有什么变化。

那女孩儿却在变化。逐日的鲜明，安静、茁壮。她已经不那么喜欢跳皮筋儿跳“房子”了。她坐在台阶上，看书，安安静静，看得入迷……这太像是 O 了。在门廊里她独自舞蹈，从门廊的这边到那边，旋转，裙子展开、垂落，舞步轻盈……这很像是 N。但这是少女 T。在院子里哄着她的小弟弟玩，和小弟弟一起研究地上的蚂蚁，活泼而温厚的笑声像个小母亲……在我的愿望里，O 应该是这样，O 理当如此。经常，她在自己的房间里唱歌、弹琴，仍然是那支歌:“当我幼年的时候,母亲教我唱歌,在她慈爱的眼里,隐约闪着泪光……”这歌声更使我想起N。但毫无疑问,她现在是T。

“喂!”L在阳台下仰着脸喊她,问她:“是‘当我幼年的时候’,还是‘在我幼年的时候’?”

“是‘当’,”T从窗里探出头,“是‘当我幼年的时候’。你又来打油吗?”

“不。我是跑步,懂吗? 长跑。”

“跑多远?”

“从我家到你家。”

“噢真的! 一直都跑?”

“当然。是‘当我幼年的时候’,还是‘当我童年的时候’?”

“‘幼年’。当我幼年的时候,母亲……”少女T很快地再轻声唱一遍。

诗人将永远记得这支歌,从幼年记到老年。

“你很累了吧? 要进来喝点儿水吗?”

“不,我一点儿都不累,也不渴。”这话一出口,L就后悔了,但不能改口。

“你每天都要跑吗?”

每天都跑。要是并没有看见少女T,L也一点儿都不感觉沮丧,他相信T肯定看见了他,肯定听见了他,知道他来过了。因此L每天准时到达她的窗下,必须准时,使那个时间成为他必然要到达的时间,使那个时间成为他必定已经来过的证明,使那个时间不再有其他意味,仅仅是他和她的时间。要是T没有出现,L相信那是因为她实在脱不开身,比如说因为她的功课还没做完她的父母不准她出来。L起程往回跑的时候,心里对他的少女说:“我来过了。我每天都会来的。你不可能发现哪怕是只有一天我没有来……”

这确实是一条妙计，否则 L 没有借口天天都到那儿去。这妙计，使得少年诗人每天都有着神秘而美妙的期待。

81

这妙计，得之于 L 十二岁或者十三岁的一个礼拜日。

十二岁或者十三岁的那个暑假，L 整天都钻在屋子里看书。忽然之间好像有一种什么灵感在他心里开放，在他的眼睛里开放，他发现家里原来有那么多的书，而且刹那间领悟了它们，被它们迷醉。竟然有那么多动人的爱情故事一直就在他身边，《飘》呀、《简·爱》呀、《茵梦湖》呀，再譬如《安娜·卡列尼娜》《复活》《白痴》《牛虻》，譬如《家》《青春之歌》，还有很多很多，譬如《基度山恩仇记》《卡门》《红字》……还有很多我一时想不起来了。他一边如饥似渴地读，一边懊悔不迭，他怎么会这么久都没有发现它们的存在？他怎么能一向毫无察觉呢？真是件奇怪的事。想到以往的日子里它们默默地与他同在，诗人 L 竟莫名地感动。他一本接一本地读，躺在床上从清晨直到深夜，被书中曲折、哀伤或悲壮的爱情故事弄得神魂颠倒寝食不安。以致窗外的夏天也是悲喜无常，窗外的夏天，可以是淫雨连绵的晴朗，也可以是艳阳高照的阴郁。L 心里的冷暖、眼中的晴朗或阴郁，与气候无关，与风雨无关，与太阳的位置无关，完全根据书中的情节而定。少年诗人“热来热得蒸笼里坐，冷来冷得冰凌上卧”，打摆子似地享受着那些故事的折磨。母亲在窗外的夏天里喊他：“L，别看啦！出去，喂，到外面去走走。”“L，听见没有？出去跑一跑，书不是你那么个看法。”

最让 L 不能释手的当然会是《牛虻》。他最钦佩甚至羡慕的，自然是那个历尽苦难但是无比坚韧的亚瑟，那个瘸了一条腿、脸上有可怕的伤疤的“牛虻”。他最留恋、热爱、不能忘怀的，是那个心碎的琼玛，最让他锥心一般地同情的，不用说，一定是那个美丽而苍白的琼玛。母亲在夏天的晚风中喊他：“听见没有 L！这样看下去你要成书呆子啦！眼睛要看坏啦！出去，不管到哪儿去跑上一圈儿不好吗？”L 把那本书合起来，放在胸脯上，在夏天辽阔的蝉歌里想，自己可不可能是那个亚瑟？可不可能经受住那样的痛苦？那座梦幻般美丽的房子里的小姑娘，会不会为了不让列瓦雷士看见一轮血红的落日而悄悄地把窗帘拉上？母亲在窗外夏夜的星空下不知在对谁说：“真没见过这样看书的孩子，唉，真是拿他没办法。”然后喊他：“L——！把灯关了，快来这月亮底下坐一会，夜来香都开了，有多香啊。”那个泪流满面的琼玛呀，L 想，那个苦难的亚瑟他的苦难应该得到安慰了，他为什么不能更宽容一点呢。少年诗人想，如果我是亚瑟，我相信我会告诉琼玛我就是谁，应该让她那颗苦难的心最后也得到些安慰。L 在夏天的月光里，在心里，把那些已经结束了的故事继续讲下去。母亲在雨后初晴的夏天的清晨里叫他：“L，L！快起来，快起床出来看看，外面的空气有多新鲜……”

L 被母亲拉扯着出来，伸着懒腰打着哈欠。母亲在他屁股上揍一下，就像对付一匹小狼，母亲说：“跑吧！”母亲说：“跑吧随便哪儿，半小时内不许回来。”

L 先是满腹心事地走，似醒未醒的状态。是个礼拜日，街上人少，但从每一个门中、每个窗口、每一个家里，都传出比平日喜悦纷杂的声音。路面和屋顶还都是湿的，颜色深暗，树干也是湿的近乎是黑色的，树冠摇动得几乎没有声音但树叶是耀眼的灿烂，一夜的风雨之后河水涨大了，河水载着晴朗天光舒畅地奔流……L 满腹心事地走，忽然灵机一动，然后我看见他跑起来。

诗人一跑起来，我发现他就是朝着少女T的方向。

82

但是有一天，谁也不可能记住是哪一天，以往的三个希望忽然间显得那么单薄、简陋，那么不够。仅仅是每天看见那个十五岁的少女已经不够，仅仅是偶尔和她在一起，说几句无关痛痒的话，已经不够。怎样不够？什么不够？不够的都是什么？十五岁的诗人并不知道。但答案已经在十五岁的生命中存在，只是十五岁的少年还未及觉察。答案，在生命诞生的时刻，就已存在。那一天，L离开那座可爱的房子，越跑越慢没有了往日的兴奋，跑过小油盐店，跑过石桥，跑在河岸，越跑越慢没有了以往的快乐。答案已经存在，只是等待少年的发现。答案甚至已经显露过了，就像真理早已经显露过了，但要发现它，却需要：夏日的夕阳沉垂的时刻少年沿着以往的归途，怅然若失。

怅然若失，是少年皈依真理的时刻。

L在河堤上坐下，不想回家。

看着落日在河的尽头隐没，看着两岸的房屋变成剪影，天空只剩下鸽子飞旋的身影，河水的波光暗下去继而消失，只听见汩汩不断的声响。怅然若失之间，这初历孤独的时刻，忽然淡淡的一缕痛苦催动了一阵无比的欢乐。这时我发现，真理的光芒早曾在他的欲望中显露端倪，少女动人的裸体已不止一次走进了诗人黑夜的梦景，和白昼的幻想。这幻想夺魂摄魄般地重新把诗人点燃，这幻想一经出现便绵绵不绝动荡不止，不可违抗，使少年不顾一切地顺从着她的诱惑，她的震撼，追寻着那动人的神秘……诗人L热血沸腾看见了少女神秘的裸体，雪白的一道光芒，在沉暗中显现。一切都被她衬照得失去了色彩。雪白的光芒,但是仅此而已,少年L确凿还没有见过女人的裸体。沉暗中,那光芒向他走来,他极力想看清她,看清每一部分。但那光芒飘忽游移不能聚拢。他能感到她的呼吸、呼吸的气流和声音,能听见她的脚步、走着或者跳着的节奏,能看见她的脸但在那跳荡的光芒中看不清她的表情,看见她美丽的脖颈和身体的轮廓,但无论如何想象不出那些最神秘的部分,他甚至怀疑那些神秘是否存在,是否此时此刻就在某一处空间里坦然成长。在那虚虚实实飘飘扬扬的衣裙里面难道少年L的痛苦和梦景,一定符合逻辑地存在吗?少年试图描绘那些部分,刻画她们,使那些最诱人最鲜活的曲线真确地呈现,在沉暗与光芒之间独立出来。但他聚精会神激动得发抖也还是徒劳。也还是疑问。少女的胸脯仍不过是书上一段抽象的文字,灿烂缥缈的一团白光刚要聚拢却又消散。L深深地怀疑,自己是否真能有一天与她们相见,他会不会在见到她们之前已经死去?臀部呢?蓬勃明朗的隆起,和,幽深曲回的陷落……L不敢想象与她们欢聚的日子在何月何年。沉醉的幻想中那淡淡的一缕痛苦萦绕不散,那时诗人L确信自己罪孽深重,但是无力抵抗,少年娇嫩的花朵在河岸的夏夜里悄悄膨胀。不,“臀部”这两个字多么没有生气,呆板冷漠得让诗人不能接受,这两个字没有性别没有性格,甚至不可能有姓名。应该是另外两个字,虽然那显得有点儿粗俗,但要亲切些,亲近得多,有了生气,有了血肉的温度、气息和感情,有了朦胧的状态。但诗人觉得这两个字,对可爱的女人就怕是亵渎,应该有一个更为美丽的词,单单属于女人的那一部分,那些部分,属于她们,属于真理。

84

诗人L沉默不语。很久很久之后他忽然问道:“可是为什么,性,会是羞耻的呢?”

我一下子没懂,思路怎么一下子跳到这儿来了?

他问得非常认真,出人意料:“从什么时候,都是什么原因,性,成为羞耻了呢?自然的欲望,男人和女人的那些美丽的部位,从什么时候和因为什么需要遮盖起来?”

真不明白,为什么忽然想到了这个问题。

诗人说:“你敢说一说你的性欲吗?或者叫作肉欲,或者还叫作淫欲——听听吧,已经都是贬义的了。”

诗人说:“可是为什么呢?人体那些美丽的地方,怎么会成为羞耻的呢?从什么时候,乳房、腰腹、动人的大腿和茁壮的屁股需要隐藏?蓊郁烂漫的毛丛中男人和女人的器官——啊想想吧,他们可曾有过意味着赞美的名字吗?没有,除了冷漠的科学用语就是贬义的不堪入耳的称谓,使她们毫无生气,使她们丑陋不堪。啊,我现在就找不到符合我心愿的他们和她们的名字,因为没有,从来没有,没有这样的词汇这样的语言,但这是为什么呢?他们其实和健壮的臂膀一样美呀,她们其实和纤柔的脚趾一样美和温柔的双唇一样美呀。脱去精心设计的衣装那才是真正的美丽,每一处肌肤的滚动、每一块隐约的骨骼、每一缕茂盛的毛发那都是自然无与伦比的创造,矫饰的衣装脱落之时美丽才除净了污垢,摆脱了束缚,那明朗和幽暗,起伏,曲回,折皱,处处都埋藏着叫喊,要你贴近,贴近去吸吮她呼吸她,然后观看,轻轻地动走起来互相观看,步履轻捷,每一步都是从头到脚的一次和谐的传递,舒畅的流动,人体这精密的构造，自在地伸展，扭摆，喘息，随心所欲，每一根发梢都在跳跃，这才是真正的舞蹈，全部的美妙连成一体为所欲为，坦荡的毛丛中那是男人和女人的天赋和灵感，爱的花朵，爱的许诺，生死攸关的话语。恨，还有虚伪，不能使他们挺拔，怀疑不会让他们开放……男人和女人昂扬盛开的花朵那是最坦诚的表达呀，可是从什么时候因为什么要遮掩起来？甚至不能言说？连想一想都是羞耻？男人和女人，为什么必要躲避起来才能纵情地渴求，流淌，颤抖，飘荡，相互呼救？自由自在狂放不羁的千姿百态，最纯洁无邪的心醉神驰，只有互相的需要，不顾一切地互相需要，忘记了差别弃绝了功利互相彻底给予，可为什么，为什么那倒是见不得人的？”

诗人百思不得其解。

诗人说：“亚当和夏娃懂得了善恶，被逐出伊甸园，为什么他们首先感到赤身露体是羞耻的？他们走出那乐园，走入人间，开始走入人间同时开始懂得了遮掩——用一片叶子遮住那天赋的花朵，为什么，走入人间和懂得遮掩这两件事同时发生呢？”

诗人说：“我知道人的丑陋和罪孽，因而我知道人会有羞耻之心。但是我不懂，为什么亚当夏娃首先要遮蔽那个地方？羞耻为什么以此为最？”

我看着诗人，心里相信，L 就要成为真正的诗人了。

我从镜子里看着他，心想，在这些话语后面，诗人的思绪正在走向什么地方，诗人的消息有了多久的流传？

我从玻璃上，借助月光，看见诗人并不出众的身体，朦朦胧胧他年轻的花朵低垂着满怀梦想，我感到诗人的目光里必是流露着迷茫，我想，从那个八月之后，诗人 L 怎样走到了今天……

88

永恒的夏天,狂热的初恋季节,L 开始给 T 写信。

闷热的夏夜六神无主,无所作为,诗人的心绪无着无落。在灯下翻开日记本,想写些什么。拿起笔又放下,拿起笔,摘去笔帽。想写些什么但又放下,夏天仿佛使心迹漫漶。心好像没有边缘,不在一个固定的位置上,潮汐一般推波助澜心绪漫溢得很深很远。很大,又似很空,因而想写些什么,很想写。笔尖触到纸面,但还不知想要写什么,桌上的老座钟“嘀—嗒—嘀—嗒—嘀—嗒……”也许只因为笔尖不能在那儿停留太久,于是 T T T T……她的名字流出在纸上了。原来如此,原来是她的名字,原来是这样啊写她的名字竟使空洞的心渐渐饱满,如此地亲切,亲近。前所未有好似洪蒙初开,一遍遍地写:T T T……各种字体,端庄漂亮的她的名字写满好几页纸。母亲又在夏夜里喊他了:“L! ——L! 你在干吗呢?”再翻开一页,浅蓝的横格,盯着第一行看很久,形同祈祷,星移月走诗人的生命潮涌潮落,笔尖离纸面一毫米,颤抖,下一个决心,写下——

亲爱的 T:

L 的第一封情书仅此而已。往下千头万绪不知该写什么。这几个字,就是诗人的第一首诗作。

母亲在窗外的晚风中喊:“L,L! ——你就不知道热吗? 又中了什么魔啦?”

L 又翻开一页,诗情满怀,写下——

亲爱的 T:

我爱你!

这是第二首诗，两行。这两行字让 L 端详不够，惊讶它们的平实、尊贵，这两行字仿佛原本带着声音，在纸面上一遍一遍地发出轻轻的呼唤。

母亲走来，推推儿子的门，推不开。门和窗都关着，窗帘也拉严。

“L，L！你没病吧？”

“妈妈你别打扰我。”

“L，你就不热，你是在过冬天吗？”

“随便，随便你妈妈，冬天就冬天吧。”

再翻一页，第三首写的是——

我亲爱的 T：

　　我爱你，已经很久。

　　爱你已经，一万年！

才华毕露。诗人 L，我至今都认为这是他最好的作品之一，真正的诗。这首诗不要有题目，不要额外再加一个名字，诗——就是它的名字。

母亲在夏夜的星空下喊他：“L，快来呀，快出来看看，天河，看看今晚的天河有多么清楚！”

诗人挥汗如雨，浩荡诗情一发而不可收。整整那个夏天，L 都在给 T 写信；或者是说这个季节，夏天这种季节，注定就是向梦幻般那个少女表达爱恋的时候。永恒的夏天，永不倦怠的爱情，在我的印象里年年如此，年年的热恋永不消逝。夏天，是热恋的换一种说法，毫无疑义。那些个夏夜，L 的小屋一直亮着灯光，星汉迢迢，万条灯火，一点点一点点闪烁，又一点点一点点都熄灭，诗人的灯光通宵达旦。所有的夏夜里，响着母亲一遍遍呼唤儿子的声音：“L，L，歇歇吧孩子。”“该睡啦，睡一会儿吧 L。不管是为什么，人总是要睡觉的呀。”“唉，诗是你这么个写法吗孩子？奶奶当年说对了，你非毁在女人手里不可。”诗人不停地写。

写什么？一切，当然是一切。

这个诚实的L，他把心里的一切都写在了纸上。把他的向往、他的心愿、他的幻想、火车之夜、忏悔和忏悔也不能断绝的诱惑、美丽的和丑陋的、一切燃烧的欲望一切昼思夜梦，都原原本本写在他的日记本上，白纸黑字。诗人相信，爱，需要全部的真诚，不能有丝毫隐瞒，他不懂得白纸黑字的危险，他还不懂得诗的危险。

89

这些诗写在日记本上，这些信，不知何时寄出。L只是写，还没想过何时寄出。写了这么多，竟没有让他满意的，一封也没有。没有一封真正值得给她看，给T看。一封一封地写，诗人总认为自己的心还不够坦白，还不够率真，不够虔诚。整个夏天，语言总不能捉住心绪，漫溢的心绪也许注定无以表达，语言总是离他的心愿太远。因此这些信，诗人想，还远远配不上T的眼睛，不配给那双圣洁的眼睛看。L把那个本子带在身边，把随时闪现的诗句记下来，随时的灵感，随时的梦幻，随时的纯情和欲念，迷茫和忏悔，向她诉说，向T，向那双神圣的眼睛真理的目光，如同一个信徒对着他的神父，然后在夏夜，一遍遍地修改那些信，那些诗，一遍一遍把他的情书写得越来越长，越来越长，但越不满意。

但是有一天，诗人走进学校，忽然发现他的诗贴在墙上，L摸摸书包，那个日记本不见了。

墙根前挤满了人，那个日记本被一页页撕开，贴在墙上的大字报栏里。L在发现他的诗被贴在墙上的同时发现他的日记本不见了,或者是在他发现那个本子丢失了的同时发现他的情书被公布于众,我不记得这两件事哪一件发生在先,也许一分一秒都不差,是同时。同时,L感到所有的眼睛都看着他,同时L听见一个声音:“就是他,看呀就是他,臭流氓——!”然后是很多声音,嗡嗡嘤嘤越来越多的声音:“就是他呀,原来就是他呀……流氓,不要脸……”那声音越来越响,喧嚣,愤怒:“真不要脸,真不知羞耻,不知天下有羞耻二字……真没想到会是他……肮脏的灵魂,真是肮脏透顶,丑恶……他叫什么……L,对对,L,就是他,L……流氓,流氓,流氓臭流氓……”

我记得某一个夏天就要结束了,那一天诗人成为“流氓”。

我记得他站在人群中惊惶无措。我记得他的眼神就像个走失了的孩子,茫然四顾,马上就要哭出来了。

那目光中最深的疑问是——那个本子怎么会丢了呢?什么时候丢了的?怎么跑到墙上去了?谁?谁把它撕开贴到墙上去的?是谁呢?

最后,临时革命委员会来人把L带走了。我看见他跟在一个临时革命委员身后走,一边还不断在自己的书包里摸,把书包翻得底儿朝天想找到那个本子。当然没有,当然找不到了。那个初恋的夏天,被人贴在了墙上……

赏析

诗人 L,或者欲望的成长经历

诗人 L 是《务虚笔记》中重要人物之一,那么他是谁? 叙述人(背后是作者)告诉我们:诗人 L 是一种消息。见没见过他是次要的,你会听到他,感觉到他。空间对诗人 L 无足轻重。他是时间的一种欲望、疑问,和一种折磨。没有这种欲望、疑问、折磨,也就没有时间。

什么意思? 一个人怎么会是“一种消息”? 理解这一点就需要了解史铁生的创作思想、创作个性。史铁生写作感兴趣的不是具体生活中转瞬即逝的某个人,而是人本身——所有人,人类,所有人的人心、人性、人生。这样的人,空间对他无足轻重,重要的是他在所有的时间里,无论古代、现代还是将来,人都是存在的,人心、人性都是一样的。所以,本章(“夏天的墙”)中的 L,既是一个特定的人,又代表着所有人,或者从性别角度看,代表了所有的男人——所有男人的“欲望、疑问、折磨”。

L，一个天生的情种，生来喜欢女性。一岁抓阄时什么都不要，单单抓了离他最远的漂亮女人的画片；两岁时能识别一群女人中哪个最漂亮，然后张开双臂扑过去；五岁时喜欢和小姐姐小妹妹一起玩儿；七岁时追在大女孩儿堆里凑热闹，受冷落也心甘情愿，且会变着法儿吸引她们的注意。

十岁时他爱上了一个也是十岁的小姑娘——“那是诗人的初恋”。为了能经常看到她，他灵机一动，替母亲打酱油打醋买盐，因为小姑娘家就在油盐店旁边；在没有酱油可打的日子里，他灵感迭出想出妙法借跑步锻炼天天去姑娘楼下和她说句话——能和她说上一句话，那一天就是他的节日。

本章第 80 节把少年 L 的初恋心理描写得温柔细腻，纯净美丽，真实可感，简直是一首美妙动人的初恋颂歌！

理解这一节可以参看史铁生《病隙碎笔 1》第 41 节。在那一节里，史铁生写道，不管怎么说，给爱下定义是要惹上帝发笑的，不如先绕开它，换个角度，问什么时候你第一次感到了爱，或者什么样的时候你感到了需要爱？史铁生回忆自己上小学时候被一个同岁的小女孩儿所吸引，第一次感受到了爱的体验。

本章第 80 节其实就相当于史铁生把自己曾经的爱的体验移植到少年 L 身上，写得入情入理，入心入肺，让人怦然心动。笔者相信，没有真切的体验是写不出如此优美动人的文字的。就笔者阅读所见，就少年心理和少年情趣的捕捉和描写而言，史铁生可谓顶尖高手，这得益于他敏感善思的天性和气质。他的作品中，两三岁时候的事及心理感受都记得清清楚楚，生动具体，由此可知什么是天性。

什么是爱？爱的表现是什么？爱的美妙何在？一切语言都苍

白，看看这一节就什么都知道了。

十五岁时，诗人L已不满足每天能看见她，能够和她说上一两句话，而是进入了对少女裸体的幻想——“少女动人的裸体已不止一次走进了诗人黑夜的梦景，和白昼的幻想”。这幻想夺魂摄魄般地重新把诗人点燃，这幻想一经出现便绵绵不绝动荡不止，不可违抗，少年不顾一切地顺从着她的诱惑，她的震撼，追寻着那动人的神秘。

在第82节里，作者放纵想象，深入少年L的心灵，坦露他的性幻想。恕笔者孤陋寡闻，在我的“记忆和印象”里，还没有哪位作家将十四五岁少年青春期的性心理写得如此坦荡、坦率、坦诚、坦然！水一样纯，诗一样美！就像花儿开放，鸟儿鸣叫，四季轮回一样，一切都是宇宙生命的绽放，自然之神的杰作。本节文字纯净优雅，温情细腻，最容易写俗的题材被写得像诗一样美！

青少年的性幻想，俗者见其俗，雅者见其雅，美者见其美。它本身来自天性，来自自然，来自欲望，至于它具有什么色彩，就看你怎么看它。

欲望，天生的欲望，是随着年龄的成长而膨胀、而绽放的。再稍大一点，诗人L从幻想少女的裸体进入对“性”的幻想和思考。他开始追问：“从什么时候，都是什么原因，性，成为羞耻了呢？自然的欲望，男人和女人的那些美丽的部位，从什么时候和因为什么需要遮盖起来？”

诗人L的问题，你有过吗？你想过吗？或许想过，但你没有出口，只是憋在心里。但年轻的L说出来了，这让我们感到他就像安徒生童话《皇帝的新衣》里的那个小男孩儿，说出了人人看到、想到、知道，但都不说出口的问题。L的问题，是真正的诗人的问题，而不是政治家、道德家的问题，甚至不是世俗人的问题。诗人的思考超常规、超世俗、超道德,回归本原,返璞归真,这才叫赤子之心。诗人提出的问题,史铁生在另一部长篇小说《我的丁一之旅》中继续讨论,乃至于做了极致的发挥。

L 的问题,看似简单,但要回答,可能要追溯到整个人类发展史、文明史、文化史,包括心理学——性心理学、社会心理学。

本节值得注意的是作家对"人体那些美丽的地方"的描写。人体的各个部位,尤其是那些与性有关的部位,在世俗的语系里从来都是被蔑视被贬低的;在科学语系里,生硬冷漠,毫无生气;而在诗人的眼(语系)里,每一个都生机勃勃,生动美丽,富有灵性,闪射出生命光彩。这是一首中国文化中绝无仅有的人体美的赞歌!读这样的文字,让人感到的是纯洁无邪,心醉神驰,如回归纯朴洁净的伊甸园。

第 88 节写的是,"永恒的夏天,狂热的季节,L 开始给 T 写信"。——十六七岁,正由少年向青年过渡的 L,走过了幻想阶段,开始了爱的追求,开始将爱的狂想付诸行动了。

夏天,在这里是一个意象,一个符号,一个象征,隐喻初恋的狂热,热血的沸腾,激情的燃烧。

可爱的诗人,疯狂的 L,全身心投入,烈火般燃烧,忘掉了世界,忘掉了自我。L 对少女 T 的爱是单相思,没有回应和酬报,但他沉浸其中,自我陶醉,自得其乐。什么叫爱情?什么是爱情的幸福和欢乐?这就是了!注意,这里的幸福和快乐不是单纯的而是复合的,即包括爱的期盼,爱的思念,也包括爱的苦恼,爱的折磨。借用史铁生的句式表述——当一人全身心投入爱情之时,欢乐是享受,折磨也成享受。

作家把一个钟情的少年的爱情心理写得入情入理,细微动人,猜测如果不是作家有过同样的心理体验,那就是作家有着超人的理解力和想象力。笔者看过不少写爱情的杰作,感觉史铁生的描写不但不输他人,而且独具特色,因为他一点也不矫揉造作,不雕琢,不夸张,而是更真实、更实在、更贴近人物心理,因而更“接地气”!

值得一说的是,此时的L还只是一个中学生,一个正在向青年过渡的少年,怎么作家一直称其为诗人?因为恋爱中的人就是诗人,恋爱本身就是诗。L天生情种,一生为爱而活,所以不愧被称为诗人。

“夏天的墙”这一章集中写L,写L从出生到十六七岁的成长经历(其中穿插的历史背景是“文化大革命”,由于篇幅所限,本书删除了这一部分)。L的成长经历,换个角度看,即欲望的成长经历。在这一章的开头,作者明确告诉我们L是谁——“诗人L是一种消息”——即天地间永恒流传的一种消息,即生生不息的宇宙生命的一种消息。L的欲望,是自然的欲望,是宇宙间的真理——作者不止一次说L的欲望是“真理”,是“真理的光芒”(见78节,82节,86节)。由此可见,作者的爱情哲学立论高远,他总是从宇宙、自然、上帝、终极角度看问题,所以他笔下的L是一个符号,一个细胞,在他身上负载的是宇宙、自然、人生、人性的消息。

史铁生

十三、务虚笔记·白色鸟(节选)*

90

不,事实上,是我的那些信没有寄出。我的那些昼思夜梦早已付之一炬。而诗人 L 的信已经寄出了,封好信封贴上邮票,庄重地像是举行一个仪式,投进邮筒,寄给了他的心上人。

我没有寄,我甚至没有写,那些和 L 一样的欲望我只让他藏在心里。我知道真情在这个世界上有多么危险。爱和诗的危险。当我的身心开始发育,当少女的美丽使我兴奋,使我痴迷,使我暗自魂驰魄荡之时,我已经懂得了异性之爱的危险,懂得了隐藏这真切欲望的必要。我不记得是从什么时候开始,我懂得了这些事。仿佛这危险与生俱来。我只记得第一次发现少女的美丽诱人,我是

---

* 史铁生:《史铁生作品系列:务虚笔记》,人民文学出版社 2011 年版,第 164 页—190 页。

多么惊讶,我忍不住地看她们,好像忽然发现了这个世界的神奇和美妙,发现了一个动人的方向。

那是一个期末的中午,我在老师的预备室里准备画最后一期黑板报,这时她来了,她跟老师谈话,阳光照耀着她,确实使人想到她是水,是水做成的,她的眼睛真的就像一汪水,长长的睫毛在抚弄那一汪水,阳光勾画出她的鼻尖、双唇、脖颈、和脖颈后面飘动的茸茸碎发。阳光,就像在水中荡漾,幻现出一阵阵和谐的光彩,凝聚成一个迷人的少女。她的话很少,略带羞涩地微笑,看看自己的手指、看看自己的脚尖,看一眼老师又赶忙扭过脸去看窗外的阳光。七月的太阳正在窗外焦躁起来,在沿街的围墙上,在空荡荡的操场上,在浓密的树叶间和正在长大的花丛里,阳光仿佛轰然有声。屋子里很安静,只有我的粉笔在黑板上走出"嘀嘀嗒嗒"的声音。我渐渐听出她是来向老师告别的,她比我高两个年级,她已经毕业了,考上了中学。就是说,她要走了。就是说她要离开这儿。就是说我刚刚发现她惊人的存在她却要走了,不知要到哪儿去了。未及思索,我心里就像那片空荡荡的操场了,就像那道长长的被太阳灼烤的围墙,像那些数不清的树叶在风中纷纷飘摆。

那空荡荡的操场上,有云彩走过的踪影。我生来就是一个不安分的男孩儿。那道围墙延展、合抱,因而不见头尾。纷纷飘摆的树叶在天上,在地上,在身外,在心里。我生来是一个胆怯的男孩儿,外表胆怯,但心里欲念横生。

后来我在街上又碰见过她,我们迎面走过,我的心跳加速甚至步履不稳,时间仿佛密聚起来在我耳边噪响使我什么也听不见。我怕她会发觉我的倾慕之心,因为我还只是一个男孩儿,我怕她会把我看成一个不洁的男孩儿。我走过她身旁,但她什么也没有发现,甚至没有一点儿迹象表明她是否认出了我,她带着习以为常的舒展和美丽走过我。那样的舒展和美丽，心中必定清明如水，世界在那儿不染一丝凡尘。我转身看她，她没有回头，她穿一件蓝色的背带裙，那飘动的蓝色渐渐变小，只占浩瀚宇宙的一点，但那蓝色的飘动在无限的夏天里永不熄灭……

我一直看着她，看着她走进了那座橘黄色如晚霞一样的楼房。

对，就是小巷深处那座美如幻景一般的房子。我或者诗人L每时每刻都向往的那个地方。我或者诗人L，每天都为自己找一个理由到那儿去，希望能看见她。我或者诗人L徘徊在她窗前的白杨树下，仰望她的窗口。阳光和水聚成的美丽，阳光和水才有的灿烂和舒展，那就是她。那个少女就是她，就是N，就是O，因而也就是T。使我或者诗人L的全部夏天充满了幻想，充满了历险，充满了激情的那个少女，使我们的夏夜永不能安睡的那个少女，就是她，仿佛是N又仿佛是O，由于诗人盲目而狂热的初恋，她成为T。

诗人把他的书包翻得底朝天，以为不小心把那些信弄丢了，他竟一时忘记，他把那些文思如涌的夜晚和痴梦不醒的白昼，都寄给了他的心上人。我没有写，我也没有寄，我又侥幸走过了一道危险的门。我眼看着诗人L无比虔诚地走了进去，一路仍在怀疑那些夏天的诗歌是怎样丢失的。

92

晚上，父亲问女儿："听说你把一个男同学给你的信交给了老师，是吗？"

"是，"T说，"交了。交给了革委会。"

"为什么？"

"为什么？你知道他都写了些什么？无耻，我都说不出口。"

“可这一来他可麻烦了。他在别人面前没法抬头了。”

T低头很久不语。然后说:“只要他改了,就还是好孩子,不是吗爸爸?”

“是。是的。照理说应该是这样。”但是父亲想,事实上未必这么简单,知道这件事的人会永远记住这件事,也许有人永远要提起这件事让那个叫作L的孩子难堪,将来也许有人会用这件事来攻击他,攻击那个叫L的人。再说,要那个男孩子改掉什么呢?改掉性欲还是改掉爱欲?如果他不得不改掉什么的话;那么他改掉的不可能是别的。他改掉的必定是诚实,是坦率,是对别人的信任,学会隐瞒,把自己掩盖起来,学会的是对所有人的防范。

父亲一时无话可说,带着迷惑回到卧室,呆呆地坐着,想。

“你跟她说了?”母亲进来。

父亲“嗯”了一声。

母亲刚刚洗完澡,脱去浴袍,准备换衣裳。母亲在父亲面前脱去浴袍,在灯光下毫不介意地袒露着身体,并且专心地擦干自己的身体。父亲看着她。

“你怎么跟她说的?”

父亲不回答。也许是不知该怎么回答。

女人赤裸着身体,这儿那儿地挑选她要穿的衣裳,神情无比坦然。她在一个男人面前走来走去,仿佛仅仅因为是夏天,因为一点儿也不冷,所以不需要穿衣裳。男人看着她,有些激动,但父亲知道那不完全是性欲,而是这个女人对这个男人的毫无防范之心使他感动,使他惊叹,使他按捺不住地要以什么方式表达这种感受,以某种形式确认和肯定这感受,以某种极端的语言来响应她,使她和他都从白天的谎言中倒戈反叛出来,从外面回到家中,从陌生的平安回到自由的平安里来。而这时,那极端的语言就是性,只能是性，虽然这语言仍然显得非常不够……

父亲似乎刚刚发现，母亲已经老了，她有点儿老了，正朝向老年走去，她在发胖，腰粗了，肚腹沉重，岁月使她不那么漂亮了。你还爱她吗？如果她已经不再年轻不再那么性感，你还爱她吗？当然，毫无疑问。为什么？父亲从来没有试图回答过这样的问题。只有父亲他自己知道，他曾与一个年轻的女人互相迷恋过，那个女人，比母亲年轻也比母亲漂亮，没有哪点儿不如母亲，父亲借口出差到她那儿去住过……那个女人要他做出选择，选择一个："你应该有点儿男子汉气概，到底你最爱的是谁？是我还是别人……"这件事没人知道。这件事我也不知道，我只是知道世上有这样的事，过去有过，现在和将来还会有，男人或者女人都可能有，是谁并不重要。母亲不知道这件事，她没有发觉，为此父亲至今有着负罪感。最终父亲作出了选择，还是离开了那个女人，回来了，回到母亲身边。为什么？男人自问，但无答案，或者答案仅仅是他想回来，确实想回来。这就是爱吧。如果不是因为那个女人不如这个女人，如果不是因为他不得不回来，而是因为他确实想回来，父亲想，这就是爱情。

"女儿，她说什么？"母亲问。

妻子回头看丈夫，发现男人的目光在摇荡，女人才发现自己的样子，低头会意地笑一下。然后她披一件睡袍在自己赤裸的身上。并不是为了躲藏，也许是为了狡猾或是为了隆重。

男人记起了南方，在南方，若干年前的一个夏夜，他第一次看见这个女人的裸体时的情景。那时女人羞得不肯解衣，男人欲火中烧甚至有些粗暴，女人说"别别，别这样"，她挣脱开他，远远地站着，远远地看他，很久，喃喃地说"让我自己，好吗？让我自己，让我自己给你……"然后在男人炽烈的目光下，她慢慢敞开自己，变成一个无遮无掩的女人。“让我自己给你。”这句话永远不忘，当那阵疯狂的表达结束后，颤抖停止，留下来的是这句话。永远留下来的，是她自己给了你，她一心一意地给你，那情景，和那声音。她要你，她要你要她，纷乱的人间在周围错综交织，孤独的地球在宇宙中寂寞地旋转，那时候，她向你敞开，允许你触动她，触动她的一切秘密，任凭你进入她，一无牵挂，互相在对方全部的秘密中放心大胆地呼吸、察看、周游和畅想。在那南方的芭蕉树下，月色或者细雨，在那座只有虫鸣只有风声的南方的庭院里，“让我自己给你”，正是这句话，一次又一次使男人兴奋、感动、狂野和屈服，留给他回味和永不枯竭的依恋。

父亲和母亲开始做爱。

他们要创造一种前所未有的形式，凡间所未有的形式，外界所不容的自由的诉说和倾听，让一切含羞的花草都开放以便回到本该属于他们的美丽的位置。

那就是他曾经流浪，但最终还是要回来的原因吧？

那就是她曾经也许知道了他的沦落，但终于不说，还是救他回来的原因吧？

男人在喷涌，女人在流淌。

夏夜，星移斗转，月涌月落。

父亲，和母亲，在做爱。

这样的时候，女儿一天天长大。

父亲和母亲听见，女儿，那夜很晚才睡，女儿屋里的灯光很久很久才熄。

父亲想起那个名叫 L 的男孩儿，想起自己和他一样年纪的时候，父亲像我一样，为自己庆幸，我们躲开了一道危险的门，我们看见 L 走了进去。

父亲问母亲:“为什么,性,最要让人感到羞辱?”

母亲睡意已浓:“你说什么?哦,是的。”

父亲问:“真的,很奇怪。人,为什么会认为性,是不光彩的呢?最让人感到羞辱的为什么是性而不是别的?为什么不是吃呢?这两件事都是生存所必须的,而且都给人快感,可为什么受到这么不同的看待?”

母亲睁开眼,翻一个身:“哦,睡吧。”

“你不觉得这很奇怪吗,嗯?”

“是,很奇怪。睡吧。”

父亲问:“女儿,她应该懂得爱情了吧?这样的年龄。喂,你像她这年龄的时候,懂了吗?”

“我忘了。”

“至少,对男孩子,你们开始留意了吧?”

“可能吧。可能有一点儿。”

“什么感觉?主要是什么样的感觉?”

母亲那边响起鼾声,且渐渐沉重。她年轻时不这样,那时她睡得轻盈优美。

半夜,男人从梦中醒来,依在女人肩头,霎时间有一个异常清晰的灵感:“喂,喂喂,我想是这样,因为那样的时候人最软弱,那是人表达自己软弱的时候。”

母亲睁开眼睛,望着窗外的星空,让父亲弄得睡意全消。

父亲:“表达自己的软弱,即是表达对他人的需要。爱,就是对他人的依赖,对自由和平安的依赖,对依赖的依赖,所以……所以……”

母亲:“所以什么?”

父亲:“所以那是危险的……”

母亲："危险的？"

父亲："你不知道他人会不会响应。是响应还是蔑视，你没有把握。"

父亲和母亲，男人和女人，他和她，或者我和你，默默无语遥望星空……

赏析

天地间白色鸟永远在飞翔

本章标题——《白色鸟》。白色鸟是《务虚笔记》《我的丁一之旅》等作品中出现频率相当高而且优美得令人心醉的物象。作为物象，白色鸟美丽、优雅、纯净，全身雪白透亮，白得耀眼，在天空中不紧不慢，飞得平稳、舒展、自由、洒脱。作为意象，它象征或隐喻了什么呢？很难确切地给出定论，象征、隐喻往往是多义的、模糊的，而不是单一的、确指的。仔细阅读文本，凡是写到男女之间的爱情、爱愿、爱欲之时，一般都会出现白色鸟。由此，我们不妨把白色鸟理解为爱情、爱愿、爱欲的象征。但是，似乎又不仅仅止于男女之间的爱情、爱愿和爱欲，史铁生在写到这些的时候，往往不是就爱情说爱情，就爱欲说爱欲，而是把爱情、爱愿、爱欲放到更广阔更恢宏的背景，即从宇宙生命、自然规律、人间流传的永恒消息角度加以看待。所以每当少男少女春情萌动、男女两情鱼水相谐、爱愿爱欲蓬勃之时，白色鸟必相伴出现。如第75节写少年L告诉妈妈自己“成天在想坏事”时，“母亲看看他，想一下。母亲身后，初夏的天空中有一只白色的鸟在飞，很高很高”——由此，我们应该把白色鸟的喻意理解得更为广阔一点，即它还象征了自然、青春、生命，象征了宇宙造化，自然之神！不要忘了，终极、上帝、宇宙、天地、自然、造化始终是史铁生的基本视点。

因篇幅所限，本书选择《白色鸟》中两节加以赏析。

第90节开头紧接上一章《夏天的墙》末尾——L给心上人的情书被无情地贴在了墙上，说，诗人L的情书寄出去了，而我的那些昼思夜梦早已付之一炬，甚至是没有写，那些和L一样的欲望我只让它藏在心里，因为我知道真情在这个世界上有多么危险。这是什么意思？我和L什么关系？在笔者的理解里，这里的意思是，在内心深处，在情感领域，在对爱的渴求和幻想上，我就是L，L就是我。区别在于，他把爱愿外化了，我则紧藏在心里。

本节主要写了“我第一次发现少女的美丽诱人”时内心的惊讶，“好像忽然发现了这个世界的神奇和美妙，发现了一个动人的方向”。“我”深情地回忆了初次发现少女之美时的过程和细节，对少女的形象、气质做了细致、准确、动情的描绘。类似这样的描写在本书中多次出现，字里行间弥漫着对青春少女之美的由衷歌赞，差不多可以说是少女崇拜！生命崇拜！青春崇拜！这让人想起古人的话——钟天地之精灵，日月之造化——；让人想起贾宝玉的名言：女儿是水做的骨肉——

本节需要注意的还有一个“点”，那就是“我”的自我剖白：“我生来就是一个不安分的男孩儿。……我生来是一个胆怯的男孩儿，外表胆怯，但心里欲念横生。”——这样的自我解剖坦率、坦然、坦荡。想一想，这样的男孩儿仅仅只是“我”吗？“我”难道不同时也是你和他吗？从性质上看，“我”是人、人性的全息代表，是宇宙间流传的永恒消息。“胆怯”，道出了人性、人生的基本处境，根本困境，蕴含着人性和世界的矛盾和冲突。

第 92 节主要写了男人和女人（即丈夫和妻子、父亲和母亲）之间身与心赤裸相见、坦然不隔、毫无防范、自由平安的关系，回忆了男人和女人第一次赤裸相见的情景，和当下的一次性过程。所有这些，作者写得优雅纯净，像清风明月一样优美，像池塘春草一样的自然。达到这境界，仅凭文学技巧是不够的，最关键的是“眼光”，是怎样看待爱和性。

在史铁生的爱情哲学里，理想的爱情就是恋人之间互相向对方彻底敞开，毫无保留地“互相在对方全部的秘密中放心大胆地呼吸、察看、周游和畅想”，想说什么说什么，想做什么做什么，这里没有害羞，没有禁忌，没有蔑视，没有防范，没有紧张和害怕，有的是随心所欲的自由和坦然自在的平安。

总之，在史铁生眼里，爱中之性是纯洁的、自然的，因而也是优美的、诗意的。所以他能坦然放松地写，甚至是赞美歌颂一般地写。因为他眼里只有美，没有不洁，更没有污浊，所以他一次也没有留下空格，然后告诉你这里删去多少字，因为他认为完全不必要，或者说他笔下的性完全不需要那样写。

当然，这只是理想的爱情，或者说是爱情的理想。如果在现实中不容易实现，那么在艺术中可以自由自在地实现。艺术是自由的天地，理想的乐园，艺术就是现实中不能实现的实现。所以在史铁生笔下，这类理想的境界反复出现。

这是小说，同时也是诗，能把性写成诗，这是史铁生的绝技。

白色鸟作为意象，优雅纯净舒展自由，这就是作者笔下纯洁自然优美爱情的“客观对应物”。

史铁生

十四、务虚笔记·白杨树(节选)[*]

108

再次想起点亮那支蜡烛,是另一个夜晚,是母亲不在家的日子,母亲去西北探望父亲却终于没有见到父亲,是她在回程的列车上泪水不干的那个长夜。酷热的八月,暑假的最后一天。

N不像O或T那样胆小。F不像WR那么胆大。

两间房子没有独自的卫生间。

F来时,里屋门关着。

“喂,我能进来吗?”

“哦,不,等一会儿,我洗澡呢。”

F心里一乱,但老老实实地坐下来等着。

---

* 史铁生:《史铁生作品系列:务虚笔记》,人民文学出版社2011年版,第209页—217页。

“你吃过晚饭了吗?”

“我就是来给你送晚饭的。”

“什么呀?好吃的吗?”

“但愿你会认为是好吃的。反正,反正总比煮挂面强吧。我可不想再跟你一起吃那玩意儿了。”

“那你就赶快去找一个会做饭的吧,跑这儿来干吗?”

“我,我不是那个意思。我是说……”

里屋传出水声和笑声:“老天爷,你要是能有一点儿幽默感,说不定我现在就想嫁给你了。”

F的心嗵嗵地跳,哪儿还去找幽默感呢。现在,现在,现在……F坐在那儿设想着N的现在,现在,此时此刻,N的美丽动人……但设想不出,或者是不敢相信,觉得生理学和解剖学上那些烂熟的名词和形象不能与她符合,对她甚至是亵渎。还谈什么幽默呢。他坐在那儿一声不响,大气也不敢出,生怕N会窥见他庸俗的欲望。

“喂,你走了?”

“哦,没。什么事?”

又是水声和笑声:“我还以为你走了,或者死了呢。”

远远的,在很远的地方,一只白色的鸟正朦胧地舒展翅膀。

“喂,我真想去游泳。可惜这附近哪儿都没有个能游泳的地方。”

“你知道吗,小时候在澡盆里我就学会游泳了。爸爸把我按在水里,说游吧,把我吓得直哭。”

“那时候我们在南方。南方,我跟你说过,到处都能找到可以游泳的小水塘。我还记得我和好多小男孩儿、小女孩儿在小水塘里游泳,一丝不挂可真痛快呀,累了就趴在池塘边晒太阳,热了就又跳到水里去……”

南方，那只白色的鸟儿鼓动翅膀，起飞了，在暮天中，在青年医生的心里和身体里，一下一下扑打起翅膀。

“有一次我和爸爸妈妈到山里去玩，住在爸爸的一个朋友那儿，那个朋友是看林人。晚上我躺在床上，听见满山的树像浪涛一样地响，有时候传来几声鸟儿叫，我问是什么鸟儿叫，妈说是猫头鹰。我有点儿害怕。妈说你怕吗？我不说话，我真是有点儿怕。爸说你怕吗？我说有点儿。爸说，那我们去走走吧，看看‘怕’是个什么玩意儿吧。妈说好极了我们去看看那到底是怎么回事，妈说我们去吹吹夜风，去闻闻夜里山是什么味儿，月亮、树、草都是什么味儿。你说他俩是不是都有点儿精神病？

“我们就走出去，月光很亮，走在那山林里，到处都很静，听得见很多小昆虫在叫，我们一路走一路又笑又喊又唱，绝对的——仨精神病患者。我们使劲喊，亮开嗓子唱，妈说太好了多亏你爸想出这个主意，爸说那你们就喊吧唱吧这儿没有人管你们，妈说太好了真是太好了，人真是难得这样，难得有这样的机会。

“后来我们到了一个小水塘边，妈说我们何必不游它一泳？我说我们没带游泳衣呀？妈说这儿没有别人天黑了这山里没人来，怕什么？爸说好主意绝对是个好主意，我们都快让衣服给勒死了，都快不知道风吹在屁股上是什么滋味儿了。妈说那就让风吹吹我们的屁股吧，让月亮照耀照耀我们的屁股吧。爸说唉，真可惜，我们的女儿可是已经大了。妈说真糟糕你怎么这么快就长大了呢？妈对我说，那只好你一个人到那边去，我跟爸在这边。我说，咦？这就奇怪了，应该我们两个女人在这边，让爸到那边去他是男人呀？爸和妈都给逗笑了，我说笑什么笑，我说的不对吗……喂喂，你听着呢没有？”

“噢，听、听着呢……”

又是水声、笑声。水声和笑声中，白色的鸟儿振翅高飞，从南方飞来北方，从南方到北方都是那鸟儿飞翔的声音……

“那……”F说，“那我，先去把吃的东西热一热吧。”

F回来的时候，N好像不那么快活了。N穿着一件旧睡袍，坐在桌前呆呆的。F把饭菜放在桌上，要去开灯。

“别，别开灯。”N说。

“天黑了。”

“那也别开灯。”

她可能是在回想童年的那个山林之夜，因而想起父亲，想起母亲现在去看他但不知是否见到了他。

N猛地站起，睡袍在幽暗中旋展一周，她找到了过去的那支蜡烛。把蜡烛点亮，放在他俩中间——他和她面前。烛光摇摇跳跳，她盯着那一点灿烂看。很久，她脸上又活泼起来。

她说：“你不想……不想看看我吗？”

他看着她，一动都不敢动。

她站起来，睡袍拂动，走出烛光之外，走进幽暗。

他垂下眼睛，不敢去惊动她，不敢惊动那脆弱的时间。

那只老座钟“嘀嘀嗒嗒”地响着，让人想起它从来没有停过。

“抬头看我。”

“看看我。”

“看我一个人的时候是什么样子。”

他抬起头。睡袍，沿着一丛新鲜挺秀、蓬勃、柔韧而又坚实的光芒掉落下去，掉落进幽暗。

“不，别过来。”

“对，就这样看我。”

“就这样。”

"放心大胆地看着我。"

"我想让你,胆大包天地看我。"

"我一个人的时候就想让你来这样看着我。"

"我想在你面前,就跟我一个人的时候一样。我想不知羞耻地让你看我。"

她慢慢地走来走去,那光芒在幽暗中移动、舒展、屈伸、自在坦荡。那是幽暗中对我们的召唤。我,或者F,或者他人。那是自己对他人的希望,和自己对自己的理想。是个人对世界的渴求,是现在对永远的祈祷。看吧这就是我,一览无余,她是在这样说。看着我,不要害怕,她是在这样说,要放心,要痴迷,不要羞愧。这不是一件羞耻的事,这是粉碎羞耻的时刻。看看,这耸动的胸脯,并不是为了呼吸而是为了激动才被创造的呀,这腰腹不是为了永远躲在衣服里面的,恰恰是为了扫荡那隔膜才一直等待在这儿的,这健康茁壮的双臂难道不应该放她们出来栉风沐雨吗?不能让她们在永远的秘密中凋谢,千万不能!不能让她们不见天日,不能让她们不被赞叹,不能让她们不受崇拜,因为她们,不正是凡俗通往圣洁的地点吗?她就是这样说的。在喧嚣嘈杂的千万种声音里,可以分辨出她的声音,我,F,或者还有别人,我们可以听见她就是这样说的,这样宣告。所以来吧,此时此地她们不是一触即灭的幻影,她们尊贵但不傲慢,她们超凡但并不脱俗,她们有温度,有弹性,有硌痕,有汗,是血肉,但那血肉此时此地恰是心魂的形态……

F冲过去,双唇压住N的双唇,然后走遍她的每一处神奇和秘密,让她软弱地喘息,让他俩在喘息中互叫着对方的名字,让两个肉体被心魂烧得烫烫的……

"我一个人的时候,你为什么不来?"

"你一个人的时候就总是我和你在一起的时候,记住,以后也是这样。”

“我一个人的时候，你就胆大包天地来过我的房间里吗？”

“是的，来过，在梦里。”

“不，不是在梦里，是真的，我要你爱我，我要你对我有欲望，你就来了，你就也看见了我的欲望。”

“是，是的，那是真的，我忽然觉得我好像没有过一个人的时候，我一个人的时候就是我在想你的时候，就是我看见了你的时候。”

老座钟嘀嘀嗒嗒地响着。他们如是说。他们必如是说：

“你看见我，是什么样子？”

“就是现在这样子。”

“就是现在这么赤裸着？”

“就是。”

“就是现在这么毫不知羞，毫不躲藏，这么目光毫不躲闪地躺在一个男人怀里吗？”

“就是，那个男人就是我。”

“就是这么孤独这么软弱这么哭着？”

“不，你从来都不哭。”

“不，我常常哭，哭得好痛快哭得好难看，你没看见？”

“看见了，你哭得好勾人。”

“就是现在这样吗？”

“是。”

他们如是说。老座钟不停地走着。他们必如是说：

“就像一个勾人魂魄的妖精吧？”

“和一个被勾去了魂魄的家伙。”

“一个坏女人把他勾引坏了吗？”

“对,勾引坏了,然后她后悔莫及。”

“她要是死也不悔呢?”

“但愿如此。”

“她要是欲壑难填,那么他呢?”

“他万死不辞。”

109

“我是不是一个坏女人?”她在他耳边轻轻说。

“我是不是太不文雅端庄?”她的头靠在他的肩上,轻声说。

他看着车窗外的天空,那只白色的鸟,稳稳地飞着。他知道她并不要他回答,她只是要说,要沉在那自由里。

“我算不算是一个放荡的女人?”

“我想我可能就是。没准我妈我爸也是,两个疯子。”

“我们,是不是太没有规矩了,啊? 你和我,是不是一对淫荡的爱人?”她在他耳边轻声地笑。

火车隆隆的声音使别人听不到她的话,所以她大胆地在他耳边说着。她想,周围那些人肯定想不到她在说什么,想不到这个漂亮文雅的女人竟是这样引羞为荣,她觉得这实在是一件很感人的事。

“我淫荡吗?”

“不。一般来说,‘淫荡’是贬义的。”

“那,什么才是淫荡?”

他没回答。

火车奔驰在旷野上,显得弱小,甩动着一条银灰色的烟缕。他们想不出这个词的含义。我相信,热恋中的人会在这个词面前惑然不解，猜不出它的含义。

未来，F才能对这个词有所理解。在他不得不放弃真诚的爱恋时，在他一言不发，对N的迷茫默不作答时，他理解了这个词。父母要他不再与N来往，不要再与一个右派的女儿来往，不要任性要想想自己的前程，那时他相信世界上真是应该有这么一个词。但是他自己呢？他不得不吗？他不是万死不辞吗？他不是仍然爱着她吗？这样想着的时候，他相信以往人们都把这个词错认了，真诚的一切里面都没有它，背弃真诚的一切理由里面都是它，它不是“不要任性”，它可能常常倒是“要想想自己的前程”。有人用前程来开导他的时候，有人用眼泪用心脏病来要挟他的时候，有人整天在观察他在监视他在刺探他，那时他看见并理解了那两个字。在他终于为了两颗衰老的心脏而背离了自己的真心之时，在他终于为了两份残年的满足而使N痛不欲生之时，在他终于屈服在威胁和哀求之下离N而去之时，一头乌发忽如雪染的那个夜晚，他感到那两个字无处不在，周围旋卷缠绕着的风中淫淫荡荡正是那两个字的声色。

F和N坐在火车上。火车的终点是一个素不相识的小镇。F陪N去那儿堕胎。F的一个同学毕业后在那小镇上的医院里当医生，幸亏这个同学帮忙。

F忧心忡忡，他知道那会是怎样令人难堪的局面，医生和护士们的冷眼，窃窃地议论，背后指指点点，甩过来一句软软的但是刻薄的话，用那些冰冷的器具折磨她美丽的身体同时甩给她更为冰冷的讥讽，整个小镇都会因此兴奋因此流传起种种淫秽的想象。

“我不怕，”她在他耳边说，“你放心好吗？我什么都不怕。”

自从发现怀孕以来她一直是这样说。她甚至说她不怕要下这个孩子。她甚至说她不怕挺着大肚皮在人前走，那是生命，是爱，是真诚的结果,不是淫荡。她甚至说,为什么不在我们的结婚典礼上,让他或者她,也伸出小手接受一枚小小的戒指?为什么不让这个孩子,来证明我们的自由真诚呢?为什么不让他或者她,亲眼看见自己庄严的由来?

当然不可能。这世界不允许。

她说过:“只有这一点,我觉得遗憾。”

她曾说:“他,或者她,是在最美丽的时刻被创造的呀!”

她说:“因此,他们与众不同!”

她曾在日记中写道:“如果得请你们先回去,请你们先等一等,请你们别急,晚一些再来,那,肯定是我们还太软弱,但我们保证:我们还要在那样的美丽时刻创造你们。你们有权利那样希望,希望自己不是来自平庸。”

车窗外有了灿烂的金黄色,有了一阵强似一阵的葵花的香风,那个小镇就要到了。

赏析

超凡但并不脱俗的女神

本章（“白杨树”）主要内容是补叙医生 F 和女导演 N 当年由相知相爱到因故分手，再到几十年后 F 重回“白杨树”（当年少女 N 的家）寻找 N 的全过程。

前面“恋人”一章中，叙述人叙述了 F 和 N 的错失与寻找，但没有叙述当年他们相恋相爱的过程，本章予以补述。因篇幅所限，这里我们选取其中几节加以欣赏。

第 108 至 109 节里，N 回忆了少年时在南方的生活（山林之夜一家人在小水塘的裸泳），描绘出一个难得一见的中国家庭——自由、民主、平等、开放、温馨、浪漫，充满情趣与阳光，完全是一个艺术化、诗化的家庭。N 的父亲不愧是童话作家，只有童话作家才能营造出这样的家庭氛围。这应该成为中国人理想的家庭样板。

接下来写 N 在热恋时的一次“行为艺术”——朦胧的烛光下，

她坦然主动地脱去睡袍,赤裸全身,在F面前走来走去。那光芒在幽暗中移动、舒展、屈伸、自在坦荡。她对F说:“我想让你胆大包天地看我。我想在你面前,就跟我一个人的时候一样。我想不知羞耻地让你看我。”她要求F不要害怕,要放心,要痴迷,不要羞愧,因为,这不是一件羞耻的事,这是粉碎羞耻的时刻。——这时候N的表现,活脱脱是女神——仙女下凡,其超凡但不脱俗之美,惊动了F,让他大气不敢出;惊动了读者,惊动了人世间。

接下来N对自己身体的描述,不折不扣是一首女性身体的赞颂诗,语言坦荡洒脱,情感真诚热烈,格调仙风道骨。这样的语言,这样的描写,折射出的是女性美崇拜,人体美崇拜,青春美崇拜,自然美崇拜! 这类描写是小说最精彩之处,可能也是容易招致误解之处。

F被N的表白、呼唤所激发,热血沸腾,冲过去相互亲吻,相互占有,两个肉体被心魂烧得烫烫的——这里体现的是史铁生爱情哲学中最激动人心的爱的理想境界——恋人之间赤裸相见,了无遮蔽,毫不知羞,毫不躲藏,自由平安,自在坦荡,百无禁忌,互相彻底地给予与互相彻底地占有。

N的表现,其性质、其意义是什么呢? ——作者的回答是:“那是幽暗中对我们的召唤。我,或者F,或者他人。那是自己对他人的希望,是自己对自己的理想。是个人对世界的渴求,是现在对永远的祈祷。”

这一节中有许多精美的关于爱情的经典语言,如:“我要你爱我,我要你对我有欲望,你就来了,你就也看见了我的欲望。”“我忽然觉得我好像没有过一个人的时候,我一个人的时候就是我在想你的时候,就是我看见了你的时候。”

这一节中有许多“离经叛道”又让人感到拍案叫绝的对话,如:

(女的说,我)"就像一个勾人魂魄的妖精吧?""和一个被勾去了魂魄的家伙。""一个坏女人把他勾引坏了吗?""对,勾引坏了,然后她后悔莫及。""她要是死也不悔呢?""但愿如此。""要是她欲壑难填,那么他呢?""他万死不辞。"

反复阅读本节让你感到,这样的语言,这样的观念,恐怕在中国文学史上是绝无仅有的吧!作者直逼人性深处,直逼人的灵魂深处,其直白坦白坦然坦率,甚为罕见,这可以视为史铁生对中国文学的一个独特贡献。

中国人在传统观念约束下,习惯成自然地、集体无意识地善于隐藏灵魂深处的秘密,对于灵魂深处的话讳莫如深。但是,许多所谓的灵魂秘密本来是光明正大的呀!史铁生一向视灵魂为文学表现的对象,称写作是大脑对心魂的捕捉与缉拿,所以他一向善于把人的灵魂秘密坦然坦率地揭示出来。不仅仅是关于性与爱,在其他诸多问题上都是如此,如关于叛徒的反传统的见解。

史铁生在灵魂表现上的努力与贡献引起了学界的重视。如,2012年1月4日在中国作家协会召开的"史铁生文学创作研讨会"上,著名哲学家周国平说:"我简要地说一说我心目中史铁生的价值,这个价值归结为一句话就是:他是中国当代最有灵魂的作家。我想说出一个我自己真心认为、但无须别人赞同的看法:铁生是中国当代唯一可以称作伟大的作家,他代表了也大大提升了中国当代文学的高度。倘若没有铁生,中国当代文学将是另一种面貌,会有重大缺陷。在这个灵魂缺席的时代,我们有铁生,我们真幸运!"

第108节中N的"语言艺术"与"行为艺术",在传统眼光下当然会被视为"坏女人",被视为"太不文雅端庄""放荡的女人""太没有规矩""疯子""淫荡"。这一点N自己能意识到,上述恶名就是她自己从传统视角猜出来的。但她自己不这样看自己,她觉得自己这样“引羞为荣”“实在是一件很感人的事”。——是的，我们觉得叙述人同意N的自我评价(当然也就是作者的同意)，我们读者也同意。是“淫荡”还是“爱”与“美”，关键在于观者的眼光。正如传说中苏东坡与佛印相互的评价：苏说佛印像屎，佛印说苏像佛。苏小妹对苏东坡说，你心中有屎才看人为屎，人家佛印心中有佛才看人皆佛。

上述意思，即关于淫荡与否的辨析，作者在109节中作了讨论。

109节中还有一点值得“欣赏”：N发现自己怀孕之后，一直没有后悔，没有害怕。她反复向F这样说。她甚至说她不怕要下这个孩子，不怕挺着大肚皮在人前走，甚至想让孩子出现在他们的婚礼上——总之，面对可能到来的世俗的恶风冷雨，N在心理上表现出无比勇敢。我们相信她的话。这让我们想到一个问题：在真诚的爱恋与冰冷的世界相遇时，为什么总是女性勇敢、决绝和坦然？古今中外似乎都这样，这说明了什么呢？

十五、务虚笔记·欲望[*]

112

早在诗人L与F医生初识的那个夜晚,即L痛不欲生把一瓶烈酒灌进肚里的那个病房之夜,L就曾问过F:“你看我是不是一个淫荡的家伙?我是不是最好把这个淫荡的家伙杀掉?”

“这话从何说起?”

“医生,我看你是个信得过的人。”

“这个嘛,只好由你自己来判断。”

“我想你送走的死人一定不算少了,但你未必清楚他们走的时候都在想些什么,还在希望什么。”

“要是你想说说,我会守口如瓶。”

---

* 史铁生:《史铁生作品系列:务虚笔记》,人民文学出版社2011年版,第219页—246页。

“那倒不必，我甚至想把自己亮开了给全世界都看看。我怕的只是他们不信。我只是希望你能相信我，相信我既是一个真诚的恋人，又是一个好色之徒。我希望你能相信这是真的，哪一个都是真的，真诚的恋人和好色之徒在我身上同样真切。出家人不打诳语，要死的人更是不打诳语。”

113

诗人说：我生来就是个好色之徒。我生来的第一个记忆就是，我躲在母亲怀里，周围有许多女人向我伸出手，叫着我的名字要抱抱我，那时我三岁，我躲在母亲怀里把她们一一看过，然后向其中的一个扑去，那一个——我大之后才弄懂——正就是那一群中最漂亮的。我不记得有过一岁和两岁，我认出自己的时候我已经三岁。我最早被问到几岁时，我伸出三个手指说：“三岁。”我三岁就懂得女人的美丽，圆圆的小肚皮下那个男人的标志洁白稚嫩，我已经是个好色之徒了。

诗人说：可我生来就是个真诚的恋人。我把我的糖给女孩儿们吃，把我所有的玩具都拿出来随便她们玩，随便她们把糖吃光把玩具弄坏我都会愿意，我只是盼望她们来，盼望她们别走，别离开我。我想把我的婴儿车也送给一个大女孩儿，她说“我可真的拿走了呀”，我担心地看看奶奶，不是怕她真的拿走，而是怕奶奶会反对，奶奶要是反对我将无地自容。我咿咿呀呀唧里咕噜地跟一个大女孩儿说我的事，我想把我所有的心思都告诉她，我想跟她说一句至关重要的话，但我还太小，说不清楚。

诗人说：那时候我三岁，找不到一个恰当的词表达我的心意。但那心意已经存在，在那儿焦急地等待一个恰当的词。女孩儿们离开时我急得想哭,因为我还是没找到一个恰当的词,那句至关重要的话无依无靠无从显现。女孩儿们走后,周围的光线渐渐暗下去,渐渐地凉下去沉郁下去,越来越远越来越缥缈。我现在还能感觉到那光线漫长而急遽的变化,那孤独而惆怅的黄昏到来。我一声不响独自细听心里那句至关重要的话,想听出它的声音,但它发不出声音,因为我给它找不到一个词。母亲发现,三岁的男孩儿蹲在早春的草丛里,一声不响蹲在落日的前面,发现他在哭,不出声地流泪。母亲一定不知道这是为什么,而我无以诉说,那句话找不到一个恰当的词因而发不出声音。这真急人。这真难过。我依偎在母亲怀里,闭上眼睛不再看太阳,光线正无可挽回地消逝,一派荒凉。

诗人说:所以后来我一见到那个词,我立刻大舒一口气,仿佛挖掘了几千年的隧道非常简单地崩塌下最后一块土方,豁然开通了。那个词一经出声——爱情——我就惊得回过头来。“爱情,爱情!”就像听见有人叫我的名字那样我立刻回过头来认出了她,知道我寻找了多年的那个词就是她。就是这两个字,就是这声音,毫无疑问。

诗人说:那时候我除了盼望女孩儿的美丽,并没有其他念头。那时我可能五岁,或者七岁,我对女孩儿的身体并没有特殊的关注,我觉得她们的身体和她们的脸、和她们的微笑、和她们的声音一样,都让我感到快乐和晴朗。和她们在一起充满希望。我跟在一群女孩儿身后跑来跑去,听凭她们调遣,心里充满希望。希望什么呢?现在我知道,是希望那亲密的时光永不消逝,希望她们高傲的目光依然高傲但不要对我不屑一顾,希望她们尊贵的声音总是尊贵但不会让我走开,希望她们跟我说话也听我说话,那时我就会把我心里所有的秘密都告诉她们,我希望任何时候她们都不避讳我都不丢弃我，不会转脸就把我忘记，亲密而欢乐的时光不会因为我只是去吃了一顿饭回来就变了样子，变得凄冷、陌生。我害怕忘记，我害怕那两个冷漠的字，“忘记”这两个字能使一切珍贵的东西消灭，仿佛不管什么原本都一钱不值。

（诗人可能还会想起我的那个足球。我想，L 会不会也认识一个可怕的孩子？当然，对 L 来说那是一个残酷的夏天，诗人最初的欲望被那个夏天的末尾贴在了墙上。）

诗人说：而这一切希望，现在我知道，全是为了有一天我能把我的一切心意原原本本地告诉她们，让她们看见我的美好也看见我的丑恶，看见我的纯洁、我的污秽、我的高尚和我的庸俗，看见我的欲望多么纷纭可我的希望多么纯洁。一切希望，我现在知道，就在于她们看清了我的真相而依然不厌弃我，一切欢乐都不改变。否则我总担心那欢乐会倏忽消逝。我怕我是一个假象，我害怕我会欺骗了她们，我怕我会辜负了她们的信任，我怕不小心我的假象会被戳穿。我害怕这害怕本身，我害怕小心谨慎乃至提心吊胆会使每时每刻的欢乐都变质。总之，我怕她们一旦看清我的真相就要让我走开，我盼望她们看清了我的真相而我们的亲密依旧……

诗人说：从生到死，我的一切希望和恐惧，莫不于此。

诗人说：所以，我对我的恋人说，我既是一个真诚的恋人，我又是一个好色之徒。我对她说，我不能离开她，我不能想象离开她我可怎么办……但我对她说了我对所有美好的女人也都着迷，我让她看见了我的真相，而她，就离开了我……

114

诗人，和他的恋人，从镜子里面，观看自己。

一点烛光，稳稳地，不动。并不要求它固定在哪儿。

那一点光明在两面镜子之间扩大，照亮幽暗中他们的裸体。

他们独立地站着，同时看见自己和对方，看见一个男人和一个女人的欲望。

他们不约而同把头扭向对方，激动、惊讶。

人很少能够这样观看自己。

像这样，一起观看他们。自己在他们之中。他们就是我们自己。

他们扭动一下身体，证实那就是我们。证实那就是你，和我。证实两个常常必须互相藏起来的形象和欲望，正互相敞开，坦露给对方。

在两面镜子之间，转动、屈伸、舒展，让两个形象的差别得到夸张。

让男人和女人的不同，被证明。

你，和我。你和我的，不同。真的，世界上有这么不同的你和我，有两种多么不同的花朵。

让明朗的和含蓄的都到来。让粗犷的和细腻的、昂耸的和荡漾的，都开放。让不同的方式都被承认。

诗人和他的恋人，互相牵一牵手。牵着手转换位置，确信这不是幻觉这是真实，确信这一时刻的不同平常。

换一个位置或者再换一个位置。突然，紧贴……跪下……扑倒……

随后，料必无比疯狂。

那疯狂不能描写。不是不敢，是不能。

是语言和文字的盲点。

那疯狂很难回忆，无法诉说。因为它，没有另外的方式可以替代。

它是它,或者不是它,别无蹊径。

它本身就是词汇,就是语言,就是思想,就是想象的尽头。

如果它足够疯狂,它就消灭了人所能够制造的、所有可以归为光荣或归为羞耻的语言。因为那时它根本的欲望是消灭差别。

两面镜子之间是无限的空阔。当然那要取决于光的照耀。我有时想,两面相对的镜子之间,一支烛光会不会就是无限的光明,一点黑暗会不会就是无限的幽冥,一个男人和一个女人会不会就是人间,一次忘我的交合会不会就是一切差别的消灭……

叫喊、呻吟、昏眩。之后,慢慢又感到夜风的吹拂。

慢慢地,思绪又会涌起,差别再度呈现。躺在烛光和幽暗中,他们,到底还是两个人。是具体的:一个男人和一个女人。

因之,在他们以外必有一个纷纭繁杂的世界。

必定有一些不可把握的事物让人担忧。

她说:“你是不是,爱我?”

我想,诗人会说:“当然。”

她说:“你,是不是只爱我?”

我想诗人会说:“是,当然是这样。”

她说:“但那是否,只是情欲?”

诗人会说:“不。”他会说:“那是爱情。”

她说:“可要是,要是没有我呢?”

诗人 L 侧转脸,看她的表情。

她说:“要是我还在南方,并没有到北方来呢?”

她说:“要是我到北方来,可并不是到这座城市来呢?”

她说:“要不是那天我在美术馆里迷了路,我就不会碰到你。”

她说:“我推开了右边的门,而不是左边的门,所以我顺着一条走廊向西走,那时夕阳正在你背后,我看见你迎面走来,那时我们谁也不认识谁,我们谁也想不到我们马上就要互相认识了。”

她说:“我完全是因为走迷了。我完全可能推开左边的门而不是右边的门。要是那样的话,我们可能就永远错过了。”

她说:“这很神秘是不是?”

她说:“两个人,可能只有一次相遇的机会,也可能一次都没有。”

她说:“我们迎面走来,在一幅画前都停下来。那幅画,画的是一根巨大的白色的羽毛,你还记得吗?”

她说:“我看着那幅画,不由得打了个冷战。你就看看我,笑了,说:‘真对。’我说:‘你笑什么?你说什么真对?’你说:‘真的,这画让人觉得无比寒冷。’我们就一起在那幅画前站了很久,说了很多,称赞那位画家的天赋,猜测他高傲的心里必是有一缕像那羽毛一样的寒冷不能摆脱。”

她说:“其实,我完全可能推开左边的门,顺着向东的走廊走……”

我想诗人会欠起身来看她,看她的光洁和朦胧,看她的实在,看光明和幽暗在那儿起伏、流漫,风在那儿鼓动。我想,L应该知道她想说的是什么。

她想说的是:“我对于你,是一个偶然。”

她想说的是:“可女人,对你来说却是,必然。”

她想说:“那为什么,你不会对别的女人也有这样的欲望呢?”

我想,这样的时刻,男人必定只能扑在女人独特的气息里,迷茫地在那儿吻遍。

115

诗人知道，随即她想说的必然还有："那为什么你说，你只爱我呢？"必然还会有："如果那不是因为我，而是因为我是女人，为什么那不直接叫作情欲，而要叫作爱情？"然后还有："那么你是不是只对我有这样的情欲呢？如果只对我才这样，要是没有我呢？"还有："要是我们没有那个偶然的机会相遇，你的情欲怎么办呢？是不是总归得有一个实现情欲的机会呢？"还会有："那时，你会不会对另一个女人也说'这是爱情'，说这是唯一的，说'我只爱你一个'呢？"

多年来让诗人害怕追问的东西，随着夜风的吹拂，纷纷飞来。他不由得抬起身，离开她，跪在她身旁不敢再触动她。

并非是她，她的每一部分，或她的某些部分，神圣不可触动。而是她的全部，这样坦然的赤裸，这样平安、舒缓的呼吸，这样不经意甚至是放肆的姿势，平素的高雅矜持和此刻的放心自在，使谎言不能挨近，使谎言粉身碎骨。男人的谎言，在她安逸、朦胧的睡意旁，在童年般无猜无忌的夜风里，被捉拿归案。

因而我清楚地看见，诗人对很多女人都有欲望，在过去在将来，有过，而且还会有。我早就知道他是个好色之徒。他为此厌恶自己，诅咒自己，但他本性难移。他感到他永远都会这样。让自己变成一个纯洁的人，他甚至没有什么信心。任何时候，他都能在人群中一眼就发现那些漂亮的女人，还没来得及诅咒自己的幻想，幻想已经到来，已经不着边际地编织开去了。十几岁的时候他就对母亲说过："妈妈，我怎么老在想坏事？"那时天上飞着一只白色的鸟，我记得那只白色的鸟飞得很高很慢，永不停歇。诗人的幻想也是这样,也是永不停歇。

L向他的恋人承认:“我是个无可救药的好色之徒。”

L对她坦白:“吸引我的女人并不止一个,并不止十个。很多。”

他说:“看见她们,我就感到快乐,感到兴奋。”

他说:“感到她们的存在,才感到一切都有了希望。我每时每刻都在幻想里。除了幻想,我百无一用。”

诗人对他的恋人说:“我幻想她们独处时的样子,幻想闯进她们独处时的自由里去,幻想她们并不因为我的闯入而惊惶,而躲避,而斥骂。为此我甚至希望我也是女人,但就怕那样反而见不出她们的美妙。我幻想她们的裸体、她们的声音、她们的温度、她们的气息,幻想与她们纷纷谈情做爱……”

他说:“我的幻想一分钟都不停止,我的欲望一秒钟都不衰竭。但请你相信,我……”

他说:“我并不曾胡作非为。”

“不是因为你不想,而是因为你不敢。”恋人平静地说。

他说:“我不知道。不知道是不敢,还是不想。但是我爱你,这我知道。”

他说:“如果是不敢,也是因为怕失去你。因为怕失去你,我甚至不想。”

他说:“为了不失去你,我不想那样做,也不想那样想。”

他说:“你别离开我,永远别离开我。”

他说:“但我还是常常那样想,那幻想无法摆脱。毫无办法。”

他说:“真的是毫无办法。在梦里,我梦见所有我喜欢的女人。没有人像我这样无可救药。”

他说:“奶奶早就说过,我要毁在女人手里。”

“或者是女人毁在你手里。”恋人平静地说。

她安静地肆无忌惮地躺着。他跪在她身边。

在光明和幽暗中，诗人看自己那朵低垂的花，心想他真的是不是罪恶之源？

“你怎么不来？”她轻声地问。

“哦……什么？”他胆怯地看她。

“你不是甘心毁在女人手里吗？”

“嗯？”他以询问的目光看她。

“你不是要让我，毁掉他吗？”她的声音很轻，但是急促。

随即的疯狂更是无可遏制，无法描绘。因为那独一无二的方式无以替代。

“哦……”在那疯狂中他说，“你原谅我吗？”

“我喜欢，我喜欢你的诚实。”

“你饶恕我了？”

“是的，哦，是的。”在那极度的欢乐中她说，“我喜欢你这么野蛮。”

甚至无从记忆。只能推想在那一刻，在宇宙全部的轰响里，应该包含他们的呼喊……

116

但在另一种时间，L 的恋人会有另一种情绪。另一种情绪，会使她对诗人 L 的坦白有另一种想法。

无法使恋人们的狂欢之夜无限延长。激流奔涌过崇山峻岭，冲进开阔地带变得舒缓平稳的时候，另一种情绪势必到来。所有的海誓山盟都仅具现在性，并不能保障未来。与其认为这是海誓山盟的悲哀,不如看清这是海誓山盟的起源。对于别人的情绪,我们无从把握,我们害怕在别人变化了的情绪里受到伤害,所以我们乞灵于海誓山盟。海誓山盟是掩耳盗铃式的恐惧。海誓山盟证明孤独的绝对。这并不怪谁,这是我们的处境。就像童年那个秋天的夜晚我抱着一只破足球回家的时候。因此我们一天天学会防备,学会把握自己。要坦露还是要隐藏,自己可要慎重。还有一个词,"自重",说的好像也是这个意思。但诗人,他宁可毁掉自己。他不仅要坦露的肉体他更要坦露的心魂,此人执迷于真相。

但另一种情绪,会是一样地真切、强烈、不可遏制。不一样的是,它要超过坦露本身去看坦露的内容,便又在那内容里看见别人的不可把握,看见因此自己可能受到的伤害,看见了孤独的绝对。

另一种情绪随时可能产生,甚至并不听由自己把握。具体而言,是诗人和他的恋人在一间借来的小屋里同居了很久之后,是诗人L终于得到一套属于自己的房子之时。诗人说:"也许我们不妨结婚吧?"他的恋人说:"为什么?"那时女人忽然有了另一种情绪,便跨越过诗人的坦露去看那坦露的内容:那个如梦如幻的小姑娘是谁?在酷热的夏夜他一遍遍地给她写信的那个少女,她是谁?那个"不要说四十岁,八十岁也埋没不掉她脸上的童话"的女人,是谁?那些纷纷走进诗人梦里的她们,都是谁?她们曾经在哪儿?现在她们到哪儿去了?有一天她们会不会回来?

接着是阳光明媚的礼拜日早晨,他们一起去看那套两居室的住房,一路上女人一声不响。诗人像一只亢奋的雄鸟,唧唧咕咕地描绘着筑巢的蓝图,女人在自己变化了的情绪里忽然又发现出一个严重的问题:我与许许多多的那些女人的区别是什么?在他心上,在他的欲望里,和在他实际的生活中,我与她们的区别是什么?是什么样的区别?

一座灰色的三层楼房，坐落在一片芜杂的楼区里。这儿的楼都是三层，一样的颜色，一样的形状，一样的姿态，像是一条条停泊的也许再不能起航的船。每个窗口都招展开斑驳灿烂的被单、衬衫、尿布、老人的羊皮袄以及女人的花裤衩，仿佛一支难民船队。走进去，走廊昏暗狭窄，两旁等距离排开一个个家门，除去一个锁着的寂无声息，其余的门中都传出礼拜日早晨独有的欢闹。那一个锁着的，就将是他们的家了。

诗人大步走在前面。

女人忽然想起以往，他们在借来的小屋里同居，在众目睽睽下同居，她问他："家是什么？"他的指尖在两个人赤裸的身体之间的月光里走一个往返，说："家就是你和我，没有别的，就是你和我在一起的时间和地点。""那么爱情呢，是什么？"他的指尖再次在两个赤裸的胸脯之间的寂静里走一个来回，说："爱情就是从这儿到这儿互相敞开，完全畅通。""那为什么就是你和我？""因为恰恰是这样，恰恰是你和我。"

其余的门里不断地有人出来，或提着拖把、或攥着手纸、或端着尿盆从他们面前走过，一路向他们行"注目礼"，甚至在拐进卫生间两手向腰中摸索裤带时还回头再把这对新邻审视一回。诗人颤抖着好久不能把钥匙插进锁孔。他的恋人轻声说："可为什么，恰恰是这样？""你说什么？"L没听懂她的话，一心一意开那把老锁。

两间房，中间一个门相通，还有一个阳台。除了卫生间和厨房是公用的，其他无可挑剔。门窗无损，墙也结实，屋顶没有漏雨的迹象。诗人里里外外地巡视，吹着口哨，盘算着应该怎样把这个家布置得不同凡响。她呢，她大概地看了一下，就走上阳台。

她从那儿向四周的楼群张望。

诗人在屋里说墙壁应该粉刷成什么什么颜色的，大概是说一间要冷色的，一间要橘黄色的。“喂，你说呢？”

“哦，不错。”她应道。

诗人站在屋子中央又说家具，好像是说除了写字台其余的东西都应该吊到墙上去，向空中发展。“要让地面尽量地宽阔，是不是？”

“行，可以。”她说。

诗人好像是躺在了里间屋的地上，说床也不必要，把地上都铺上草垫到处都可以睡，电视固定在屋顶上屏幕朝下。“怎么样你看，啊？你怎么了？”

诗人走上阳台，走到恋人身旁。

“你干吗呢？”

她说：“你随便选定一个窗口看。”

“怎么？什么意思？”

“随便一个窗口，里面肯定有一个故事。你不知道那儿正在发生着什么，但肯定正在发生着什么。你不可能知道是什么事，但那件事，非常具体。”

诗人逐一地看那些窗口。

“你再看那些树。”

诗人看那些树，再扭转头询问般地看他的恋人。

“所有那些树，”她说，“树叶肯定有一个具体的数目，但是没人知道到底是多少。永远没人知道，但有一个数字非常真实。”

说罢，她转身走开。

诗人跟进屋里，见她坐在墙根下，抱拢双膝一声不响。

“怎么了，你？”

“我们也许，”她说，“并不是爱情。”

他走近她。但她走进里间，关上门。

她在里间说:“你能告诉我吗,我与许许多多那些女人的区别是什么?”

他还在外间:“哪些女人?”

“所有你喜欢的那些。和她们在一起,你也会感到快乐和兴奋的那些。让你幻想的那些,让你幻想和她们做爱的那些。”

他推开里间的门,看她:“你没有宽恕我。”

“不是这个意思。”

他走进来,走近她:“你说过你原谅我了,你说你理解。”

她走开,走出去:“不。我只是忽然不明白,我与她们的区别是什么。”

诗人回答不出。

她在外间:“你需要我,你也需要她们。你否认吗?”

他在里间:“我不否认,但这不一样。”

“什么不一样?”

“我爱你,这你知道。”

“我知道吗?可怎么证明?用什么来证明?”

“我想这不需要证明。”

“但这可以证明。我是性的实现,而她们只是性的幻想,对吗?”

他站在里间的门旁:“可我爱你,我们除了性更重要的是爱。”

“那,你对她们为什么不是爱?因为你对她们的幻想不能实现,是吗?”

“我不会与我不爱的人有性关系。”

“你可以与你爱的人有性关系?”

“当然。这是问题吗?”他走近她。

“这不是问题。可这正是我与她们区别,也许还是唯一的区别。爱与不爱，请问，还有什么别的区别吗？”她走开，又走进里屋。

很久，两个人都再没有说什么。在我的印象里，那是很长的一段时间，在那段时间里太阳升到了很高的位置。

她在里间：“是不是说，爱情就是，性的实现？是实现性的一条稳妥的途径？”

她在里间走来走去：“是不是说，你的爱情仅仅由性的实现来证明？”

她在里间，在窗前停下：“还是说爱情仅仅是，受保护的性权利，或者受限制的性权利？”

她离开窗前，走到门边：“如果你的幻想能够实现，我和她们的区别还有什么呢？”

他在外间，面壁喊道：“可我并不想实现，这才是区别。我只要你一个，这就是证明。”

“幻想如果是幻想，”她说，“就不会是不想实现，而仅仅是不能实现，或者尚未实现。”

诗人糊涂了。我想，这很可能就是诗人常常对自己的追问和回答，实际上诗人的每次的追问也都是结束于这样的糊涂之中。

“那，你能不能告诉我，”诗人问，“爱情是什么？”

“我曾经知道，”她摇摇头说，“但现在忘了。”

“那么曾经，对你来说，我与许许多多的那些男人的区别是什么？”

“看见他们就想起你，看见你就忘记了他们。”

在我的迷茫里或在我的羞愧中，诗人走向阳台走得很慢，他的恋人从里间走到外间背墙而立，看着他。在我的印象中，或在写作之夜，诗人站在阳台上伏在栏杆上，他的恋人慢慢坐下，坐在外间屋的墙根下抱拢双膝，直到落日西沉，直到暮霭四起，直到苍茫之中灰色的楼群如同一望无际的荒岗……

117

L 的恋人离开了 L。——这就是“看见你，就忘记了他们”吗？

离开，那过程必定很复杂，但结果总是很简单。

就像一棵树，在暴风中挣扎，在岁月中挣扎，但如果折断那只是刹那间的事，“咔嚓”一下简单得让人伤心。或者它焚毁，或者它被伐倒，结束都太简单。结束总是太简单，也许全部的痛苦仅在于此。

她给他留下一封信。只记住其中一句就够了：“你从来就不是爱我，我现在已经不再爱你。”

（我有时猜想，画家 Z 想起死来便不知所措，必也是因为害怕这简单。千般万般都不免结束于一秒，这太滑稽，至少不够严肃。）

L 的恋人去了哪儿，我想这不重要，重要的是她离开了诗人。她可能回到了南方，也可能还在北方，可能在很远，也可能很近，这不重要，重要的是她没有留下地址。重要的是：如果有一个人想去找他离去的恋人，但是不知道她在哪儿，只知道毫无疑问她就在一个叫作地球的地方。

不用说诗人痛不欲生，饮食无味，长夜难眠。但这是诗人 L 的历史上最为纯洁的一段时期。他不再注意别的女人，一心只想着一个姑娘。走在街上，他甚至分辨不出男人和女人，只能分辨出人山人海之中并没有他要找的那个人。所有美丽的女人都不再能引动他的幻想，他只幻想独一无二的那张面庞、那道身影，幻想着那片笑声随时会从哪儿钻出来，那缕气息于是扑面而来。

L 迷茫地在人群里走，幻想也许只要一转身，她就在他身后，朝他微笑,或委屈地看着他怨他怎么就一直没有发现她。

L木然地排在车站上等车,车来了,他幻想也许车门一开她就从那趟车上下来,然后车走了,车站上只剩下他和她默然相对……

下雨了,L在路边商店的门廊下躲避,眼前五颜六色的雨伞碰碰撞撞仿佛在浪上漂流,他幻想也许哪一顶雨伞忽然一歪她便瞬息出现,他冲进雨中,她低头不语,雨把他们淋透他们毫无知觉……

L站在烈日下,靠在路边一只发烫的果皮箱上,垂目看着马路面上滚滚而过的车轮,他幻想猛然感到有一辆自行车似曾相识,定神想一下,不错那就是她,在千万辆自行车中他也能认出她的那一辆,他追上去,她如果不停他就一直追下去一直追到筋疲力尽趴倒在马路上,那么她就会停住就会回来……

但是说什么呢?真要见了她说什么?怎么说?说“你别离开我”?可凭什么?说“因为我爱你”?但是怎样证明?说“因为我只爱你一个”?当然,敢这么说,诗人敢说这不是假的。但是敢说“我只对你一个人有欲望”吗?敢说“只有与你在一起我才感到快乐,别人,不管是什么人都不可能让我心动”吗?敢吗?那是真的吗?我能不能真的是那样?诗人在我的心目中是诚实的化身,所以L,就便在他最为纯洁的那段时期里他也清清楚楚地知道自己是个欲望滔滔的家伙,让他心神向往的女人绝不止一个,不止十个、百个。说“我只是好色而已,幻想纷纭而已,但我不是个胡作非为的家伙,我信仰专一的爱情”?简直连这一点诗人都不敢确定了,他越想越糊涂,这个世界到底是怎么回事,自己究竟是个什么东西……可真是捉弄人呀。

诗人独自走在暮色里。河岸上漫步着对对情侣。诗人眼前倏地出现一幅可怕的幻景:某一对情侣中的一个竟是她,他认出了她同时她也看见了他，她不由地站下来，那陌生的男人并不理会继续往前走，她与他四目相对欲言又止，那陌生男人不明缘由在远处喊她，她来不及说什么或简单地说一句“你还好吗”就匆匆走了……

诗人走在河边。落日涂染着河边砖砌的护拦，上面有孩子画下的鸟儿和波浪。他在“鸟儿”和“波浪”旁坐下，心里满布恐惧。落日在河的尽头隐没，两岸的房屋变成剪影，天空只剩下鸽子飞旋的身影，河水的波光暗下去继而消失，但汩汩不断的声响并不在黑暗中消失。诗人的恐惧愈演愈烈，与其说是害怕那幅幻景成真，莫如说是害怕那幅幻景永不磨灭。我记得有一位哲人说过：真正的恐惧，是对恐惧的恐惧。诗人因此明白，他恐惧的是那幅幻景从今以后总要袭来，在所有的时光里都潜伏着那可怕的景象。而且那幻景还会逐日发展、丰富，幻景中她向 L 投来的目光日益冷漠、遥远，她向另一个人投去的目光日益亲近、温馨。在这两种目光之间生命刹那间失去重量，世界显露其无比的不可信任，仿佛只要人们愿意转过脸去就可以使随便什么都变得分文不值。心血枯焦也是枉然，不过像一张被没收的伪币。在这幅图景里，恐惧必不可免地走向怨恨。“这个薄情的女人！”“这么轻迁易变的人心！”“这个人皆可夫的骚货！”……我能听见 L 心里的千声咒骂。

路灯亮了，星星亮了，月亮又使河水泛起波光。传说那夜晚河边有一个醉鬼躺在河堤上又哭又骂，我想那就是诗人。街上的人少了，路上的车没了，河边的对对情侣都离去了。夜静更深，如果河岸上有个疯子骂不绝口闹得附近的居民不能入睡，我想那就是诗人 L。如果忽然，那个醉鬼或者那个疯子停止了哭骂，骤无声息，我想那必是因为 L 骂到“人皆可夫”之时想起了自己是不是“人皆可妻”（不是在行动中而是在他的幻想里）？诗人在我的愿望里是诚实的化身，所以他会想到这一点，因而忽然明白他的恋人为什么总是问:“那么,我与许许多多那些女人的区别是什么?”

区别!就像生与死的区别!

诗人躺在黑夜里,我想:如果,她对诗人来说与许许多多那些女人没有区别,为什么她的离去会让诗人痛不欲生?如果她是独一无二的,那么她那天在美术馆里要是推开了左边的门,诗人是不是就不会有现在这样的痛苦了呢?

诗人躺在黑夜里,我想:什么是专一的(忠诚的,始终不渝的)爱情?如果那是普遍的、固有的、自然而然的事,人类又为什么要赞美它?如果幻想纷纭(或欲望纷纭)是真实的、不可消灭的,人类又为什么主张专一的爱情?如果爱情是一种美好的感情,又为什么只应该一对一呢?

诗人躺在黑夜里,我想:那必是由被抛弃者的痛苦奠基起来的赞美,是由于人人都可能成为被抛弃者才广泛建立起来的主张。我想:那是害怕被他人抛弃,而对他人预先的恭维和安抚,威吓和警告。

诗人躺在黑夜里,我想:如果“专一”只是对他人的要求,而不是也对自己的控制,这专一为假。如果“专一”不管是对他人还是对自己,只是出于控制,这专一为恶。如果欲望纷纭为真,又为什么要控制,为什么不允许纷纭的幻想变为纷纭的现实?但如果那样,爱情又是什么?爱情与性欲与嫖妓的区别何在?人与兽的区别何在?爱情的不可替代的魅力是什么?这人间为什么,除了性之外又偏偏有一种叫作爱情的东西呢?偏偏有一种叫作爱情的东西,而且被赞美,被渴望,被舍生忘死地追寻?

诗人躺在黑夜里,我和诗人百思不得其解。

诗人的咒骂于是转向自己,他不哭也不喊,坚信自己是个好色之徒是个淫荡的家伙,无可救药。河岸上的野花在黑夜里含苞待放，万籁俱寂，甚至能听见野草生长的坦然之声。诗人忽然亲切地感到，他活着并不使这世界有丝毫增益，他死了也不会使这世界有丝毫减损，他原本是一个零。但这个活着的零活得多么沉重，如果这个圆圆的零滚到河里去趁黑夜漂走，那个死去的零将会多么轻松。诗人想到死，想到死竟生出丝丝缕缕的柔情，觉得轻爽、安泰，仿佛静夜中有一曲牵人入梦的笛萧。

早晨，人们在河岸上发现了一个昏迷不醒的男人，高烧，说胡话，叫着一个显然属于女人的名字（就像 Z 的叔叔的话语中，时隐时现的那个纤柔的名字），我想：不管他是谁他必是诗人。人们把他抬到了医院，我想：不管他是谁他完全可以就是诗人 L。那家医院呢，我想，不妨就是 F 医生供职其间的那家医院。

118

“F 医生，你没想过死吗？”

“想过，想不大懂。”

“就像睡着了，连梦都没有，什么都没有了，毫无知觉。”

“但那是你醒后的回顾，是你又有了知觉时的发现。而且那时你还会发现：一切都存在，毫无改变，那段毫无知觉的时间等于零，那圆圆的零早已滚得无影无踪了，等于从未存在。”

“所以不要再醒来。像睡着了一样，只是不要再醒来，那就是死。多么简单哪 F 医生，那就是死，就什么都没有了。”

“你是说绝对的虚无，是吗？”

“什么什么都没有了，对，绝对的虚无，一切都没有了。F 医生，那是多么轻松呵！”

“首先，什么什么都没有了也就没有轻松……”

“随便，那无所谓，我不在乎。”

“其次，根本就没有那回事。绝对的虚无根本不可能有。”

“怎么不可能有？”

“如果有，那又怎么会是绝对的无呢？”

病房之夜，间断地传来病人凄厉的呻吟。寂静和呻吟交替。呻吟在寂静与寂静之间显得鲜明，寂静在呻吟与呻吟之间显得悠久。

“有，才是绝对的。依我想，没有绝对的虚无，只有绝对的存在。”

“F医生，那……死是什么？”

“不知道。也许是又一次开始，另一种开始。也许恰恰是醒来，从一种欲望中醒来，醒到另一种欲望里去。”

“为什么一定是欲望？”

“存在就是运动，运动就有方向，方向就是欲望。”

“呵……我可不想再要什么欲望，不想再有任何欲望。”

“你想有，或者你想无，那都是欲望。”

“我不如是块石头。”

“石头早就在那儿了，你劳驾低头看看这地面。”

“我是说我，我最好是一块石头。”

“‘我’总也是不了石头。石头不会说‘我’，意识到‘我’的都不是石头而是欲望。石头只能是‘它’。”

“我会变成一把灰的，这你不信吗？”

“烧成一把灰，再凝成一块石头，这我信，你早晚会这样的。但是，‘我’不会。”

“你说什么，你不会死？F医生你清醒吗？”

“我并没说F医生，我说的是‘我’，我是说欲望。欲望是不会死的，而欲望的名字永远叫作‘我’——在英语里是‘I’，在一切语言里都有一个相应的字，发音不同但表达相同的意思。这欲望如果不愧是欲望，就难免会失恋，这失恋的痛苦就只有‘我’知道。至于‘我’偶然有怎样一个人间的姓名，那不重要，是F，是L，是C，是O，是N，那都一样，都不过是以‘我’的角度感受那痛苦，都不过是在‘我’的位置上经受折磨。”

“F医生，您不必弄这套玄虚来劝我活。”

“那你就死吧，看看会怎么样。”

“你也不用这么激我。一个想死的人什么都不在乎。”

“这我信，而且一个真正想死的人也不在乎死是什么，他死就是了，不会还这么絮絮叨叨声明自己多么想死，想摆脱欲望，想成为一块石头，一把灰，说不定还想成为一块美丽的云彩，一阵自由的风……”

“你是说我并不想死，我是在这儿虚张声势？”

“不是虚张声势，是摇尾乞怜。别生气，一个真正想死的人不会再计较别人说什么。一个拿死说来说去的人，以我的经验看，其实并不是真的想死，而是……”

“而是什么？”

“而是还在……还在渴望爱……”

119

以上对话的双方，有三种可能：

一、F医生与诗人L。

二、F医生与F医生自己。

三、F医生与残疾人C。

如果是一，接下来诗人L必哑口无言，他翻开地图册，一页页翻看，世界都在眼前，比例尺是1∶40000000或1∶30000000。

诗人知道那七个零意味着什么，不过是一厘米等于三百或四百公里罢了，他把那地图册揣进衣袋，仿佛已经把他恋人的行踪牢握在手。

然后诗人L告别了F医生，在我的视野里消失，在我的世界上变成一个消息，诗人的消息于是在这块土地上到处流传。时间一般连贯的诗人的欲望和痛苦，在这块广袤而古老的土地上到处流传，并不随时碰撞我们的耳鼓但随时触响我们的心弦。从那并不随时碰撞耳鼓但随时触响心弦的消息里，辨认出诗人无所不在的行踪，或到处流浪的身影。

如果是二，F医生将就此把渴望藏进夜梦，融入呓语。F医生很清楚白昼与黑夜的区别，但他其实并不大弄得懂梦境与现实的界线。对于F医生，现实是一种时时需要小心谨慎的梦境，梦境呢，则是一种处处可以放心大胆的现实。

他曾对诗人L说过：如果一个人闭着眼睛坐在会堂里听着狗屁不通的报告，另一个人闭着眼睛躺在床上入情入理地说着梦话，你怎么区分哪一个是醒着哪一个是梦着呢？如果一个人睁着眼睛上楼，上到楼顶纵身一跃，跳了下来，另一个人睁着眼睛梦游，望见一个水洼轻轻一跃，跳了过去，醒和梦可还有什么令人信服的区别吗？如果有，就只有等等看，因为一个安祥的梦者总会醒来成为一个警惕的醒者，而一个警惕的醒者总要睡去成为一个安祥的梦者。所以醒与梦的区别仅仅在于，一个是紧张而警惕的，一个是自由而安详的。

诗人不同意这样的区分，说："那么在恶梦里，阁下您还是安祥的吗？相反，在做爱的时候您要是还有所警惕，您极有可能落个阳痿的毛病。”诗人指出了另一种醒与梦的区分：醒着的人才会有梦想，因而他能够创造；在梦里的人反而会丧失梦想，因而他只可屈从于梦境。诗人L还向F医生指出了梦想与梦境的区别：梦想意味着创造，是承认人的自由，而梦境意味着逃避，是承认自己的无能。诗人L对F医生说：“所以我是醒着的，因为我梦想纷纭，而你是睡着的，因为你，安于梦境。”

F医生沉默良久，忽然灵机一动明白了一件久思未解的事：人为什么可以创造，而机器人只能模仿？因为欲望！F医生击额顿足，奇怪自己怎么会没想到这一点：生命就是欲望我一向是知道的呀！人有欲望，所以人才可以凭空地梦想、创造，而机器人没有欲望，所以它没有生命，它只能模仿人为它设计的一套梦境。医生心里一惊，感到他的多年的研究怕是要毁于一旦了：是的，欲望这东西，怕是不可人为的，人既不可以消灭它，又不可能改造它、设计它，因为它不是有限的梦境，它是无限的梦想呀！

如果是三，残疾人C肯定被一语击中要害，一时无言以对。

F医生接着会问：“你还在梦想着一个女人，不是吗？”

“是的。”C说。

F医生接着会问：“你仍然怀有性爱的欲望，不是吗？”

“是的。”C说。

F医生接着会说：“那么，你就没理由怀疑你爱的权利。”

C默然垂泪。多年来，这是他第一次听见有人对他这样说。

F医生接着会对坐在轮椅上的C说：“那么你就会发现你并没有丧失性爱的能力。”

“你相信吗？”残疾人C说，“你真的这样相信？”

“如果触动不能使他勃然迸发，”F医生说，“毫无疑问，梦想可以让他重新昂扬激荡。”

120

我记不清C是怎样成功的了。记不清那伤残的男性是怎样苏醒,或者,近乎枯萎的现实是怎样又疯狂入梦的了。

但绝不是因为什么高明的技巧,而是因为一个细节。不期而来的一个细节掀动了无边的梦想。不期而来,但是如期而至。具体那个细节,难于追忆。一个细微的动作,毫不经意的举动,随心所欲无遮无拦,如同时光一样坦然,像风过林梢一样悠缓但又迅猛。

那是不能设计的,不能预想,那不是能学会和掌握的。不是技术,因而不能操作。想到技术,想要依靠技术,那就完了。他的伤残使他不能经由触摸而迸发,不能靠小心翼翼的配合,不能指望一个明确的目的。

直接走向性,C不行。

那是深不见底的痛苦,恐惧,和绝望。

也许是在镜子里,也许是在烛光中,冷漠的纺织物沿着女人热烈的身体慢慢滑落,那是一片梦境。渴望已久,渴望千年。男人颤抖着扑进那片梦境,急切地看那现实,惊讶而焦灼地辨认:她丰盈的胸,她光洁修长的腿,肩膀,腰腹,动荡的双臀向中间隐没,埋藏进一道神秘的幽谷……哦,男人知道那是女人的召唤,是她的允诺……

可是,C不行。面对女人的召唤,他浑身发抖,但是,不能回应。触摸不能使他迸发,不能,只能更加使他焦灼、惊骇、恐惧。那花朵不能开放。

他千年的渴望竟似无从诉说。就像丢失了一种性命攸关的——语言。

深不见底的黑暗飘缭不散,埋没了那种语言。近乎枯萎的现实,依然沉寂。

现实不能拯救现实。那近乎枯萎的现实不能够指望现实的拯救,甚至,也不能指望梦境。正如诗人 L 所说:梦境与梦想,并不等同。

我怀疑那性命攸关的语言是否还能回来。几乎所有的人,都这样怀疑,C 那天赋的花朵是否还能开放。

她搂住他,像是搂住一个受伤的孩子。“没关系,这没关系。”她轻轻说。她抚摸他的枯萎的双腿、消瘦的下身,看着那沉垂的花轻轻说:“这不要紧。”

他推开她,要她走开。

她便走开,从烛光中慢慢走进幽暗,远远地坐下。

时钟嘀嘀嗒嗒,步履依旧。夜行列车远远的长鸣,依然如旧。拉紧的窗帘外面,世界想必一如既往。

那伤残的花朵还是沉睡。那花朵要在辽远的梦想里,才能找回他的语言。直接走向性只能毁掉无边的梦想。那梦想在等待自由和平安的来临,那梦想要靠一个细节的催动。

要靠,凝望。

不,并不是目光的凝聚,并不是注目于现实或拘泥于梦境。而是相反,是目光的扩散是心神的漫展,是走进遥远和悠久,是等待目光从遥远的地带一路归来,心神从悠久的时间里回首现在……那凝望里,现实会渐渐融化。

那凝望里,是教人入梦的万语千言。

女人从幽暗中走出来,走进烛光,并不把那些纺织物披挂起来，步态悠缓但周身的肌肤坦然流荡。那是一种诉说：在这儿，不用防备。

女人在烛光中漫步，身影轻捷，绕过盆花，光光的脚丫踏过掉落在地上的花瓣，咬开一个发卡推进鬓边，安详如平素地梳妆打扮，那是一种诉说：这儿，你看这儿，这是我们自己的地方呀这儿没有别人，这儿只有我和你，只有我的自由和你的目光，我嘛，我不怕你的目光，一点儿都不怕，你尽管那样惊讶地看我吧，痴迷地看我吧，怀着无边的欲望看我吧，你不是别人，你和我再不是别人。

女人坐下来，坐在地毯上抱拢双膝，自由自在像一个孩子，不知危险的孩子，入神地看那一点烛火，看那小小的火焰，呼吸吹动它了，四壁光影摇动，她可能在想，在问：那么这是在哪儿？这是何年何月？她可能在想，在回答：这就是我梦想的地方，这就是梦想的时间，是我梦想中的生命。

烛光里，女人的肩膀微微地耸动，洁白的光芒轻轻地喘息，把乌黑的长发从胸前撩开，铺散向脊背铺散向腰间，跪起来，吹灭烛火，跪着，看一缕细烟袅袅飘散。然后她走向窗口，拉开窗帘，让淡淡的月光从容地进来，让微拂的夜风平安地进来，让铺向远方的万家灯火呈现眼前，我想那是在说：我们还在人间，但我们不再孤独，世界依旧，但这是不再孤独的时候。

女人光洁的背影伏在窗台上，有节奏地轻轻晃动，星空和灯火时而在她的肩头隐没时而在她的身旁闪现，她心里大概有个旋律，光光的脚丫踏着节拍，踏着一个随意的旋律。她认真地看着窗帘上的一个洞，那是男人抽烟时烧的，她看着那烧痕，像个专心阅读的孩子，专心地阅读竟至忘记了自己赤裸的肌肤处处都在荡漾，我想那是说：此时此刻世界上只有你和我，此时此地我就是你你就是我，全部人间那就是你和我呀……

那时,深不见底的黑暗才有可能慢慢消散。仿佛风吹草动,近乎枯萎的现实里有了蓬勃的消息。

那时残疾人C看着他的女人,全心全意地看着她的裸体,不,那绝不像大理石,更不像什么雕塑,那仅仅是真实,是普通,不是冷峻的高贵而是温馨的平凡,是亲近,是一个女人鲜活的肌肤,有折皱,有弹力,还有硌痕,在静谧的夏夜里,那是天宇中亘古流涌的欲望在地上人间凝聚而成的残酷和美丽……

然后一个细节不期而来。那个细节,如期而至。

那是什么呢?只能记得,是一个不假思索的细节轰然触动了万缕生机。

也许是无拘的话语越过了禁忌,也许是无忌的形态摈弃了尊严,也许是不小心轻蔑了人间的一个什么规矩,一种在外人面前不应该有的举动,一个猝不及想的呈现,猝不及想如同一道按捺不住的笑声,多少带着狂荡和放肆猝然降临……多么美好的一个不小心哪!那是一个象征:一切防御都在那一刻彻底拆除,一切隔离骤然间在世界上崩塌,无须躲藏也无处躲藏,没有猜忌也无须猜忌,不必小心,从此再不需要小心,从此我们就待在这不小心里面,不小心得像两个打翻了人间所有规矩的坏孩子,浪子,我们是死也不回头的浪子,我们就是江湖大盗我们就是牛鬼蛇神,肆无忌惮放浪不羁或者你就管那叫作淫荡吧……

那很像是一个,仪式。

一种象征。

她转回身来,也许是赧然微笑,也许是畅然流泪,也许是目光的迷离灼烫,那是一个仪式,那是说:看哪,这就是我,我们在黑暗中互相找到了,在孤独中我们互相找到了……那是个仪式那是说:看哪这就是我,我的灵魂我的肉体,我的胸,我的腰,我的腿我的脚了，我的屁股，我的旺盛我的茂密我的欲望，我的被埋藏和忽略了数万年的全部秘密如今一心一意向你敞开……那是说：看哪，这就是你的放浪的不知羞的女人，她从那叫作羞耻的黑暗里回来了，从那叫作羞耻的孤独中回到你这儿来了……那是说：看看你的女人吧，她已经没有秘密已经没有保留，有的只是像你一样的饥渴和平凡，这饥渴的肉体和灵魂她跟你一样，很久以来她就跟你一样，很久以来就向往在你的眼前恢复她的平凡……

那便是爱的仪式。

C 或者我，想：性，原是上帝为爱情准备的仪式。

这仪式使远去的梦想回来。使一个残疾的男人，像一个技穷的工匠忽然有了创造的灵感，使那近乎枯萎的现实猛地醒来，使伤残的花朵刹那间找回他昂然激荡的语言……孤独消散孤独消散，孤独消散我们看见爱情，看见羞耻是一种罪行，还有防备、遮掩、规矩，都是罪行，是丑陋。如醉如痴的坦露如颠如狂的交合，才是美丽。放浪跟随着欲望，“羞耻”已沉冤昭雪，自由便到来……走过寒冷的冬天、残酷的春天、焦灼的夏天，到了灿烂的秋天了，也许生命就是为了等候这一场狂欢，也许原野和天空就是为了筹备这个盛典，昂耸和流淌的花朵是爱的最终的语言、极端的语言，否则再说什么好呢？再有什么才能表达爱人的心意呢？再有什么能够诉说往日的孤寂和此刻的欢愉呢？再有什么才能在这纷纭而隔膜的世间表明一块神圣的极乐之地，再有什么才能证实此时此刻的独一无二呢？感谢上帝，感谢他吧，感谢他给爱留下了这极端的语言……现在，世界借助这语言驱逐了恐惧只承认生命的自由，承认灵与肉的奇思异想千姿百态胡作非为……一切都化作飘弥游荡的旷野洪荒的气息，成为风，成为光，成为战栗不止的草木，寂静轰鸣的山林，优雅流淌的液体，成为荡然无存的灰烬……

等C明白了的时候，他和他的恋人都明白了的时候，才知道那伤残的花朵已经得救。他们静静地躺着，睁着眼睛，听天地万籁之声和自己的喘息融为一体。他们静静地躺着，从镜子里看自己。

他们不仅要看见对方，他们要同时看见他们两个——看一个男人的女人和一个女人的男人。看一个人和另一个人，之间没有阻隔没有距离。他们要看见并且要羡慕镜子里那两个交了好运的男人和女人……

他们看着镜子里的他们，直到看见身置其中的夜色不知不觉地淡褪，周围的星光和灯火渐渐寥落，晨曦从浩瀚的城市的边缘慢慢升起。那时，一群鸽子开始在灰蒙蒙的晨空中盘旋，雪白，闪亮，一圈又一圈飞得很快，但没有声音，一点儿声音都没有，轻灵流畅似乎都不与空气摩擦。他们仰望那鸽群，他们的眼神好像是说：这群鸟儿是不是真的？待鸽群消失，不知又落向了哪里，他们的目光也缓缓降落，落在对方的脸上，好像是问：我们呢，是不是真的？你是不是近在眼前？我们是不是，一伸手就可以互相摸到？他们把手伸向对方。男人的手伸向女人，C的手伸向他的恋人……

但是。

但是在我的印象里，就在C的手伸向他的恋人之际，无边的梦想变成了一个具体的噩梦。他的手向她伸去但是那儿空空的，空空的，C什么也没有摸到。在她曾在的地方，似乎还留着她的体温她的气息，但她已经不在。她已远走他乡。相隔千山万水，他们已是天各一方。

空空的她的位置上只有寥落的星光和灯火、淡褪的夜色、浮涌的晨曦和千里万里的虚空。C徒然地向那虚空中伸手向她，于是在我的记忆中，千里万里的虚空中开始万头攒动人声踊跃，但重重叠叠的眼睛都是对C无声的谴责和无可奈何的劝慰，喧喧嚣嚣的声音对残疾人C重复着一句话:你不应该,你不应该,你不应该你不应该你不应该,你——不应该……

“你爱她,你就不应该让她爱上你。”

“你爱她,你就不应该同她结婚。”

“你爱她,你就不应该拖累她。”

“你爱她,你就不应该毁掉她的青春。”

…………

可为什么会是这样呢?

没有回答。

我为什么不能使她幸福呢?

没有回答。

我被剥夺了爱的权利了吗?一个没有了爱的权利的人还会有什么权利呢?他应该怎样呢?一个丧失了爱的领空领海领土的人他应该到哪儿去呢?

没有回答。仿佛没有必要回答。

仿佛没有必要去想这件事。就像没有必要去想:为什么活着就一定比死好。

C慢慢地穿起衣裳。窗外下起了雨,下得细碎,又不连贯。收音机里说今年旱情严重,今年是历史上降水量最少的年头。收音机里说,人在地球上越来越多,水在地球上越来越珍贵,水,正在到处引起恐慌。C习惯在早晨一边穿衣起床一边听广播,听着地球上的种种消息,心里像诗人L一样明白:他的恋人不管在哪儿,但肯定就在这个叫作地球的地方。

赏析

问题多于答案，迷茫多于清晰

《务虚笔记》第十二章——“欲望”，主角仍然是诗人L。关于L，第九章“夏天的墙”中已经做了介绍——介绍他从婴儿到青年时期在爱情心理方面由萌生到发展的成长经历。从那里我们知道，L从小对女孩儿就有特殊敏感的情愫（欲望），由喜欢到痴迷，是个天生的情种。

本章接续第九章，开头写L向医生F坦白自己从小就对女性有发自本能的特殊爱意，他向F坦承，自己既是一个真诚的恋人，又是一个好色之徒。一个偶然的机会，L在一个画展上认识了一个女人，两人一见钟情成为恋人。两个人真诚相爱达到恋人所能达到的最高境界（互相敞开与袒露，在忘我的交合中消灭了男人与女人之间的一切差别）。然而，女人怀疑L对自己的感情是不是真的是爱情，她弄不清L对自己是爱情还是仅仅是情欲。L说不清二者的区别，无法证明自己的感情是真正的爱情，女人伤心地离开了他，他为此痛不欲生。——这是本章在故事层面的基本情节。本章（乃至于全书）的最大特点是，在稀薄的故事中贯穿着高密（浓）度的哲学思辨。本章讨论的中心主题是：爱情。这些讨论，涉及爱情哲学的一些最为基本的问题，提出的问题之多、之密集，简直可以称作是史铁生的爱情哲学备忘录，或爱情哲学随想录。这里，我们略作简单梳理。

1. 好色之徒可不可以同时是真诚的恋人

L对F说："我既是一个真诚的恋人，又是一个好色之徒。我希望你能相信这是真的，哪一个都是真的，真诚的恋人和好色之徒在我身上同样真切。"L不但希望F相信，还希望所有的人——所有女人都相信，甚至于想把自己亮开了给全世界都看看。

L的气质是诗人，诗人的心灵是透明的、真诚的，所以他的坦白应该也是真诚的、可信的。可是，这样的坦白能让女人们，尤其是让他的恋人也相信吗？L说他最怕的就是"她们一旦看清了我的真相就要让我走开，我盼望她们看清了我的真相而我们的亲密依旧——"然而不幸的是，"我对她说了我对所有美好的女人也都着迷，我让她看见了我的真相，而她，就离开了我——"

"好色之徒"是天性、本性、自然性使然，是"率性"之真；而"真诚恋人"是文明、道德、理性的要求，L能二者兼顾吗？二者的关系怎么处理呢？女人们可以相信他能一时，但能相信他长久吗？L的恋人对他的质疑以及悄然离开的行为可以理解可以支持可以同情吗？

2. 爱情，还是情欲？

L和恋人在一次忘我的交合之后，恋人对L提出了她的疑惑：

她说："你是不是，爱我？"

我想，诗人会说：“当然。”

她说：“你，是不是只爱我？”

我想诗人会说：“是，当然是这样。”

她说：“但那是否，只是情欲？”

诗人会说：“不。”他会说：“那是爱情。”

她说：“可要是，要是没有我呢？”

…………

诗人知道，随即她想说的必然还有：“那为什么你说，你只爱我呢？”必然还会有：“如果那不是因为我，而是因为我是女人，为什么那不直接叫作情欲，而要叫作爱情？”然后还有：“那么你是不是只对我有这样的情欲呢？如果只对我才这样，要是没有我呢？”还有：“要是我们没有那个偶然的机会相遇，你的情欲怎么办呢？是不是总归得有一个实现情欲的机会呢？”还会有：“那时，你会不会对另一个女人也说‘这是爱情’，说这是唯一的，说‘我只爱你一个’呢？”

L恋人的问题把L问得大气不敢出，只能跪在她身旁不敢再触动她。L不能回答，谁又能来回答？

3.“我与许许多多那些女人的区别是什么？”

L的恋人问L家是什么，答曰：家就是你和我，没有别的，就是你和我在一起的时间和地点。又问：爱情是什么？答曰：爱情就是你我之间的互相敞开，完全畅通。再问：那为什么就是你和我？再答：因为恰恰是这样，恰恰是你和我。

L对所有这些问题的回答都非常精彩，但是并没有解除恋人的疑惑。恋人想的是，为什么是恰恰？我难道是不可替代的吗？恋人知道L喜欢许许多多的女人，她想知道的是：“我与许许多多那些女人的区别是什么？”L回答不出。

她在外间:“你需要我,你也需要她们。你否认吗?”

他在里间:“我不否认,但这不一样。”

“什么不一样?”

“我爱你,这你知道。”

“我知道吗? 可怎么证明? 用什么来证明?”

“我想这不需要证明。”

“但这可以证明。我是性的实现,而她们只是性的幻想,对吗?”

他站在里间的门旁:“可我爱你,我们除了性更重要的是爱。”

“那,你对她们为什么不是爱? 因为你对她们的幻想不能实现,是吗?”

“我不会与我不爱的人有性关系。”

“你可以与你爱的人有性关系?”

“当然。这是问题吗?”他走近她。

“这不是问题。可这正是我与她们区别,也许还是唯一的区别。爱与不爱,请问,还有什么别的区别吗?”她走开,又走进里屋。

就是这样思维缜密、逻辑严谨地一路追问下去,直到——“诗人糊涂了。我想,这很可能就是诗人常常对自己的追问和回答,实际上诗人的每次追问和回答都是结束于这样的糊涂之中。”

连诗人自己都糊涂了,自己都回答不了,谁又能代他回答? 又怎能让恋人信服?

4.“自己究竟是个什么东西……”

L 回答不了恋人的问题,不能证明自己对恋人是爱情而不仅仅是情欲,所以恋人失望地离开了他。对于恋人离开,L 表现得痛不欲生,饮食无味,长夜难眠。他苦苦地思念着她,迷茫地在人山人海中寻觅她,祈盼她一眨出现在他面前。L 对爱情表现得很赤诚,很专心,但是,他忽然想,真的追回来了,见了她说什么呢?

但是说什么呢?真要见了她说什么?怎么说?说“你别离开我”?可凭什么?说“因为我爱你”?但是怎样证明?说“因为我只爱你一个”?当然,敢这么说,诗人敢说这不是假的。但是敢说“我只对你一个人有欲望”吗?敢说“只有与你在一起我才感到快乐,别人,不管是什么人都不可能让我心动”吗?敢吗?那是真的吗?我能不能真的是那样?诗人在我的心目中是诚实的化身,所以L,就便在他最为纯洁的那段时期里他也清清楚楚地知道自己是个欲望滔滔的家伙,让他心神向往的女人绝不止一个,不止十个、百个。说“我只是好色而已,幻想纷纭而已,但我不是个胡作非为的家伙,我信仰专一的爱情”?简直连这一点诗人都不敢确定了,他越想越糊涂,这个世界到底是怎么回事,自己究竟是个什么东西……可真是捉弄人呀。

5. 什么是专一的爱情?

诗人L对恋人由失望到愤怒,到怒骂,到理解——终于理解了她的问题,理解了爱与性是生与死的区别。对诗人的爱情经历和心理轨迹了如指掌的叙述人(“我”),由此生发出对爱情问题的诸多疑问:

诗人躺在黑夜里,我想:什么是专一的(忠诚的,始终不渝的)爱情?如果那是普遍的、固有的、自然而然的事,人类又为什么要赞美它?如果幻想纷纭(或欲望纷纭)是真实的、不可消灭的,人类又为什么主张专一的爱情?如果爱情是一种美好的感情,又为什么只应该一对一呢?

诗人躺在黑夜里,我想:如果“专一”只是对他人的要求,而不是也对自己的控制,这专一为假。如果“专一”不管是对他人还是对自己,只是出于控制,这专一为恶。如果欲望纷纭为真,又为什么要控制，为什么不允许纷纭的幻想变为纷纭的现实？但如果那样，爱情又是什么？爱情与性欲与嫖妓的区别何在？人与兽的区别何在？爱情的不可替代的魅力是什么？这人间为什么，除了性之外又偏偏有一种叫作爱情的东西呢？偏偏有一种叫作爱情的东西，而且被赞美，被渴望，被舍生忘死地追寻？

“诗人躺在黑夜里，我和诗人百思不得其解。”“我”和诗人不解，那么请问有谁来解，谁能解？

史铁生借助于L和叙述人把他关于爱情的无穷天问传达出来。这些疑问内容极为丰富，可以视为史铁生的爱情哲思录。类似这样的迷茫之问作品其他章节里还有很多，对此，作者从来不作肯定性判断，不给出唯一的确定性答案，不确认一条所谓终极的、绝对的真理。相反，作者对所讨论的所有问题，都充满困惑和迷茫。即使是人们习以为常、司空见惯，认为没有疑问的问题上，他也从深层看出其中的重重矛盾和疑问。也就是说，《务虚笔记》对爱情、人生问题的讨论是以“问”为基本形式的。也就是说，他的思考就是“问”，“问”就是他思考的过程与形式。当然，这样说并不意味着说他的思考没有结论，而是说他的结论之中包含着疑问，结论之外仍然连着疑问。他永远走在“问——思——问”的路途上。他用“问”写完了他的长篇小说，所以《务虚笔记》思想内容的基本特点，笔者认为可以用作品里的一句话概括：问题总是多于答案，迷茫永远多于清晰。

十六、务虚笔记·害怕(节选)*

158

晚一些,C,也可以是L。

C没有一天不想去看看那个可爱的女孩儿,在她的房间里去听窗外的风声。十一或者十二岁,如果C想出了一条掩人耳目的妙计,那必定也是:长跑。想象力在一个少年纯洁的狡猾处被限制住,因而我印象里的爱恋初萌的少年,都跑在同一条路上,同一个时间里,同一种心绪。C与L难辨彼此。

以锻炼身体的名义长跑,朝着少年恋人的方向,那时的L,就是C。大约三公里,晨风与朝阳,满怀希望地跑。但命运已无可更改,残疾正动身向C走来,少年对那可怕的消息还一无所知,他的双腿

* 史铁生:《史铁生作品系列:务虚笔记》,人民文学出版社2011年版,第335页—339页。

正逐日地健美。沿着河岸，跑过垂钓的老人，跑过唧啾鸣啭的鸟群，命运还不值得理睬，跑过石桥，跑过那家小油盐店……

女孩儿已经变化：鲜明，文静，茁壮。女孩儿已经不是女孩儿，正走进少女。她坐在台阶上看书，看得入迷，仿佛周围什么都不存在……她在门廊里独自舞蹈，从门廊的这边飘移到那边，旋转，跳跃，裙子展开又垂落，舞步轻盈……经常，能听见她的琴声和歌声：当我幼年的时候，母亲教我唱歌，在她慈爱的眼里，隐约闪着泪光……

“喂——”少年C在楼下喊，“是‘当我幼年的时候’，还是‘在我幼年的时候’？”

“是‘当’，”少女走出来，站在阳台上。“是‘当我幼年的时候’，嘿，你这是在干吗？”

“跑步。值吗？长跑。”

“跑多远？”

“从我家到你家。”

“噢真的！你每天都要跑吗？”

“当然！”

每天都跑。C仿佛知道，能够跑的日子已屈指可数。一辆轮椅正朝向他滚动，以一个青年为终点，在爱情的门前汇合。此前都与L一样，此前C就是L。托尔斯泰的那句名言或可引申为：幸福千篇一律，灾难各有千秋。灾难降临的地方，命运分道千条，坐上轮椅的那一个才清晰地是C。

159

与此同时，十一二岁的C如果不是L，他也可能是我。

如果在一个学期之末，中午，C 在老师的预备室里写板报，这时有一个少女走来与老师告别，少女的美丽吸引住 C 的目光，使他再次发现了世界的神奇和美妙，那么 C，他也可以就是我。C 生来就是个不安分的男孩儿。和我一样，C 生来是一个胆怯的男孩儿，胆怯，但又欲念横生。只不过将来，C 并不以写作为生，他以等候为生，永远都在等候他的恋人从南方回来。

那个期末的午后，C 在街上又碰见过那个少女。C 与她面对面走过，C 心跳加速甚至步履不稳，时间仿佛密聚起来在耳边噪响，使 C 什么也听不见。我怕她会发觉我的倾慕之分，因为 C 还只是一个男孩儿，我怕她会把 C 看成一个猥琐的男孩儿，我走过她身旁，但她什么也没有发现，甚至没有一点儿迹象表明她是否认出了 C。在那个年代或者那个年龄，C 可能就是我，我可以就是 C。少女带着习以为常的舒展和美而走过 C。C 转身看她，她没有回头，她穿一件蓝色的背带裙，飘动的蓝色渐渐变小，只占浩瀚宇宙的一点，但那蓝色的飘动在无限的夏天里永不熄灭……

C 一直看着她，看她走进了那座橘黄色如晚霞一般的楼房。C 看着那个地方，那个方向，那一处空间，直到目光在煎熬的时间里变成 F 医生一样的眺望或者诗人 L 一样的远游……

160

直到有一天，镜子里，少男 C 赤裸的身体有了关键的变迁。曾经小小的男人的标志，仿佛忽然想起要尽力表达什么，孤单地狂想并胆怯、惊奇、无措，欣喜又迷茫，激情饱满就像夏日傍晚的茉莉花蕾，让他沉湎其中又让他羞愧不安。C 气喘吁吁一筹莫展地看着它，知道它要在整个夏日里一期期开放，但不知道，那开放中，都是什么，以及都是为什么……

那时他像L一样问他的母亲："妈妈，我是不是很坏？"

"怎么啦？"母亲在窗外洗衣裳。

C郁郁寡欢，幻梦纷纭。他躺在窗边，闪耀的天空让他睁不开眼睛。

母亲甩甩手上的水，从窗口探进头来："什么事？"

稚嫩的喉结艰难地滚动了几下："妈妈，我怎么……我怎么成天在想坏事？"

母亲看着他，双臂抱在胸前。母亲身后，天空中，一只白色的鸟飞得很高。

"没关系，"母亲说，"那不一定是坏事。"

"你知道我想什么啦？"

"你这个年龄的男孩子都会有一些想法，只是这个年龄，你不能着急。"

但是一辆轮椅无情无义地向C走来，不可阻挡。如果那时C仔细去听，是否能听见那车轮触响的预言？但是听到了又能怎样？

"我很坏吗？"

母亲摇摇头。那只鸟飞得很高，很高又很慢。

也许母亲听见了什么？但那是上帝的事，上帝如果选中了C，母亲也救不了她的儿子。

"唉唉……妈妈，你并不知道我想的都是什么。"

"我也许知道。但那并不见得是坏想法，只是你不能着急。"

"为什么？"

"因为……因为你其实还没有长大。喔，也许你真的已经长大了，但你对命运还不了解。等你看见了命运，那时，你才能真正看见爱情。"

母亲望着天上那只像时间一样飞翔的白色鸟，神态像是个预言家。母亲知道命运并不富于善意，但并不知道那具体是什么，不知道命运将折断儿子的下半身，并且殃及他男人的花蕾。不知道命运是什么，才知道什么是命运。母亲久久地望着那只鸟飞去南方……

161

那只鸟像一道光，像梦中的幻影，时隐时现在翻滚的云层中穿行……在它的下面，在细雨笼罩的千篇一律的屋顶下面，任意一个房间里，如果安静，如果父母不在家，隔着高高的书架，从一层层排列的书之间，他的手碰到了少女的手，十八岁的 C 曾经也就是青年 WR。

他们互相避开目光，看着窗外，但那时窗外空无一物。全部感觉都在相互牵着的手上，全部的话语，非凡的语言，罄竹难书。两只手，纠缠在一起的十个手指，就像初生的婴儿在抓挠，在稚气地捕捉眼前的惊讶，在观看，在询问这是何时何地。白昼之光很安静，雨很安静，鸟儿飞翔得也很安静，确实就像初生之时。

C 的目光越过书的上缘，可以看见少女的头顶，头发在那儿分开一条清晰的线，直伸向她白皙的脖颈。少女的目光落下，从书的下缘，看着两只扭在一起如诉万语千言的手。我想不起他们是怎样找到这样的形式的，在那间书架林立的屋子里，他们是怎样终于移动成这样的位置的。我只知道，这时候残疾就要来了，这样的位置就要结束，C 就要成为 C，C 就要仅仅是 C 了。即便我的梦想允许，C 也要耐心等待，甚至要等到地球的温度也发生了变化，天体的结构也有所改变，他们才可能再走到现在的位置。

两只年轻的手于是分开，迷惑地蜷缩起来，好像忽然碰到了语言障碍。

是的，因为一种意外的语言闯了进来。在青年 WR，是因为不得不离开故乡去世界的隔壁。在青年 C 是因为残疾到了，残疾到了，使他要去的地方更像是葵林中无边的轰鸣或难以挣脱的寂静。

赏析

孩子的坦诚与母亲的理解

“害怕”这一章,主要写残疾人 C 残疾前的健康发育与残疾后爱情的艰难。

选段前两节(第 158 节,第 159 节)的情节(C 为了每天去看心中的女孩儿而长跑,在老师预备室写黑板报时看到一个美少女),我们似曾相识。因为,这样的描写在“夏天的墙”中出现过。那里的主人公是诗人 L。怎么回事? 很好理解。史铁生在本章第一节(第 156 节)开头解释说:“谁也都可能是 C。……C,可以与我印象中的每一个人重叠、混淆。……并不单是说,谁都可能落入残疾的罗网。还是说,残疾人 C,他可以有我印象中的每一个人的历史、心绪、欲望和追寻。”

史铁生的意思是说,残疾,是 C 与其他人的唯一区别,除此之外,他的心绪、欲望和追寻可以和任何人相同,所以残疾前的 C 可以是任何人。换句话说，少年 C 对女孩儿的关注、思念、追求，任何男孩儿都可能有过，正所谓——哪个少年不钟情，哪个少女不怀春?！钟情怀春是很正常的生理、自然现象，应该说是很美的情感和情绪。史铁生是写这类情感、情绪的高手，在他笔下，从来写得都像诗一样美。

笔者想提醒读者注意的是第 160 节中男孩儿的坦诚与母亲的理解。男孩儿向母亲坦白自己“成天在想坏事”，母亲聪明而敏感，善解人意，她连问都不问就知道儿子说的“坏事”是什么。她知道儿子在一天天长大，知道儿子正在步入美好而危险的青春期。她对儿子既不批评也不指责，而是温暖而柔和地提醒儿子，这未必是坏事，这个年龄的孩子都可能有一些想法，但你不能急，因为，你其实还没有长大，还不知道未来命运的发展……（看过原著的读者或许应该记得，在第 75 节中，也有类似的情节。）

进入青春期的少年，激情澎湃而又提心吊胆，对朦胧的性意识忐忑不安又神秘好奇，这时候最需要有人引导，但传统的中国家庭乃至学校都对此缄默不言，任凭孩子在黑暗乃至罪恶感中独自摸索，以至于个别孩子出现心理或行为问题。本来很纯洁很阳光的事却被视为暗黑甚至有罪，这实在是文化的荒诞，生存的误区。

所以，希望天下所有孩子的母亲都像 C 的母亲这样理解孩子，希望所有孩子都像 C 那样坦诚，希望所有的父母与子女之间都能这样坦率地讨论少年青春期遇到的问题以及成长过程中遇到的所有问题，希望所有青春期的少年都听一听 C 的母亲的善意提醒。

每当写到少男少女萌动的春情时，作者必让“白色鸟”出现，在 160 节里作者三次提到“白色鸟”在天空中飞得很高很慢，让人感到它很美很美！

十七、务虚笔记·孤单与孤独*

174

一个道听途说的故事：

浴室的门上有一个用纸糊上的小洞，三个沐浴的女人忽然看见那纸被轻轻地捅破，露出一只色欲难耐的眼睛。浴女1惊叫一声，抓起浴巾慌忙遮挡自己的身体。浴女2没有遮挡身体，而是赶紧捂住自己的脸。浴女3既没遮挡身体也没捂住脸，她冲洞中的那只眼睛喊："嘿，你这个傻瓜，滚，滚开！"

"谁遭受了侮辱？谁让门外那家伙得了逞？1、2、3，哪一个？"

---

* 史铁生：《史铁生作品系列：务虚笔记》，人民文学出版社2011年版，第360页—391页。

“1。恰恰是慌忙遮挡身体的那一个。她承认了那侮辱，她的躲藏和羞恐，满足了门外那个流氓的欲望。”

“2 保护了自己。那个下流的家伙不知道她是谁，遭受侮辱的是一个没有所属的裸体，2 已从中逃离。”

“3 使那个流氓的企图破灭。那家伙，看见了 3 的裸体，但不能看到她的受侮。3 的表情，她的态度，把那猥琐的欲念限定在其故有的意淫里。因此门上那只眼睛，如果看不到一个美丽裸体的不可侵犯，他就什么也没看到。”

一件真实的事：

我的朋友 G，初到国外，走进裸体浴场。那儿，男女老少完全赤裸着身体，在沙滩上躺着，坐着，走和跑，谈笑，嬉戏，坦然自在地享受阳光和海浪。只有 G 穿着泳裤。他说：可是，那感觉却好像别人都穿着衣服，唯独我是光着身子。G 在信上说：你穿着衣服走进裸体的人群，就跟你光着身子走上大街一样，羞愧、猥琐、无地自容。

G 说：这时你只有两种选择，要么你也脱光，要么赶快逃跑。

“看来，当众裸体，并不一定就意味着羞耻。比如还有裸体模特。”

“那么，羞耻是什么？”

“是与群体通行的规则相悖，与群体树立的禁忌相违。是群体的不予接受。”

“你是独特的，但你必须向统一让步。你是自由的，但你必须向禁忌妥协。因为你渴望亲近群体，渴望他们的接受。你害怕被群体驱逐。”

“因而你是孤独的，你是独特但孤独的心魂。生来如此。生，就是这样。永远都是这样。”

“孤独引诱你走向群体——否则那不是孤独,你要妥协,你要知道羞耻。”

“亚当和夏娃何时走出伊甸园的?知道了羞耻的时候。穿上衣服和脱去衣服那都一样,需要遮挡的,是你孤独的心魂。”

“自由何时结束?‘妈妈我不要再露着屁股啦,妈妈,别的孩子要笑我的’,那时你走进人间。不是你要穿上衣服的时候,是你害怕别人笑话你的时候,你走进人间。”

“你在哪儿?你的脸,你的名字——你就在这儿。你被他人识别被他人评价,从而你才感到了存在,你才存在了。你,我,他,都是这样。”

一个戏剧(电影)片断:

男演员甲,饰男主角A。女演员乙,饰女主角B。剧中有男女主角做爱的情节。

“那么,做爱者,是A和B呢,还是甲和乙?”

“实际上是甲和乙。”

“但是甲和乙不会承认。正常的观众谁也不这样看。”

“不不,那实际上是A和B。”

“两个‘实际上’,一个是指肉体,一个是指心魂。”

“是肉体发生了性行为。是心魂在做爱。因而做爱者是A和B。”

“如果剧中的情节是A强奸了B,没人会认为甲是强奸犯。”

“甚至不能说是甲和乙发生了性行为。甲和乙仅仅在演戏。”

“两个无名的肉体发生了性行为,借此,甲和乙在演戏,A和B

在做爱。”

175

写作之夜，再次传来诗人的消息：在1:40000000的地图所标出和无法标出的那些路上，L在写一部长诗。凭空而来的风掀动满地落叶，掀动写作之夜纷纭的思绪，对两个孩子来说已不复存在的那个夜晚，L在路上，用笔，用身心，写他的诗。用梦想，写他的希望。

古老的梦想，和悠久的希望。

同那梦想和希望一样古老悠久的，还有一个陷阱。

“你能告诉我吗？我与许许多多那些女人的区别是什么？”

“我爱你。我只爱你一个。”

“但那是偶然。在所有你喜欢的那些女人中，非常偶然，我先推开了那扇门。你说过，吸引你的女人不止一个，不止十个、百个，你否认你说过吗？和她们在一起，你说过你也会感到快乐，感到生活有了希望，这你否认吗？你幻想走进她们的独处，她们的美丽动人，幻想与她们谈情做爱，这幻想一分钟都不停止，你这欲望一秒钟都不衰竭，这些你说过的话你都要否认吗？”

“你没有宽恕我。”

“不是这个问题。也许我比你自己还想宽恕你。可你得告诉我，我与她们的区别是什么？”

“我爱你，我才把这些都对你说。”

“是吗，你爱我你才能对我说你其实也爱别人？那么你与我做爱，你为什么不能也与她们做爱呢？只是因为法律，你才不能，是吗？”

“不不，那些不是爱。我只爱你一个，这不一样。”

“什么不一样？我和她们什么不一样？不一样的只是，你幻想与她们做爱，而你与我实现了做爱，因为法律只允许你实现一个，这一个是我，很偶然地是我。”

“不不不，你把我看成了什么？你把我看成了淫乱之徒。”

“可你说过，你怀疑自己是个淫荡的人。你自己说的。”

“我不是那样的人，我从来相信，只有爱了才会有那样的欲望，只有对所爱的人才会有……那样的欲望……”

但要诚实。诗人，你崇尚诚实：真的是这样吗？

诗人信誓旦旦，却忽然语塞，感到自己掉进了一个陷阱：要么你确凿就是一个淫乱之徒，要么你就不单是爱一个，你可能爱很多个。证明其实简单：你还没有看见一个之时你已经看见了很多，你被她们的可爱惊扰、吸引，你才去寻找一个。你在寻找事先并不确定的一个，你在很多的可能中选择。在很多性的吸引和爱的可能中你只能实现一个，也许是因为法律，也许不仅是因为法律。总之是因为你心愿之外的什么，不是因为你的独特和自由，是因为通行的规则和禁忌。L走在路上，坐在路边，看心里和心外的那个陷阱。这一次不是别人把你推下陷阱的，不像多年以前的那个夏天，不像那一次是别人把你贴在了墙上。这陷阱，是你生命固有的，它就是你的心魂，就是你的存在。原欲，和原罪。而且，掉进这陷阱的似乎也不仅仅是你一个，好像有一个什么根本的东西掉了进去，好像世上所有纯洁的爱情都掉了进去，在诚实的崖岸上一脚踩空，掉进一个“阴谋”的峡谷里去了，深不见底。

176

L开始写一部长诗。写他在南方和北方，芭蕉树下或者葵林深处，城市浩瀚的楼群，大山里，湖岸上，遥远的林莽和荒原……写他在那儿创造一块净土，诗人与不止一个也许不止十个、百个女人，在那儿相爱无猜。

美好的爱情，为什么只对一个？自由和平安，为什么只能一个和一个？虔诚地看你不尽不衰的爱欲吧，跳出那个陷阱。承认这梦想，并且供奉这希望，说你爱她也爱她们，说你会爱所有可爱的女人吧，你便填埋了那个陷阱。苦而卑琐的那个陷阱，把“纯洁”搞得多么慌张、狼狈。

诗人的长诗——古老的梦想和悠久的希望，写他爱所有的她们，写所有的她们爱他，写所有的她们相爱：

漂亮的肉体和不那么漂亮的肉体，不单是肉体。心魂在敞开的肉体上敞开，不尽的诉说不期而至，敞开在敞开的欲望里。我的脸，我的名字，把一个具体的历史和永不结束的渴望，敞开给你。你也这样。你和他，也这样。我们之间要这样，天赐的差别是为了能够亲近。我们都曾在隔壁，流放在墙与墙之间。飘着炊烟的屋顶下，亮了灯光的窗口里，千篇一律因而编了号码的方格中间，是一个又一个：一天的24小时，一年的春夏秋冬，一生的渴望。但渴望与渴望互不相见。各不相同的面庞、愿望和秘密，都来这净土找到自由和平安吧。战争的目光，在这儿熄灭。表达和倾听。屋门在暴雨里安闲地悠荡，雨中蜿蜒的小路就是为了你能够走来。距离是为了这个，陌生也是，为了团聚的别离。为此我们活着。我们得去耕种，采矿，纺织，印刷，叫卖和表演……然后回到这儿。我们还得走去街上，在商店里相遇，在公共汽车上丢了东西，在喧嚣的地铁站旁站在树荫里，看熙来攘往的人群……然后回到这儿。我们不得不去做报告，按照别人的意图讲述我们并不了解的事，慢吞吞地念着讲稿度过没有生命的时间……祈祷窗外的太阳快落吧，我们要回去。或者我们是昏昏欲睡的听众中的一个，坐在角落，灯光幽暗的地方，闭上眼，熟悉的词汇和陌生的语言走过耳边，疲惫的掌声如逢不测……然后我们回去。时光流逝，有人以年龄的名义给我们安排约会，在公园的长椅上，躲闪着的眼睛相互刺探，警察在果皮箱那边巡逻，所有的情报都已不是新闻……唯一的惊喜，是想起这儿，想起我们能够回来。幸亏如此，幸亏是这样。如果你们在大山里，我们宁愿都回到大山里。如果我们在寂静的湖岸上，他们都想回到这湖岸来。如果他们去林莽和荒原，我也去，你也去，我们也要回到那儿。清晰的脸庞是我的标志，赤裸的肉体是我走到你的仪式，我们的表情自由平安，我们的表情放浪又纯洁。湖水涨了。森林盘根错节。白色的鸟，在山顶上栖息，转动它天真无邪的眼睛，谛听祈祷的钟声。如果你回来，看见我们在葵林里谈情说爱，你不要躲开，你只管轻轻地走来，毫无疑问，这恰恰是你应该回到的地方。如果我进来，走进你独处的时间，你只管你的沉思默想，不不，你不要慌忙起来，对，你想怎样待着就怎样待着，我只是来给你的窗上装好玻璃，冬天的风就要来了。落叶就像死去的蝴蝶。密密的树枝间有数不清的鸟巢。樵夫的斧声响进白色的太阳，大树轰然倒下，让人心疼。我们都有残疾。别害怕，别让羞愧弄得你黯然神伤，我们的心上都有一些黑暗。那年我的秘密被人贴在了墙上，从那时起我就想到这儿来，我知道你们会在这儿等我。是的，我们一向都在等你来呀，放心地哭吧为了那个夏天，这儿没有叛徒，没这个字眼儿，“叛徒”是什么？一种新型的大便器吗？我告诉你的，你可以记住也可以遗忘。我告诉你的，你也可以去告诉别人。秋风吹散秘密。如果你就是浴室门上那只荒唐的眼睛，别再抬不起头来，是秘密把你害了，是秘密把“叛徒”那两个字给害了，它把“欲望”也害了。“秘密”，它在净土如在地狱。我们和你一同悔恨，这样你快乐些了吗？抽泣的心能舒展些了吗？不是宽恕。我们都是罪人，秘密隔断我们的向往时，我们一同经历过罪恶。一个信徒仇视另一个信徒，一种信徒消灭另一种信徒。那些受害的光芒和英雄。因而我们来到这儿。当我们穿行于罪恶时我们不知道是在往哪里去。就是这儿，想起来了就是这儿，背负着沉重的罪恶我们就是想到这儿来的呀。是谁，在一个冬天的午后刺伤过你的自尊？她或者还没来，她或者已经来了，但在这儿，你从她孩子一般惊奇的眼睛里再认不出那个夜晚的寒冷。渗入你一生的寒冷，冰消雪融。那只白色的鸟给我们测量的路线：夏天去北方，冬天去南方。或者，那座如梦如幻的房子就在：盛夏里的北方，严冬时的南方。那只白色的鸟不歇地飞翔，在头顶上巨大的天穹里，不歇地穿云破雨。因此，如果你丢弃了谁，你在这儿可以重新找到他。谁如果离开了你，你到这儿来等他，他一定要来的……

长诗中断。

我们跟随诗人，远远地眺望那片净土。但当我们激动着走近前去，诗人却停住脚步。L跪倒在那片梦想和希望的边缘，很久很久地像是祈祷，然后慢慢地回过头来，眼中全是迷茫。那样子仿佛一个回家的孩子发现家园已经不见，满目废墟和荒岗；又像个年长的向导，引领一群饱受磨难的游民走出了沼泽却又走到了沙漠，天上，饥饿的秃鹫尾随而来。

因为WR说：“嘿，游手好闲的诗人，祝贺你的‘人间乐园’。”

因为F说：“没有矛盾，那只能是沙漠，是虚无。L，那不可能是别的。”

因为Z说：“可怜的诗人，你的净土，无非一个弱者的自娱。”

因为O或者N,也垂下了那双热烈的眼睛,默然赞许的眼睛。

因为C,他有你一样的渴望,但他害怕,不敢说出像你一样的声音。

L的长诗无以为继。

177

裸体浴场是一个戏剧。

戏剧,可以要舞台,也可以不要。戏剧是设法实现的梦想。戏剧,是实现梦想的设法。设法,于是戏剧诞生。设法,就是戏剧。设法之所在,就是舞台,因此戏剧又必是在舞台上。

譬如在那浴场中,每一个人都是编剧、导演、演员和舞台监督。那儿上演《自由平安》。一个梦想已经设法在那儿实现。但这"自由平安"不能走出那个浴场舞台,不能走出戏剧规则,不能走进"设法"之外的现实,每个剧中人都懂得这一点。

浴场以外必须遵守现实规则。

进入浴场脱下衣服,进入现实穿上衣服,不可颠倒。戏剧和现实不能混淆。

戏剧的特征不是舞台,而是非现实。而非现实就是舞台,只能是舞台,不拘一格但那仍然是舞台。只要你意识到那不是现实你就逃不脱表演。

还说什么梦想的实现呢?

那不过是:把梦想乔装成现实。裸体,在这样的现实中变成了裸体之衣。(有个名叫罗兰·巴尔特的人最先看出了个中奥妙,发现了裸体之衣。)

人人都知道那远不是现实,人人都知道那是约定的表演,人人都看见一条不可逾越的界线,因而在那个浴场舞台上,你并没有真正地裸露,你的心魂已藏进了裸体之衣。(就像2的心魂已从其裸体上逃离。就像甲和乙,穿上了名为A和B的裸体之衣。)不可违背的戏剧规则把“自由平安”限制为一场演出,人们穿着裸体之衣在表演。

那就是说,“自由平安”远未到来。人们穿着裸体之衣模仿梦想,祈祷自由平安。那是梦想的叠加,是梦想着梦想的实现,以及,梦想着的梦想依旧不得实现。每一场演出都是这样。每一场演出都在试图消灭这虚伪的戏剧,逃脱这强制的舞台。

哪儿才能逃脱这舞台呢?

爱情。唯有在那儿。

那儿不要表演,因而不是舞台,那儿是梦想也是现实。那儿唯一的规则是爱情。爱情是不能强制的,爱情是自由。爱情是不要遮掩的,爱情是平安。那时,裸体脱去裸体之衣,作为心魂走向心魂的仪仗。

但是爱情,能够走出两个人去吗?能够走进我和你,也走进我和他吗?能够走出一个限定的时空,走进那个纷纭的世界去,走进所有赞美和祈祷着爱情的我、你、他吗?不能。

不能,爱情岂不仍像是一个约定的戏剧?我们不是表演,但我们还是在围定的舞台上。我们是现实,但我们必须与他人保持距离和隔断。我们是梦想,但我们的梦想被现实限制在现实中。我们是亲近、是团聚,但我们仍然是孤独、是疏离……那么爱情是什么?爱情,到底是什么?

178

在长诗未完成的部分里,L做了一个噩梦:所有诗人爱恋着的女人,都要离开长诗已经完成的部分。

她们说:“为什么只是我们大家爱你一个?为什么不是很多男人都爱我们?为什么不是?为什么不能是我们去爱很多男人?”L在梦中痛苦地喊:“但是你们仍旧要爱我!你们仍旧爱我,是吗?”她们漫不经心地说:“好吧,我们也爱你。”L大声喊:“不,不是也爱,是最爱!你们最爱我,至少你们中的一个要最爱我!”她们冷笑着问:“最爱?可你,最爱我们之中的谁呢?”L无言以对,心焦如焚,手指在土地上抓出了血。她们嬉笑着走开:“行了行了,我们爱的都是我们最爱的,我们像爱他们一样地爱你就是了。”她们转身去了,走出长诗已经完成的部分,走进万头攒动的人间。L看着喧嚣涌动的滚滚人群,心神恍惚地问自己:“像爱他们一样地爱我,可哪一个是我呢?人山人海中的哪一个是我?我在哪儿?我与他们有什么区别?是呀,区别!否则我可怎么能感到哪一个是我呢?都是最爱?这真可笑。没有区别,怎么会有‘最’和‘不最’呢?”

我们从未在没有别人的时间里看见过自己。就像我们从未在没有距离的地方走过路。我知道诗人想要说什么:有区别才有自己,自己就是区别;有距离才有路,路就是距离。

L看着那片空空的土地,朝女人们走去的方向喊:“告诉我,我与他们的区别是什么?喂,你们告诉我!否则你们就是在欺骗我!”恍惚中,诗人仿佛看见,他久寻不见的恋人从人群中走来,若隐若现地向他走来,也是这样朝他喊着……

于是,在长诗未完成的部分里,诗人继续做着噩梦。他梦见他久寻不见的恋人已经爱上了别人。

那个人的脸,L在梦里一时看不清楚。L与他们相距不远,但中间隔着一片沼泽,L看见他久寻不见的恋人在与那个人狂热地亲吻。那个人,他是谁呢?L在梦里竟一时弄不清楚:那个人就是我自己呢,还是别人?L想:喔,那就是我吧?那就是我!他不是别人,他就是我!L隔着那片沼泽喊:"那是我吗?喂喂!他就是我吗?"

(第一次同恋人做爱时,L就是这样在心里问的:这是我吗?那时他甚至有点儿不相信这巨大的幸福已经真的降临,他一边吻遍她一边在心里问:这是我吗?她所爱的这个男人真的是我吗?处在如此令人羡慕的爱情中的一个男人,竟会是我吗?他不由得问出声音:"这真的是我吗?"她抱紧他,吻他,让他看镜子里的一个女人和一个男人,说:"是,是你,是我们。你看,那个赤裸的女人就是我呀,她坐在那个赤裸的男人怀里,那个男人就是你,你就是这个样子,一副欲火中烧的样子……我喜欢你这样,我爱你,你还不信吗?那一对肌肤相贴男女就是我们呀……")

现在L还是这样问。L在梦里想起来了,他必须还要这样问:"那是我吗?那真的是我吗?"但是没有回答。隔着并不太远的距离诗人喊他的恋人,但是她听不见,仿佛L已不复存在。L的心一沉,疼极了。于是他明白了,那个人不是他。L在喊她,渴望她,而那个人在与她窃窃私语在得到她的爱,截然不同的两种命运。因此那个人不是L,是别人。L喊:"那么我呢,我呢?难道你没看见我?难道你没看出那不是我吗?我在这儿呀!你没有想起我吗?你已经忘记我了?可我还在,我还在呀,我一直在等你回来……"

接下来,在长诗中断的地方,诗人一丝不差地又梦见了那个可怕的夏天:他最珍贵的那个小本子,被人撕开贴到了墙上……他挣脱出人群，低着头跟在临时革命委员会负责人的身后走，一路上翻着书包，指望仍然可以在那儿找到那些初恋的书信，那些牵魂动命的诗作……

179

无奈的诗人，回到长诗已完成的部分，希望就在中断的地方把它结束，在L快乐的地方和诗人满意的地方，把它结束。但是，同他一起回来的女人们，却没有忘记带回了长诗未完成部分中的那些噩梦。

现实在梦想中流行，一如梦想在现实中传诵。

她们都对他说："你到底最爱谁？"每一个他的情人，都对他说："你可以爱别人，但是你要最爱我。"她们众口一词："最爱我，或者离开我。否则，你应该已经懂了，我怎么能感到哪一个是我呢？"在不同的时间，不同的地点，在四壁围住的两个人的自由和平安里，每一个与他相爱的女人都对他这样说。诗人理解她们不同的声音所表达的同一个意思："你只爱我一个，否则就没有自由和平安。我害怕你会把我的秘密告诉别人，我害怕，别人会把我的秘密贴在墙上。"

L向她们保证：不会这样，真的，不会这样的。L向她们每一个人发誓：在我们中间，不会再有那个可怕的夏天。

但是谁都知道，这保证是没有用的。你若抛弃我，你就会推翻誓言。保证和誓言恰恰说明危险无时不在。而且，就算这保证是可靠的，在你保证不泄露某种秘密的时候你还是自由的吗？你或者自由但不平安，或者平安但不自由，就像葵林里的那个"叛徒"。

L在长诗中断的地方继续逗留很久，与不止一个乃至不止十个女人相爱。但是他曾对 F 医生说过，那是他过得最为紧张、小心、惶恐的一段时间。他同 1 在一起时要瞒着 2 和 3，同 3 一起走在街上生怕碰上 1 和 2，同 2 约会的时间到了只好找一个借口告别 3 和 1，还有 4 和 5 和 6 和 7……他要写信给她们说我最近很忙很忙，打电话给她们，说我现在要去开会实在是没时间了请千万原谅……无论何时何地他都像是一个贼、一个小人、说谎者、阴谋家、流氓、骗子、猥亵的家伙，一个潜在的“叛徒”、惶惶不可终日的没头苍蝇。

有一年秋天，诗人 L 从路途上短暂地回来，在那座荒废的古园里对 F 医生说：“我从来就只有两个信条，爱和诚实。其实多么简单哪：爱，和诚实。可是怎么回事呢？我却走进了无尽无休的骗与瞒。”

秋雨之后，古园里处处飘漫着草木和泥土的芬芳，F 医生正专心地追踪着草丛中一群迁徙的蚂蚁。

“嘿，”L 说，“你听见我说什么了吗？”

“我听着呢，”F 医生说，“不过，大概我帮不了你什么忙。”

成千上万只蚂蚁排成队，浩浩荡荡绵延百米，抱着它们积存的食物和未出世的儿女到别的地方去，开创新的家园。

“你又开始研究蚂蚁了吗？”L 问。

“偶尔看看。”F 医生说，“我们的大脑就像一个蚁群。这样一个群，才是欲望。”

“什么意思？”

“你不能到任何一只蚂蚁那儿去了解蚂蚁的欲望。每一只，它都不知道它要到哪儿去，它只是本能，是蚁群的一个细胞。就像我们的每一个脑细胞其实都是靠着盲目的本能在活动，任何一个细胞都没有灵魂，但它们联系起来就有了灵魂，有了欲望。”

“我还是不知道你要说什么。”

“你知道‘我’在哪儿吗?”

“你在哪儿?”

“嗯,也可以这么问。你在哪儿?”

“你没病吧,大夫?”

“我打开过多少个大脑数也数不清了,每次我都不由得要想,灵魂在哪儿,欲望在哪儿?”

“在哪儿?”

“不在某一处。找遍每一个脑细胞你也找不到灵魂在哪儿。他在群里,就像这个蚁群,在每一只蚂蚁与每一只蚂蚁的联系之中。我记得你说过,那是一个结构。这个结构一旦破坏,灵魂也就不在了。”

“还有呢?”

“没有了。没什么别的意思,我只是在说一个事实。我们每个人,大概也只是一只蚂蚁。”

L 笑笑:“不再研究你的人工智能了? 还有,永动机?”

F 医生停住脚步:“要是我说,我已经找到了永动机。你还笑吗?”

“是吗? 恭喜你。在哪儿?”

F 医生的手指在空中画了一圈:“存在。存在就是一架永动机。”

“你越来越玄了。”

“一点儿都不玄。是你提醒了我。有一次我问你,你是否相信人工可以制造出跟人有同样智能的生物,你还记得你是怎么回答的吗?”

“性交。”L 大笑起来,“是是,是我说过,你当真了吗?”

“那是真的。那是上帝给我们的方法。所以我又从上帝那儿找到了永动机。”

“你最好再找一找爱情。上帝告诉你爱情是什么了吗?”

“孤独。”

“孤独?”

“这一次是C提醒我的。C说,没有什么能证明爱情,爱情是孤独的证明。”

“C,他好吗?”

“你指什么?”

“嗯……他的病,真的不能治好了?”

“不能。至少在他的有生之年不能。”

“孤独?”L看着F。

“对,孤独。”F医生说,“但不是孤单。他说那并不是孤单。”

秋天的古园,鸟儿在树上做巢,昆虫在草叶上产卵,随时有果实落地的声音,游人的脚步变轻了。夕阳西垂直到皓月初升,那群蚂蚁仍有条不紊地行进,一个跟随着一个,抱紧它们的食物和孩子日夜兼程……

F医生说:“在这颗星球上,最像人的东西怕就是蚂蚁了。有一年夏天,也是在这园子里,我看见了一场真正的战争……那是一个下午,太阳将落未落的时候,在那边,一棵枯死的老柏树下,我看见了一片尸横遍野的战场,几十米的一条狭长地带,到处都是阵亡蚂蚁的尸体……在石子和沙砾(它们的山吧)旁,在水洼(它们的湖)边,在乱草丛(它们的森林)里,(蜷)缩着,一动不动,在夕阳残照中投下小小的影子……我原以为是蚁群遭了什么天灾,细看却不是,是战争,战争已近尾声,正式的战役已经结束,但零星的战斗还在进行,大片的战场已经沉寂,几千几万亡灵已经升天,但在局部仍有三五成群或七八成群的蚂蚁在进攻,在抵抗,在侵略,或者在保卫领地或者在坚守信念……”

“我听不出你是悲叹还是赞美?”诗人L说。

“是悲叹,也是赞美。”F医生说,“当我们死去的时候,我们那娇嫩的脑细胞大概也是这样‘尸横一地’,(蜷)缩着一动不动,欲望全消。”

“精神病你!”L说。

180

诗人又上路途。诗人的消息又在远方,远离城市和人群。

在山里,山脚下开阔的坡地上野花年年开放,准时无误。在沼泽,在清澈纯净的河的源头,蝴蝶悠然飞舞,蜻蜓和豆娘时而点破如镜的水面,黑色的森林仿佛屏障隔断尘世的嘈杂。森林那边有猛禽在盘旋,有纺织鸟精心缝制的窝,有各色各样的产房,一些湿漉漉的幼雏悄然出世。在荒原,太阳升起又落下,茂密的草丛里蹲着年轻的狼,风吹草低,它们热切的目光不离开美丽的鹿群,柔软的脚步跟随在鹿群周围……诗人可能就在那儿。在遥远的罕为人知的远方,诗人在路途上,伫望和冥想。

远方的鹿群也是一样,为了期待的团聚,披星戴月赶着路程。我想,诗人应该能听见它们排山倒海般的脚步。我曾在那篇题为“礼拜日”的小说中谛听过它们的行踪,如今,在诗人的冥想和伫望中,我又听见了那些美丽动物亘古不变的消息:

冬天未尽,鹿群就动身北上,赶往夏栖地。沿途,它们要涉过宽阔的冰河。

冰河刚刚解冻,巨大的冰块在蓝色的激流中漂浮旋转、翻滚、碰撞,轰鸣声响彻荒原,一直推广到远方的大森林,在那儿激起回声。鹿群惊呆了,踌躇着,在河岸上乱作一团,试探,嘶鸣……但徒劳无益,眼前和耳边全是浪声,浮冰的挤压声和爆裂声……

太阳的角度又变了一下。不能等了,不能再犹豫,鹿群慢慢镇定下来,随即一头接一头跳入寒冷刺骨的冰河。在河的那边有整整一个夏天的好梦在等待它们。它们游泳的姿态健美而善良,心焦,又认命。但巨浪和浮冰不怜悯任何一点点疏忽,连偶尔的意外也不饶过。每年这个时候在这河上,都会有些美丽的尸体漂散在白冰碧浪之间,有的已经年老,有的正年轻,有的尚在童年……

我想,诗人就在那儿,他会去的。只身徒步,背着行囊,露宿或者支起帐篷,点起篝火,也许身边还有枪……这都不重要,重要的是在我的印象里他要去那儿,追随那群美丽的动物,继续他的梦想。

美丽的夏栖地,渐渐延长的白昼为荒原提供了充足的阳光。雪水融成的溪流在新草下漫展开,四处闪光。鹿群自在徜徉,偶尔踏入溪中便似拨响了原野的琴弦,金属似的震颤声久久不息。

鹿群贪婪地吃着青草和嫩枝,一心一意准备着强壮的体魄,夜里也在咀嚼。但是狼也来了,狼群追踪而来,不断嗅着暖风里飘来的诱人的消息。

公鹿的犄角剥落着柔软的表皮,变得坚韧了。它们有一种预感:生命中有什么神秘的东西将要降临。是什么东西还不知道,只觉得焦躁又兴奋。听从冥冥中神秘的指使,它们一有工夫就在带刺的矮树丛上磨砺自己的双角。母鹿悄悄观察着公鹿的举动,安详地等待那一时刻……

诗人可能就在那儿。对长诗难以为继的失望,会把他送到那儿,送进对自然和野性的亲近。诗人早在我的那篇《礼拜日》,就到过那儿。

荒原变成黄色,变黄的速度非常之快。公鹿猝不及想,一夜之间领悟了那神秘的安排,赞叹并感恩于上苍的旨意,在秋天的太阳里它们引吭高歌。嗅觉忽然百倍地敏锐,母鹿身上浓烈的气味赋予它们灵感,启发着想象力,弄得它们激情满怀夜不能寐。公鹿一遍又一遍地唱着情歌,请求母鹿的允诺,渴望它们的收留,放弃往日的威严、高傲和矜持,拜倒在情人脚下,像回头的浪子皈依了柔情,终于敞开遮蔽已久的心愿。

纤巧的母鹿狡黠地躲避着公鹿的祈求,但只要发现公鹿稍有怠顿,母鹿们又及时展示自己的魅力,引诱得公鹿欲罢不能。把它们的欲火烧得更旺些,上苍要求母鹿们在这黄金的季节里卖弄风情,造就真诚的情人、热情不衰的丈夫和坚韧不拔的父亲……

诗人就在那儿。从春天到秋天诗人都在那儿,像是信徒步入了圣地,彻日彻夜地注目在山林、河流、空天阔野之间,羡慕甚或是嫉妒着那自然的欢聚。诗人看见难以为继的他的长诗,在那儿早已存在,自古如此。坦露的真情,坦露的欲望,坦露的孤独走进坦露的亲近,没有屈辱。角斗,那也只是为了种族强健的未来。

溪流和钢琴。山谷和圆号,无边的原野和小号。落叶与长笛。月光与提琴。太阳与铜钹与定音鼓。公鹿的角斗声仿佛众神的舞步,时而稍停时而爆发,开天劈地。

远处的狼群也在谛听，识别着山和溪流的色彩，识别着原野的风，盼望着自己的节日到来。

开阔的角斗场四周，母鹿们显得不安，不时遥望太阳，白昼越来越短了。公鹿也注意到了这一点，大地再偏斜一点儿的话极地的寒风就将到来，那时一切就都来不及了，它们必须尽快战胜对手和自己的情人欢聚一堂。

以往的艰辛的迁徙和跋涉都是为了现在，它们记得留在冰河上的那些美丽灵魂的嘱托。鹿族的未来将嘲笑任何胆怯，谴责哪怕一秒钟的松懈和怠惰。公鹿使劲用前蹄刨土，把土扬得满身都是，舞动着华丽威武的双角如同舞着祭典的仪仗。跪倒，祈求苍天再多赐给它一些智慧和力量。苍天不语只让秋风一遍一遍扫荡一丝一缕的愚昧。于是公鹿幡然醒悟，抖擞着站起来，迎候那些优秀的对手……

不不，那绝不是杀戮，角斗只是雄性的风流，从没有过致同类于死命的记载。诗人倾倒于这光明豪勇的较量：没有阴谋，没有记恨的目光，没有假面恭维、乔装的体面或纯洁。因为那儿，没有谁鄙视你的爱欲，没有谁嘲笑一个灵魂对另一个灵魂的渴求，没有谁把你的心愿贴在墙上然后往上面吐痰。没有秘密和出卖，只有上苍传达的神秘律令。

小号轻柔地吹响，母鹿以百般温存报答公鹿的骁勇，用舌尖舔平它铁一样胸脯上的伤痕。

圆号镇定如山，得胜的公鹿甚至傲视苍天。

母鹿并不急于满足他。要让他平静下来平静下来，听一听落叶中的长笛，再次领悟那天籁之声。

失败的公鹿等待来年，大提琴并不奏出恨怨。

年幼的鹿子在溪边饮水，在钢琴声中对未来浮想翩翩……

诗人必定是在那儿，心醉神痴，流连忘返。他一定会想起他夭折的长诗，泪流满面。在那无人之域诗人痛哭但无声：为什么人不能这样？从什么时候，和为了什么，人离开了这伊甸乐园？

直到傲慢的得胜者有些惭愧，母鹿这才授予它权利。寒冷到来之前，鹿族的营地上开遍最后一期野花。公鹿终于博得母鹿的赞许，日月轮流做它们的媒人……

毫无疑问，诗人就在那儿。渺无人烟，静得能听见水的呢喃、草的梦语。诗人想到：这儿可能就是 WR 的“世界的隔壁”；可能就是那个失去记忆的老人曾经的流放地；长河落日，大漠孤烟，这可能就是 Z 的生父的漂泊之域。

在草地上在溪水边，情侣们度着蜜月，厮守交欢，并不离开鹿群，并不需要四壁的隔挡，天下地上处处都是它们的婚床。健美的身体随心所欲地贴近，吻着，舔着，嗅着那销魂的音讯，穷尽爱的想象追随在恋人身旁。鹿群静静地羡慕它们，平和善良的目光偶尔投向它们，祝福甚或是寄予厚望。它们便肆无忌惮地挺起和敞开天赐的性器，魂魄凝聚在那最富感受的部位，感谢苍天，走进梦境，进入和容纳，喷涌和流淌，倾诉和聆听，胸腔里、喉咙里发出阵阵如鼓之声构成四季的最强音，在阳光下和月光里虔诚而忘死地交欢，交欢，交欢……在秋风和细雨里，日日夜夜，享尽生命的自由和平安。

但是母鹿,在这喜庆的日子里不禁忧伤,它们知道这奉献对公鹿来说意味着什么,母鹿凭本能觉察到不远处狼群的期待,欢乐的交响之中闪烁着不详的梆声……

诗人必定也看见了狼群,因为他在那儿,我的印象或者诗人的消息曾在荒原的处处。诗人摸一摸身边的枪,想到:这是人的武器,杀敌的武器。但这是杀敌也杀人的东西呀,因为人与人会成为仇敌!枪声,枪声和枪声,但在那之前是什么?只是手指扣动了扳机吗?

终于,狼的日子来了。荒原的寒风一阵紧似一阵,传播着公鹿疲惫的喘息。狼群欣喜若狂,眼睛里焕发出绿色的光彩,展臂舒腰,向公鹿靠近,敏捷的脚步富于弹性。公鹿迅速地衰老了,力竭精疲,步履维艰。鹿群要往南方迁移了,到越冬地去。公鹿跟在浩荡的队伍后边蹒跚而行,距离越拉越大。母鹿回过头来看他,恋恋的,但自己的腹中寄托着鹿族的未来,心被撕成两半。公鹿用视死如归的泰然来安慰伴侣,以和解的目光拜托他往日的情敌。它确信自己绝无气力在冰封雪冻之前回到南方了,便停下脚步,目送亲朋好友渐渐远去。它知道狼已经准备好了,它还记得父亲当年的壮烈牺牲,现在轮到它自己了。公鹿都有一天要做那样的父亲,正如母鹿都有一天要把心撕开两半,这不值得抱怨,这是神赐的光荣。公鹿望一望山腰上等了它一夏天的狼,不免钦佩敌人的韧性和毅力。

狼群一秒钟之前都还蹲着,一秒钟之后已如脱弦之箭飞下山岗。精力充沛的狼们一呼而起,从四面八方向老鹿包围,漫山遍野回荡起狼的气息和豪情……

那毕竟是敌人对敌人的战争呀，毕竟是异类间的生死争夺。自然的选择，与生同来的死的归宿。诗人坐在山顶上，浪浪长风中目睹这可畏可敬的天演轮回。人也会这样，跟随自然造化的命途，让岁月耗尽精华，让病老引你去天国去来世的。这不是悲哀。只要那时你能恋恋不舍你的人群也就够了，在这自然淘汰的时刻，能像这老鹿一样祝福你的群类，独自安然赴命也就心满意足，那样，他的长诗也就能有一个朝向梦想的继续了。但是，我们竟会有“敌人”这个词！我们竟会说狼是鹿的敌人！我们竟会说水是火的敌人！我们竟会说困苦和灾难是我们的敌人！也许最后这句话是说对了，人才是人的困苦和灾难吧？因此我们有枪，还有枪林弹雨一般的目光。我们就是那目光，但我们害怕那目光就像鹿害怕狼，就像火害怕水。那目光比死还要可怕。我们抵挡那目光的办法是“以眼还眼”。我们扣动枪机，不是用手指，是用那目光。

老鹿明白，末日已来临。但它仍旧飞跑，它要引领狼群到一个它愿意死在那儿的地方去。它朝鹿群远去的相反方向跑，它要在最后的时刻尝够骄傲……

诗人在荒原和在我的写作之夜，再次听见 F 或者 C 的声音：“孤独。”“孤独，但不是孤单。”

他看见了一头鹿的孤单，看见了整个人群的孤独。离开群类，那些美丽的动物面临危险，人呢，倒可能平安。离开群类对那头老鹿和对诗人 L 都是孤单，但回归群类，对动物是安全，对人却仍难免孤独。无论离开还是回去，人的孤独都不能消灭。

就快要结冰的溪流中，殷红的鹿血洇开，散漫到远方，连接起夕阳。鹰群在天上盘旋，那是上苍派下的死亡使者，满天的叫声如唱圣诗，迎接老鹿的灵魂回去……

老鹿的灵魂独自走在回去的路上，坦然从命，诗人相信没有比这更美的结果了。它不是被逐出群类的，这至关重要。诗人在那儿，他看得见。他和我在沉默的荒原，想起白皮松下那个可怕的孩子，想起我们从童年就曾被逐出过群类，不是孤单，那已是孤独。我们一同想起女教师 O 的死，那还是一个疑案，但比死更不堪忍受的一定就是 C 所说的孤独，一定。而画家 Z，童年那个寒冷孤独的夜晚扎根进他的心里，在那儿长大，不能"以牙还牙"但可以"以眼还眼"。Z 走出人山人海，以及他走进低矮的画室、走进那根羽毛的孤傲中去，都是在"以眼还眼"。那羽毛敏感的丝丝缕缕，冷峻、飘逸、动荡甚或疯狂，无不是在喊叫着"尊严"，要洗去久远的屈辱。还有 WR，他要消灭的是孤单，还是孤独？在 O 飘逝的心魂里，以及在那条美妙而有毒的小鱼的残渣中，不光能看见 Z 的寒冷。在一座美如幻梦的房子和一片芜杂的楼区之间，悠然流淌的钢琴声与小酒店昏暗的醉唱之间，冬天比荒原上来得还早，万木萧疏的季节比这荒原上还要漫长……

181

时间和孤独都不结束。无以为继的长诗，流进过一段性乱的历史。

L 有这样一段历史，为世人皆知。

Z 可能也有那样一段历史，不过少为人知。

性乱的历史,除去细节各异,无非两种:人所皆知的,和少为人知的。

182

诗人同一个又一个萍水相逢的女人上床,孤独的时间里从来就有这样的消息。如果长诗无以为继,而时间和孤独却不结束,这样的消息就会传来。

路途的喧嚣,都似在心里沉寂了。

L 躺在陌生但是温热的女人身旁。城市抑或荒原的风,吹进阳光和月色,吹进均匀的光明或黑暗,掠过明暗中喘息的身体。是你,或者是她。来了,然后走了。再见,以及再也不见。疲惫的心,躺进从未有过的轻松里去。

别说爱。

嘘——别说,好吗?

别说那个累人的字。

别说那个黑洞洞的不见底的字。还没让它折磨够吗?

就这样。什么都别说。

高兴吗?那就好。

现在我需要你,你也需要我。对,现在。

我需要你的肩膀,你的皮肤,你的温度……

明天你在哪儿是你自己的事。

明天我也许还在这儿,也许不在。你们这些累人的家伙其实你们什么都不懂。

你只有现在。

懂了吗?其实就这么简单。什么都让你们给弄乱了。

这样有什么不好？

这样有一个好处：不必再问“我与他（她）们有什么区别”了。没有那样的焦虑和麻烦了。负疚和悲伤，都不必。诘问，和解释不清的解释，都没有。那些徒劳的解释真的是多么累人哪！

什么也都别想。

别人并不存在，如果你不想。

只要你不说，当然我也不说。

甚至不要记住。

让现在结束在现在。不要记住。

过去和未来之间多出一个快乐的现在，不好吗？

一个又一个无劳牵挂的现在……相似的肉体，相似的激动和快乐……赤裸着，白色的浪一样，呼啸和死去，温润而茂密，相互吞噬……一次，一次……

但要有一种默契：不要弄清我的名字。

183

诗人在一个个没有名字的女人身边睡去，在那儿醒来。远处的歌在窗帘上飘。一只小甲虫在窗台上困倦地爬呀……时而嗡嗡地飞，嘣嘣地撞着玻璃。窗棂和树的影子随着窗帘的鼓落，大起来又小下去。他并不太挑剔，妓女也好，有夫之妇也好，像他一样的独身者也好，这无关紧要。只要有一个不太讨厌的肉体和他在一起就行了，只要有些性的轻松快乐就行了，那时他会忘记痛苦，像麻醉剂一样使痛苦暂时轻些。他不见得一定要与她们说什么，快合快散好合好散，并不为散而有丝毫痛苦，因为事先并不抱有长久的希望。他真是没有想到会是这样，和很多女人，一个又一个女人做爱竟会是这样，这样平静，你的是你的，我的还是我的，分手时并不去想再见也不去想再也不见。他有时甚至并不与她们做爱，如果她们会说话他就借此听听女人的声音——别人的声音；如果她们尽说些千篇一律的话，他就不让她们出声，只是看看她们确实投在灯光下的影子，或在心里玩赏她们不同的趣味和习惯。

诗人有时轻声问："你叫什么名字？"他会听见两个至三个字，连接起来很像一个名字，但里面空空洞洞什么也没有。身旁赤裸的女人，没有过去也没有未来。纤柔的肩头、腿和脚、旺盛的臀和幽深的缝隙……都没有历史。

L问："你的家，在哪儿呢？"

L又会听见两个至三个字，看见一缕微笑，或者得到一篇谎言。

犯规。L知道，这是对这一种"自由"的威胁。因为一旦恢复历史，你就又要走进别人，走进目光的枪林弹雨，又要焦虑：我和别人有什么不同。

L就像浴室门上那只窥视的眼睛。而她们，都像那浴室中的2，捂住了脸，捂住了姓名和历史。唯一只无名的手沿着光滑而没有历史的皮肤走遍，走过隆起和跌落，走过茂密、幽深，走过一个世界的边缘。L知道，心魂非但不在这儿团聚，且已从这裸体上逃离。

你自己呢？也是一样。你到这儿来，是为了团聚还是逃离？

诗人不再问，看着阳光下一个男人和一个女人的身体。但他和她都不在那儿。他和她的裸体在模仿团聚，他和她的心魂在相互躲避、逃离。他和她的历史在另外的时空里，平行着，永不相交。就像多年前在那列"大串联"的火车上，黑暗遮住了那个成熟女人的历史，然后永远消失在人山人海里，很多年后那个少年才知道：这才安全。百叶窗在一个男人和一个女人的裸体上投下的影子，一道一道，黑白相间，随着呼吸起伏，像是荒原上两匹歇息的动物……

荒原上那些自由的动物,孤独未曾进入它们的心魂。它们来晚了,没能偷吃到禁果。没有善恶。那果子让人吃了。人先到一步,救了它们。让它们没有孤独,让它们安魂守命,听凭上苍和跟随神秘而已,生和死而已,繁殖,延续……是人救了你们,你们知道吗?

人替你们承受了爱的折磨:

人替你们焦灼,你们才是安详。

人替你们忧虑,你们才是逍遥。

人替你们思念,你们才是团圆。

人替你们走进苦难,走进罪恶和“枪林弹雨”,你们才是纯洁与和平。

人在你们的乐园外面眺望,你们的自由才在那羡慕中成为美丽。

你们不知道。或者像上帝一样,不理睬。

以致床上这两匹走出了乐园的动物,要逃离心魂,逃离历史,逃进没有过去和未来的现在。要把那条蛇的礼物呕吐出来。在交媾的迷狂和忘却中,把那果子还给上帝,回到荒莽的乐园去。

但是办不到。

184

办不到。写作之夜是其证明。

所有的写作之夜,雨雪风霜,我都在想:写作何用?

写作,就是为了生命的重量不被轻轻抹去。让过去和未来沉沉地存在,肩上和心里感到它们的重量,甚至压迫,甚至刺痛。现在才能存在。现在才能往来于过去和未来,成为梦想。

(F医生终有一天会发现,人比“机器人”所多的,唯有欲望。过去和未来无穷地相连、组合、演变……那就是梦想,就是人的独特,以及每一个人的独特。)

我们常常不得不向统一让步:同样的步伐和言辞,同样的衣着装扮,同样的姿态、威严、风度、微笑、寒暄、礼貌、举止、分寸,同样的功能、指标、效率、交配、姿势、程序、繁殖、睡去和醒来、进食和排泄、生存和死亡……不越雷池,循规蹈矩。我们被统一得就像一批批刚出厂的或已经报废的器材,被简化得就像钟表,亿万只钟表,缺了哪一只也不影响一天注定是24小时。我们已无异于“机器人”,可F医生他还在寻找制造它们的方法。

什么才能使我们成为人?什么才能使我们的生命得以扩展?什么才能使我们独特?使我们不是一批中的一个,而是独特的一个,不可顶替的一个,因而是不可抹煞的一个?唯有欲望和梦想!

欲望和梦想,把我们引领进一片虚幻、空白,和不确定的真实,一片自由的无限可能之域。

看重我们的独特吧,看重它,感谢它,爱戴它乃至崇拜它吧。在‘独特’不可能被‘统一’接受的地方,在‘独特’不甘就范之时,‘独特’开辟出梦想之门。无数的可能之门,和无数的可能之路。‘独特’走进这些门,走上这些门里的这些路。这些路可能永远互不再相交。可是倘其一旦相交,我们便走进爱情,唯其一旦相交我们才可能真正得到爱情。

是谁想出这种折磨的?

因而焦灼,忧虑,思念,祈祷,在黑夜里写作。从罪恶和“枪林弹雨”,眺望自由平安。

眺望乐园。

乐园里阳光明媚。写作却是黑夜。

如果你看我的书,一本名叫作《务虚笔记》的书,你也就走进了写作之夜。你谈论它,指责它,轻蔑它,嘲笑它,唾弃它……你都是在写作之夜,不能逃脱。因为,荒原上那些令你羡慕的美丽动物,它们从不走进这样的夜晚。

185

在任何可以设想的、不是团聚而是逃离的床上,诗人不止一次梦见他的恋人回来:也许是从北方风雪之夜的那列火车上,也许是在南方流萤飞舞的夏夜。但是在这样的好梦里,往日的性乱使诗人丢失了性命攸关的语言。

铁轨上隆隆的震响渐渐小下去,消失进漆黑的风雪,这时,车站四周呈现南方静谧的夏夜。雨后一轮清白的月亮,四处虫鸣唧啾,微醺的夜风吹人魂魄,L看见,他的恋人站在小小的月台上向他招手,形单影只。"是你吗?""是我呀。"魂魄飘离肉体,飘散开,昏昏昡昡又聚拢成诗人L,在芭蕉叶下走,跟随着恋人婷婷的背影。

月光亘古不衰地照耀的,就是她。

芭蕉叶上,透黑晶亮的水滴沿着齐齐楚楚的叶脉滚动。恋人的裙裾飘飘摆摆,动而无声,便在梦里L也觉得若虚若幻。恋人走进南方那座宅院,站下来,观望良久。木结构的老屋高挑飞檐,门开着,窗也开着。恋人走上台阶,步履轻捷,走过回廊,走过廊柱的道道黑影,走进老屋的幽暗。在幽暗的这儿和那儿,都亮起烛光。

是你吗?

恋人转过身,激动地看着L。

是她:冷漠的纺织物沿着热烈的身体慢慢滑落……点点烛光

轻轻跳动，在镜子里扩大，照亮她的容颜，照亮她的裸体，照亮她的丰盈、光洁和动荡……

盼望已久，若寻千年。诗人满怀感激，知道是命运之神怜恤了他的思念，使她回来，使她允诺。但是，看着她，诗人千年的渴望竟似无法诉说。

性命攸关的语言丢在了"荒原"。

L颤抖着跪倒，手足无措，唯苦苦地看她。任何动作都已司空见惯，任何方式都似在往日的性乱中耗去精华，任何放浪都已平庸，再难找到一种销魂荡魄、卓尔不群的语言能够单单给予她了。

写作之夜，我理解诗人的困苦：独特的心愿，必要依靠独特的表达。

（写作之夜，为了给爱的语言找到性的词汇，或者是为了使性的激动回到爱的家园，我常处于同诗人L一样的困境。比如"行房"或"房事"，古板腐朽得如同两具僵尸；"性行为"和"性生活"呢，又庸常无奇得尽失激情。怎样描写恋人的身体呢？"臀部"？简直一无生气；"屁股"？又失虔敬。用什么声音去呼唤男人和女人那天赋的花朵呢？想尽了人间已有的词汇，不是过分冷漠，就是流于猥狎，"花朵"二字总又嫌雕琢，总又像躲闪。"做爱"原是个好词儿，曾经是，但又已经用滥。）

诗人由衷地发现：上帝留给爱情的语言，已被性乱埋没，都在性乱中耗散了。

赤裸，和放浪，都让他想起"荒原"。想起在简陋或豪华的房间里，在肮脏或干净的床上，两匹喘息着的随遇而欢的动物，一个个逃离着心魂的姿势，一次一次无劳牵挂的喊叫。他看着久别的恋人，不知孰真孰假，觉得她的裸体也似空空洞洞一幅临时的幻景。他要走近她，又觉得自己没有姓名，没有历史，是一个任意的别人，而过去的L已经丢在了“荒原”，未来的L已经预支给了“荒原”。他和她只是：过去和未来之间多余出来的现在，冷漠的人山人海里一次偶然的碰撞，随后仍要在人山人海里隐没，或许在时空里平行，但永不相遇，互相并不存在。

镜子里，烛光照亮着诗人沉垂的花朵。L在梦中无能地成为C。

恋人走来，在镜子里在烛光中，搂住他，像是搂住一个受伤的孩子。“没关系，这没关系。”她轻声说。她温存地偎依在他肩上，吻他，炽热的手抚遍他的全身，触动那沉垂的花朵。但是像C一样，触摸竟不能让他开放。

“不要紧。”她说。

他焦急地看她。

“真的，这没什么。”

他推开她，要她走开。

她走开，从烛光中慢慢走进幽暗，远远地坐下。

时钟嘀嘀嗒嗒，步履依旧。夜行列车远远的长鸣，依然如旧。拉紧的窗帘外面，世界想必一如既往。

诗人的花朵还是沉睡。那花朵必要找到一种语言才能开放。一种独特的语言，仅止属于爱情的语言，才能使逃离的心魂重归肉体。

找回这语言，在C要靠凝望，在L，要靠诉说。

这可怜的肉体已经空乏，唯有让诉说着的心魂回来。

你一定要听我说出我的一切历史，我才能回来。你要听我告诉你，我是一个真诚的恋人又是一个好色之徒，我才能回到我的肉体。你要听我说，我美丽的梦想和我罪恶的欲望，我的花朵才能开放。哪怕在我的长诗之外，听我的长诗，我才能走出“荒原”。这是招魂的唯一咒语呀,你在听吗?

“我在听。”

但诗人L犹豫着。他不敢说。只怕一说,南方的夏夜就会消散,风雪中小小的月台上,又会是空无一人。

186

如果他在梦里终于说了,L便从梦中惊醒,发觉他依然浪迹荒原。

鹿群远远地行进在地平线上,浩浩荡荡,涉过尚未封冻的长河回南方去。每一只鹿都紧追着大队,不敢离群。掉队者将死在北方。

它们只有对死的恐惧,害怕的唯有孤单、衰老,衰老而至掉队的危险。没有别的忧虑。它们没有孤独,那儿没有心魂对心魂的伤害、阻隔、防范,也没有依恋和思念,没有爱情。性欲和爱情在它们是一回事。其实没有爱情。性欲是与生俱来的一种性质,繁衍所必要的倾向。它们活着和繁衍着,自古至今从南方到北方,从北方到南方。就像河水,就像季风,就像寒暑的变动。随遇而安,没有梦想,无须问爱情是什么,不必受那份折磨。它们就是一条流动的山脉,就是这荒原的一块会动、会叫、会复制的部分,生死相继如岁月更替,永远是那一群,大些和小些而已,都是这荒原和森林的影子,大地上固有的色彩。

人,是否也应该如此,也不过如此呢?

187

写到这儿诗人L忽发奇想，说起浴室门上的那只眼睛，他的思路与众不同：

“你真的认为那个人一定很坏吗？”

当然。那个流氓！

“可他，真的就是想要侮辱她们吗？”

他已经侮辱了她们。

“那是因为他被她们发现了，她们才感到受了侮辱。要是她们并没有发现呢，他可怎么侮辱她们？他必须让她们发现，才能够侮辱她们。可他是藏起来的，就是说他不想让她们发现，他并不想让她们感受侮辱。”

无论怎么说，他是在侵犯别人的自由。

“可他真的就是为了侵犯吗？这样的‘侵犯’能让他得到什么呢？”

低级的快乐。

“就便那是低级的。可是，他的快乐由何而来呢？”

侵犯。由侵犯而得的快乐。所以那是罪恶的快乐。

“之所以说他是侵犯，是因为他被发现了。如果他没有被发现，侵犯也就没有发生。这不像偷窃、诽谤和暗杀，那样的事就便不知道是谁干的，但只要干了就会留下被侵犯的后果。但是，一只窥望浴室的眼睛如果没有被发现，侵犯也就没有发生，那又怎么会有侵犯和侵犯的快乐呢？”

是不是未遂的暗杀就不是犯罪呢？

“首先，要是仅有一个不为人知的暗杀的欲望，而没有任何暗杀的后果(包括威吓),你又怎知道已遂还是未遂呢?其次,这两件事不一样。暗杀,是明显要伤害别人,而门上那只眼睛并不想伤害谁。”

他不想吗?不,他想!他至少有侵犯的企图,只是他不想被发现。

“如果他不想被发现,又怎么能说他有侵犯的企图呢?他不想侵犯,但是他知道那是冒了侵犯的危险,所以他把自己藏起来。有时候,说不定侵犯倒是由防范造就的。”

你说他不想?那么他想干吗?他总是有所图吧?

“他想看看她们,看看没有别人的时候她们自由自在的样子。仅此而已。”

这就是侵犯!他侵犯了别人的自由!你还能说他不想侵犯吗?

“呵,这被认为是侵犯吗?!是呀是呀,这确实这一向被认为是侵犯……一向,而且处处,都是这样认为的……”

诗人摇摇头,苦笑着,在荒原或是在人群里走。在荒原或是在人群里,在寂静的时候或是在嘈杂的地方,总会有诗人的消息。也是一向,而且处处,都有这样的消息,这样的难为众人接受的奇思怪想:

“可自由,为什么是怕看的呢?怕看的自由可还是自由?自由是多么美丽呀,她们是那么稀少、罕见,那么难得,所以偷看自由才是这么诱人,所以一向和处处都有那样胆大包天的眼睛,为了偷看自由而不惜被唾骂,甚至舍生忘死。难道他的快乐不是因为见了人的自由,而是因为侵犯?不不不,他冒了侵犯的危险,是为了看一看平素不能看见的自由,看一看平素不能自由的人此时可能会怎样地自由。这个被耻骂为‘流氓’的人,也许他心底倒是有着非常美好的愿望,恰恰相反他不是为了‘侵犯’,而倒是为了‘和平’。他梦想拆除人间的遮掩,但是不能,于是他去模仿这样的拆除,但是那又很危险,他当然知道一旦被人发现的后果,所以他把自己藏起来,在危险中窥望自由。他未必没有见过女人的裸体,他并不单是要去再见一回,那不值得冒这样的危险,他是要去谒见她们的自由啊!平素她们是多么傲慢、矜持、封闭、猜疑、胆怯、拘谨、严厉、小题大做、歇斯底里……现在他要看一看人可以是怎样地坦荡、轻松、宽容、自然……看一看人在没有设防的时候是多么可爱多么迷人。”

可是他却来使她们不能不防范!

“呵,这是个奇妙的逻辑,这里面也许包含着我们人间全部的悲剧。不过,先让我来补充一下这个故事好吗?如果……如果有一个浴女4,她不遮身也不掩面,如果也不骂人,她发现了门上那只眼睛,但她相信那不是‘侵犯’,恰恰那是如囚徒一样对自由的窥望,她会怎样呢?她知道自己不见得会爱他,但她能理解他。她又知道人间的‘囚室’不可能如愿拆除,她没有那个力量,谁也没有那个力量。她便只好装着并没有发现门上的小洞,继续洗浴,原来怎样现在就还是怎样。开始她不免有些紧张,但她很快就明白了,紧张反会使坦然变成猥琐,反会使自由变成防范,反会使和平变成战争,她便恢复起自由自在的心情,舒身展臂,蹦跳,微笑,饱享着温柔水流的抚爱……我想,那么多名画都在描画浴女、裸女、睡美人,不单单是赞美她们的身体,更是在渴望人的自由吧?把人间的目光都引向平安——不必再偷看自由,大胆地欣赏自由吧,站到那自由面前去赞美她吧,那时她就是一个自由的女神了……”

诗人,你就安心做你的无用的诗人吧,千万别让我们有一天发现您就是个窥视癖者,或者裸露癖者。而且,与其像你希望的那样,4,她为什么不能走出来呢,或者把门上那只眼睛迎接进去?

诗人说:“我觉得,你们就快要说到问题的根子上了……”

但同样是在写作之夜,有一个声音打断了他:“不过你们要知道,自由,不可能这样实现。如果人们不能保护自己的隐私和独处,一个人的自由也就可以被控制,被捆绑,被贴到墙上,被送到世界的隔壁去……”

我和L听见,这话必是WR说的。在梦想之外,也许他常常是对的。

赏析

在写作之夜里焦灼，忧虑，思念，祈祷

这一章严格说来没有什么故事，而是集中于对爱情问题进行文化哲学方面的思考，读起来比较累，原因是思想深刻、密度大。读这一章，乃至全书，总是让笔者想起尼采的《查拉图斯特拉如是说》之类的诗化哲学书。形式是文学，内容是哲学。想从故事中找乐的读者可能会失望，但喜欢思考的读者会感到很过瘾。思想上的开悟也是 种人愉悦啊！

本章篇幅较长，内容丰富，很难刻板地归纳为一、二、三。笔者试着按顺序略作梳理和点评。

174 节，什么是羞耻？什么是孤独？

作者别出心裁地通过一个“道听途说”的故事，追问什么是羞耻，进而追问什么是孤独。作者从“当众裸体不一定意味着羞耻”，

引出“羞耻”的含义是:“与群体通行的规则相悖,与群体树立的禁忌相违,是群体的不予接受。”什么意思?意思是说,在上帝(自然之神)眼里,世界上本来没有羞耻不羞耻,所谓羞耻只是群体约定俗成的一种共识,即违背了群体的规则。换句话说,群体的规则是判别羞耻与否的标准。

那么什么是孤独,孤独何来呢?本来,世界上的每个人都是独特的,但独特的人无一不生活于群体中,离开群体个体无法生存,因而个体渴望亲近群体,渴望群体的接受。但是,群体之所以是群体,就在于群体要求统一,要求个体向统一让步,向禁忌妥协,因而个体必须抹去自己的独特,遮蔽起自己的欲望和心魂,这样个体才能在群体中获得安全,否则将被群体耻笑,被群体驱逐。也就是说,群体这里有隔离,有伤害,有防范,这让个体在群体中感受到了失去了自由,失去了心魂,这,就是孤独。孤独不是孤单,孤独是心灵上的,是内在的而不是外在的。孤独的背景是群体,是与群体相疏离的一种感受。

群体,永远是个体的生存处境,因而个体自由与群体规则之间存在着永恒的矛盾。人,需要规则和禁忌,又反抗规则和禁忌,人永远活在这种自我矛盾之中,即孤独之中。孤独,将是人类永恒的生存处境。

175 节,心魂陷阱

人类古老的梦想和悠久的希望,暗含着心魂的一个陷阱。

人类古老的梦想和悠久的希望,就男性来说(反过来女性也一样),是爱所有美丽动人的女人,幻想与她们谈情做爱,所有美丽动人的女人都来爱我。但是,一、就人的自然本性来说,爱是排他的;二、就人的社会性来说,群体的规则和禁忌要求你只能爱一个。这就是人所面临的根本处境,或者曰根本困境,用书上的话表述,即这是一个"陷阱"。

"这陷阱,是你生命固有的,它就是你的心魂,就是你的存在。原欲,和原罪。而且,掉进这陷阱的似乎也不仅仅是你一个,好像有一个什么根本的东西掉了进去,好像世上所有纯洁的爱情都掉了进去。"——这意思是说,这陷阱是人性固有的,是原欲固有的,谁也躲不开。这个"根本的东西"应该就是原欲,就是人性。

176 节,长诗表达了诗人的梦想和希望

诗人(带着人类古老的梦想和悠久的希望)进入梦境,进入幻想界,进入理想国,伊甸园,乌托邦,桃花源……在这里,唯心魂与心魂赤裸相见,诗人与不止一个也许不止十个女人相爱无猜——他爱所有的她们,所有的她们都爱他,所有的她们都相爱,完全一个无差别境界,一个梦中乐园。诗人的梦想,用西方心理分析大师弗洛伊德的概念表述即"白日梦"——人们强烈向往但未能或不能实现的幻想叫梦——"白日梦"。

想一想,诗人 L 的想法,不就是生活中著名诗人顾城的想法吗?顾城带两个女人到远离尘寰的天涯海角去生活,他要求他的两个女人都爱他,两个女人互相爱,他也爱她们,三人永远永远爱意浓浓不分开。可事实怎样呢?事实惨烈得让人瞠目结舌,不忍提及。问题在哪儿呢?

WR、F、Z,这些现实中具有正常理性的人都看出来了——诗人的理想国是虚无的,在现实中是无论如何不能实现的。诗人在梦境,他人在现实。

梦境不现实就不需要就要抛弃就要批判吗?当然也不必。因为现实的不理想,所以人们才需要不现实的梦境啊!梦想在现实中不能实现，在梦里想想还不可以吗？只要不越界到现实，做做白日梦应该是有益无害的。梦境和现实是人类精神生活的两极，人就生活于这二者构成的张力场中。人，既不能因为梦境的不现实就嘲笑它（没有它现实就是沙漠、废墟、荒岗），也不能一味沉浸于梦境出不来从而碰死在现实的铜墙铁壁上。

关于梦想与现实的关系，史铁生在《我的丁一之旅》及书信中还有讨论，请继续往下看吧！

177 节，爱情不要表演

在史铁生的爱情哲学（理想）里，爱情“不要表演，因而不是舞台，那儿是梦想也是现实”“爱情是不要遮掩的，爱情是平安”。但是，爱情能够走出两个人，走进那个纷纭的世界去吗？恐怕不能。因为，只要有个体与群体的矛盾，有理想与现实的冲突，有白昼与黑夜的对立，人们就注定会有表演。从某种意义上说，尘世就是强制的舞台，生活就是无意识的表演，史铁生所构想的爱情就终究还是理想。

这一节（远远不止于这一节）的思想浓度、密度，完全可以视为哲学笔记或思想录。读来有思想的快感，也有思想的凝重。史铁生对此意思意犹未尽，另写一部书（《我的丁一之旅》）继续发挥，有兴趣的读者可以阅读此书。

178 节，己所不欲，欲施于人

在长诗未完成部分，诗人 L 做了一个噩梦，梦里看见了人心（性）的荒诞：无论男人和女人，每个人都要求别人“最爱”自己，但自己却做不到对别人“最爱”；无论谁都想让对方“最爱”自己这一个，但无论谁都无例外地可能爱上不止一个人。原来我们以为这只是诗人的性格、诗人的矛盾，谁知道人人都是如此——那些被 L 所爱的女人无不如此。可见这不是哪个人的特点，而是普遍的人性特点。

自己做不到却要求别人做到，不荒诞吗？每个人都这样矛盾着，根源何在？人性吗？是的。正如前文谈到“心魂陷阱”时所说，这是人的原欲，和原罪，是人的生命固有的，这就是人的心魂，人的存在。

179 节，爱情中平安与自由不能共在

人性、本性、本能、原欲渴望一对多，而规则、传统、文化、现实却要求一对一；你对别人的渴望是一对多，而别人对你的要求却是一对一。因此，你想实行你的一对多吗？那必然遭到别人（你的恋人）的反对或惩罚。换句话说，你想自由吗？你有了自由却失去了平安。反过来，为了平安，恪守了一对一，符合规范规矩，平安了却失去了自由。可见，在爱情领域，自由与平安不可兼得。

诗人说，他从来坚守坚信两个信条：爱和诚实，但结果如何？由于他走向了一对多，所以不可避免地走进了无尽无休的瞒和骗。

由自由与平安问题引出蚁群、欲望、存在，引出“爱情是孤独的证明”的哲学命题。

180 节，羡慕鹿群自然的欢聚，悲哀回归人群的孤独

关于鹿群的描写，是中篇小说《礼拜日》的写作线索之一，在赏析《礼拜日》时我们把这一部分删除了。之所以删除，就因为它在《务虚笔记》中还会以更宏大的艺术构思出现，我们还有机会在一个更系统的思考中与它再见。

鹿群，无疑是自然的象征，是宇宙生命的符号，亿万年间它们

听命于自然规律的安排,在日月天地间“天演轮回”,无尽无休。在这里,“没有阴谋,没有假面恭维、乔装的体面或纯洁。因为那儿,没有谁鄙视你的爱欲,没有谁嘲笑一个灵魂对另一个灵魂的渴求……没有秘密和出卖,只有上苍传达的神秘律令”。

毫无疑问,这就是诗人所向往的境界。所以叙述人连续多段的开头说:诗人就在那儿,诗人必定是在那儿,他要去追随美丽的动物,继续他的梦想,心醉神驰,流连忘返。鹿群的坦然自在让诗人莫名感动乃至于痛哭无声:为什么人不能这样?从什么时候,和为了什么,人离开了这伊甸乐园?

诗人的感动与痴迷不能不令人感动,但诗人还是糊涂啊!鹿群固然美丽自在,但人毕竟已经不是鹿,毕竟已经从鹿群中独立出来建立了规矩从而活在文明文化中了。鹿群只有自然生命而没有精神和灵魂,人除了自然生命之外更重要的是有了精神和灵魂。所以,鹿只有孤单而没有孤独——孤单是身体的事儿(外在),孤独是灵魂的事儿(内在)。孤单是脱离群体的个体的索居,孤独是群体之中人与人灵魂的隔离。鹿因离开群体而孤单,人因在群体而孤独。这就是人与动物的区别。

诗人羡慕鹿群自然的欢聚,悲哀回归人群的孤独。但是,人类既然已经走出鹿群,就再也回不去了。所以羡慕归羡慕,但不得不忍受的,还是你的孤独。反过来,正因为不得不忍受,所以才有 L 对鹿群的羡慕。人群中的孤独是 L 羡慕鹿群的背景,因有这背景,鹿群的欢聚才显得美丽。

181 节至 183 节,在性乱的历史里,L 的心魂逃离了肉体

叙述人说,时间和孤独都不结束,在恋人离开 L 而去 L 痛苦不堪的日子里,L 放纵情欲,流进过一段性乱的历史。在这段历史里,他同一个又一个萍水相逢的女人上床，他与女人只有肌肤相亲，只有温度相传，而不问姓名不问历史，“相似的肉体，相似的激动和快乐……赤裸着，白色的浪一样，呼啸和死去，温润而茂密，相互吞噬……”这时候的L，心魂从肉体上逃离，彻底自由了，但他活成了什么呢？还用问吗？——活成了动物，活成了公鹿。

请问L，这是你要的爱情吗？这是你向往的境界吗？

184节，在写作的黑夜眺望乐园明媚的阳光

在苦苦地思索、思辨爱的哲学、人的处境时，作者突然插入“为什么写作”“写作何用”的问题。作者的回答是：写作，就是为了生命的重量不被抹去……

什么意思？这意思是说，写作就是生命的意义，就是为了探索生命的意义，就是为了探索人为什么而活着，人应该怎样活得更好。

人的生存处境是统一“统一”了独特，规矩控制了生命，人们一个个被统一得像机器人，而人渴望的是独特，是不可替代、不可抹杀的这一个。在这个世界上，人有千人，路有千条，各走各路，互不相交，孤独由此而来。怎么办？怎样突破孤独的禁锢？唯有爱情。因为在爱情里，你和他/她的命运相连，心魂相交，走出孤独，获得自由。

但爱情不是说有就有、说来就来的，爱情是人的折磨，是人的焦灼，人的忧虑，人的思念，人的祈祷，以此为背景，以此为内容，才有了写作。写作，是探索人应该怎样才能活得更好，或应该怎样活着。写作，是在黑夜里眺望自由与平安，眺望乐园里明媚的阳光。

写作是只有人才有的事，荒原上那些美丽的动物，从来不会走进写作之夜。

185 节,只有爱情,才能拯救迷失的灵魂

“往日的性乱使诗人丢失了性命攸关的语言。”

“性命攸关的语言丢失在了‘荒原’。”

“独特的心愿,必要依靠独特的表达。”

“上帝留给爱情的语言,已被性乱埋没,都在性乱中耗散了。”

“一种独特的语言,仅属于爱情的语言,才能使逃离的心魂重归肉体。”

——爱情,只有爱情,才能拯救迷失的灵魂。

186 节,人与动物之区别

只有性欲而无爱情的是动物,性欲与爱情统一才是爱情。动物没有心魂,没有防范,没有阻隔,也没有依恋与思念,因而也就没有孤独,没有爱情。人类渴望走出防范、阻隔和伤害,渴望走出孤独,因而才呼唤爱情。防范、阻隔、孤独的背景使爱情的意义得以凸显。

这就是人与动物之区别!

187 节,诗人的梦想仅仅是梦想

本章从窥视浴女的眼睛说起,盘旋曲折,最后又回到这个问题上来。在已有的讨论中,我们已知那三个浴女的反应:浴女一慌忙遮挡自己身体,等于她承认了那侮辱;浴女二捂住了自己的脸,那家伙不知道她是谁,她从侮辱中逃离;浴女三既没遮挡也没捂脸而是让那家伙滚开,她使那个流氓的企图破灭。

本节里,诗人 L 对那个被骂为流氓的偷窥者有远超于传统观念的理解。在他看来,那个被骂为流氓的人也许心底有着非常美

好的愿望,他不是为了侵犯而倒是为了和平;他冒着危险是要去谒见她们的自由,看一看她们在没有设防的时候是多么可爱多么迷人。于是他提出了第四种可能,即假设中的浴女四,发现了门上那只眼睛,她不遮身也不掩面,也不骂人,她相信那不是侵犯,而是要窥望自由,于是她继续自由自在地舒身展臂、蹦跳、微笑、饱享流水的抚爱……

叙述人("我")也同意L的理解,并由此理解了世界美术史上为什么有那么多描画浴女、裸女、睡美人的名画。画家们不单单是赞美她们的身体,更是在渴望人的自由。

诗人的理解不能说没有道理,动机、愿望不可谓不美好,没有温和宽厚善解人意之心不可能有此想。但是,WR一句话就批驳了他的理解:"自由,不可能这样实现。如果人们不能保护自己的隐私和独处,一个人的自由也可以被控制,被捆绑……"这就是说,诗人的想法虽美好在现实中却行不通,且不说与现实观念相冲突,而且直接与现行法律相违背。

L代表梦想,WR代表现实;一句话,诗人的梦想仅仅是梦想!

通读全章乃至全书,处处可以发现梦想和现实的对立,和规矩、规范的冲突,可以发现人类在梦想和现实中的两难。这就是人的根本处境,永远的处境。

怎么办?这就要考验人类的智慧了。

十八、《我的丁一之旅》(作品线索)

我("永远的行魂")的丁一之旅起始于伊甸园。那时我在亚当,我和夏娃共同居住于那座美丽的园子。在那里,"无遮无蔽筑其乐土,不荣不辱养其美德;园中所有的花草、树木,所有的心与身,魂与器,无不坦然赤裸,怡然愉乐,沐一派和平的风雨"。后来,亚当夏娃受蛇的引诱偷吃禁果,受到上帝惩罚,被逐出伊甸园。"我们在那园子的门前分手,以亚当和夏娃之名分头起程。也可以说,我们是以亚当和夏娃的分手作为起程的——这一点非常重要,从此一个浑然的梦境被分开两半,从此亚当和夏娃殊显其别,从此我们天各一方,以相互寻找为我们起程的缘由和承诺。

我和夏娃起程的仪式是,两片无花果叶飘然而至,遮蔽住不同的两朵花——这是一个极具象征意味的仪式。离开伊甸走向人间,是以遮蔽开始的:"真正的危险显露于我与丁一第一次走出家门,走进外部世界的那一刻。"外部世界对我们来说陌生而冷漠,似深藏奥秘，令人感到茫然与恐惧。年幼的丁一赤裸着出门，立马招来阵阵窃笑，让丁一羞愧难当。我立马明白遮蔽是人间的特征，进入人间就进入了遮蔽。

遮蔽什么？要遮蔽的不仅仅是身体，更是心魂，根本是你的欲望，你由衷的心愿，你自由的向往。人间的遮蔽花样多端，无处不在。人类来自伊甸本来一律平等，但却人为地分出高低贵贱三六九等，分为“我们”“你们”和“他们”，人与人之间互相歧视、蔑视、仇恨，战争没完没了。依据能力、价值的比较，人们又分出光荣与卑劣，为争夺虚荣而盛行包装。人们再也不敢赤裸相见，为了安全，学会了遮蔽。为了遮蔽，人们发明了衣和墙——有形的物质的衣和墙和无形的精神（心、观念、规矩等）的衣和墙。为了生存，人人都在装：一出门就装，而且还要装得不会装，装得好像讨厌装，以至于装得忘了自己是在装——装积淀为文化无意识了。虚荣、包装、伪装，把人的本性搞丢了；人类创造了文化，走出了蒙昧，但文化又把人异化了。“哥儿们你累不累？”“夏娃呀，咱怎会落到这步田地？”

遮蔽违反人性，逼出了反抗，引出了寻找。因而我和丁一有了一种难耐的渴望——穿透所有的衣和墙，想象那呆板的衣内的蓬勃的肉体，想象那拘谨之身中的鲜活心魂，想象所有被遮蔽的地方到底遮蔽了什么，说平时不敢说的话，做平时不敢做的事，让心灵彻底自由和解放。但无疑，这愿望在现实生活中是绝对不可能实现的。

现实中不能实现就转移到梦境中去。在梦境中丁一走进了“无墙之夜”。在空墙透壁中，他看到了原本封闭在衣和墙中他平时想看而看不到的人间百态，世情真相，看到了在放弃白昼规则的暗夜里，自由的心魂是怎样尽情歌舞，无遮无拦，无始无终，弥漫化为无限。

现实中不能实现就转移到戏剧中去。因为戏剧是梦想的天地——“真正的戏剧应该是生命的另一种可能——让不现实的可以实现。”于是丁一编写剧本《空墙之夜》。第一场时间是在傍晚,天还没有太黑,人们的心情还没有脱离白昼,还驻守在白昼的规矩里。整个舞台相当于一处民居,舞台上的横竖线代表墙,代表人所制造的概念。有墙,但却是空的,人们生活在墙里又能被观众看见。观众发现只有独处的人才有彻底的解放,或者说是最大程度的自由,而人多的地方大家都在相互遮蔽相互提防。这是现实生活的一个写照。这一场的题目是“近而远”——人虽相处,心却隔离。第二场是夜幕降临,万籁俱寂,人们进入梦界,真正的戏剧开始。在梦里,人无不渴望着互相靠近。整个舞台上都是梦魂,都是盼望,在梦愿所开辟的自由之中,他们坦诚相见,肆无忌惮地实现着在别处不可能实现的东西。这儿的规则是:梦即现实。梦曾经怎样,你就可以怎样;梦有怎样的可能,你们就可以有怎样的行动;梦(戏剧)给了人随心所爱的权利。梦把人们带回到从前,带回到坦然无蔽的时光,带回到伊甸园。

在人们向往的所有自由中,最重要最强烈的当然是爱的自由。爱情是人间最最美好的一种情感,可是为什么最最美好的感情却要被限制在最最狭小的范围里?先是限制在异性之间,又限制在一对一的关系中,再又是提倡最少的人次?这美好的感情为什么不可以扩大?更多的人之间就不能有爱情吗?丁一百思不解,死不甘心。他想创造奇迹,实现梦想。他把自己的想法讲给秦娥和吕萨听,两位女性理解并支持他的设想,于是三个人一同进入他们设计的戏剧,进入“性欲或爱欲多向”的实验。

他们的实验是怎样进行的呢?“我想把此后的情节都留给读

者去想象，留给所有愿意想象的人们去想象。因为毕竟，戏剧依靠的不是别的，是想象——对生活之无限可能的想象，对爱欲之无限可能的想象。而三个人的戏剧，更是要靠着非凡的想象力，靠着宽展的心怀、纯净的心愿以及最为大胆的约定。”总之，在三个人的戏剧中，人间一切阻碍心魂的魔障荡然无存，他们一同创造了激情燃烧、充满诗意的生活，已然重返了伊甸园。

然而，他们毕竟生活于现实中，他们到底躲不开现实的困扰。秦娥的女儿要上学，需要一个合法的身份，娥一直爱着的男友出现，娥想过一种正常生活，终于走出了他们的戏剧。丁一激烈反对，认为那是向世俗和平庸投降，阻止娥走出戏剧。这样丁一就违背了“尊重”和“自由”的原则，成了压迫、强权、专制的化身。而且丁一对娥回到男友身边表面上说不在乎，实际却饱受嫉妒的折磨。丁一眼看着自己的理想破灭，痛苦不堪，急火攻心，旧病复发，终于不治，撒手人寰。丁一之旅即告结束，我离开丁一继续新的游程。

赏析

永远行魂的心理实验

1. 丁一寻找的是什么?

前面说过,“我”是永远的行魂,我曾寄居于无数具体现实的人身上经历体验过无数次人生,借助于各种人生之旅进行心理实验,从不同视角观察、思考人生中一些终极性问题,寻找理想的人生。那么,我此次的“丁一之旅”思考了哪些问题,有哪些关于人生的感悟,寻找的理想人生又是什么呢?

笔者认为,“我”借助丁一之旅思考讨论的问题很多,而人到底应该怎样活着,即人理想的生存状态问题应该是其中最为根本的问题。

人的理想的生存状态,即可以让人“诗意地栖居”的人生家园,这属于人生联系实际的终极关怀问题。所谓终极关怀,即关心、关注世界以及人生中最为初始、本原、根本、基础性的那些问题。这些问题,关乎人的生存意义,关乎人为什么活和应该怎样活,对于人生具有最高的统摄意义。思考、讨论这些问题,反映了人类形而上的精神需求。世间万物,唯有“人”才苦苦追问这类至大至深至玄的人本问题。人与动物的最大不同在于,人不仅仅活着,还要追问为什么活和应该怎样活。对这些问题的思考,产生了人文学科各门类,例如哲学、宗教和文艺。史铁生,我国当代最富有哲学气质的文学家,由于特殊的生存体验和精神个性,其创作旨趣一直集中在对人本问题的思考,其创作始终体现着他对人类的终极关怀精神。(参见拙作《寻找灵魂的归宿——史铁生创作的终极关怀精神》,人民文学出版社2005年版)《我的丁一之旅》是他长年卧病之中经过精深的思考,创造的一部杰作。

为什么说作品主题讨论的是人的理想的生存状态呢?这从丁一之旅的路线图可以得到启示。丁一之旅路线图大致如下:伊甸园(无遮无蔽,自由自在)——人间(相互遮蔽,无穷禁忌)——渴望自由,借助于戏剧(无墙之夜,空墙之夜,三个人的戏剧)实现梦想——梦想破灭于现实。由此看,“我的丁一之旅”相当于一场梦,在梦中我借助于丁一之所行所思,探索人生的可能性,思考怎样才是人生的理想状态以及怎样才能进入这一状态。

这场梦,其深层思想动机源于人类对自身生存状态的不满:心魂向往自由,现实却诸多限制;心魂向往敞开,现实却处处遮蔽。这是人类生存的根本困境,此困境始于人类走出原始蒙昧状态进入文明社会之后。文明是以法律、制度、伦理、道德、规矩、禁忌的建立为标志的。文明让人类摆脱原始的蒙昧,生活由无序变为有序,由激烈冲突走向相对和谐,人类需要文明。然而规矩、禁忌等,又使人的本性受到压抑,久而久之,压抑、遮蔽习惯成自然,成为通行的行为准则,成为文化无意识。史铁生作为作家,作为人类灵魂的洞察者、思考者，对此特别敏感，因此在作品中不断地讨论着这一问题。

有隔膜有遮蔽就要求理解和沟通。史铁生说：“无论僧俗，人可能舍弃一切，却无法舍弃被理解的渴望。”史铁生把要求沟通的欲望视为个人生命史上的第二件大事（第一件大事即出生）。在这种思想背景下，史铁生写出了《我的丁一之旅》，继续表达他对这一问题新的思考，表达他对理想生存境界的强烈祈盼。

触发史铁生创作的直接动因，或许来自诗人顾城在某海岛的自杀，作品中称之为“丹青岛的传说”。诗人岛和他所爱的两个女人（画家丹和画家青）一起离开喧嚣的城市，在南方一个小小海岛上建立了他们的非凡之家，读书吟诗为乐，自食其力，尽情享受朴素，享受爱情，过着一种神仙似的诗意生活。然而曾几何时，他们的美好理想破灭，诗人杀妻并自杀，演出一场震惊世界的惨剧。这件事对史铁生震动极大，直接激发了他这部小说的构思。所以，“关于‘我的丁一之旅’还可以有一种理解，即我途经某史，因闻‘丹青岛的传说’而有的一种梦景”。

诗人岛立志要过一种诗意的生活，并大胆付诸实践，这是一种很美好的设想和实验，然而却失败了。丁一一生对生活充满祈盼，满怀浪漫的想象，生活中实现不了的梦想他借助于戏剧去实现，然而一旦走出戏剧走向生活，丁一也无可避免的失败了。看来，理想的人生状态只能存在于梦想中，存在于戏剧中。

2. 丁一理想的精神价值

理想的人生状态只能存在于梦想或戏剧中，而不能存在于社会现实中，那么作为“理想”，还有价值吗？当然有！其价值或意义就在于，它为人的“不理想”的现实树立起一种“理想”。

理想、愿望、梦想、梦愿、祈盼、戏剧等，在史铁生的词典里，应该是同义词。在《我的丁一之旅》中，史铁生不止一次借人物表达了他的戏剧观："真正的戏剧应该是生命的另一种可能，现实之外的种种可能，或者说是不可能中的可能。就因为现实中有那么多的不可能，所以人才有梦想，有幻想——也所以才有了戏剧。也就是因为梦想和幻想是那样的不现实，人们才想看看在另一种时间里它能不能实现。——戏剧，说到底是这样一种心愿：使不可能成为可能，让不现实可以实现。"总之，在现实之外寻找生命另一种、许多种、乃至于无限的可能，这就是戏剧（理想、梦想——）的实质。

理想、愿望、戏剧——的特质是不现实。"不现实"既是理想的缺点，也是其优点。"不现实"才可能与"现实"构成一种张力，在一个高远的位置上牵出"现实"对它的无限祈盼，无限向往，这才让"不理想"的现实有了前进的目标，才可以牵引出一个追求的过程。理想的精神价值就表现于对现实的感召力、牵引力、提升力，有道是"虽不能至，心向往之"！例如，想一想丁一的人生理想，就可以发现我们生存现实中人与人之间的遮蔽、隔膜、歧视、提防等，是多么的荒谬与不合理，就可以激发我们沟通和理解的愿望并付诸行动。丁一就像一面镜子，照出我们生活的缺陷，让我们明白应该想办法改变这种缺陷，寻求更好的生活。

就这样，理想永远不能实现（实现了就不叫理想了），又永远牵动着人们的追求。"希望，恰恰就是通向，而非到达。""人可以走向天堂，而不可走到天堂。"也就是说，希望也罢、天堂也罢，都是人类理想的代名词，都不是一个固定的最终可以到达的处所，而是一个永远达不到因而永远存在的精神之域，它可望而不可即，永远存在于人的心中，存在于人们追求它的信念中。人类，不就是这样一步步走过来的吗？！

十九、理想的危险

——就《我的丁一之旅》给邹大立的回信

邹大立:你好!

收到你的信,以及你和网友谈论《丁一》的文章。在西安玩得太累,那晚无力多聊,实在抱歉。不过,关于《丁一》还是笔谈的好。

说《丁一》写的是“欲望双刃剑”,不如说是“理想双刃剑”。“欲望”本来可褒可贬,正如生命,压根儿就蕴含了美好与丑恶。而“理想”一词从来都是褒意,是人生向往,是精神追求。但理想的结果,却未必总能如其初衷。黑格尔给悲剧的定义是:相互冲突的两种精神都值得我们同情。这定义也可引申为:相互冲突的两种行径,悲喜迥异的两种结果,竟始于同样美好的理想。

丁一(或顾城)的爱情固不符常规,否则其理想色彩也就暗淡,但究其根本,难道有什么不好?然而它却导致了一场悲剧。这到底怎么回事?在爱的理想与杀戮的结果之间,究竟有着一条怎样的路径？

我并不认识顾城，只是读过一些他的诗。我写《丁一》也不直接由于顾城事件，甚至到现在也不了解其全貌。但那海岛上的悲剧，自一听说我就感觉没那么简单，但也是懵然不解其意。惟随岁月迁移，或情智成长，才知其不可轻看。所以不可轻看，不单是因为一个诗人的杀人，更在于它深刻触及了爱的意义、性的本质、艺术与现实的冲突，最终引出一个永远的课题：理想的位置。可以说，人类的一切文明成就，一切争战缘由，一切光荣与堕落，都与如何摆放理想的位置根本相关。

爱情所以是一种理想，首先是因为，她已从生理行为脱颖而出，开始构画着精神图景了。事实上，人类的一切精神向往，无不始于一个爱字，而两性间的爱情则是其先锋，或者样板。

但丁一总有个想不通的问题：爱情，这一人皆向往并千古颂扬的美好情操，何以要限定在两人之间？换句话说：一件公认的好事，怎么倒是参与者越少越好？多一个人怎样？3－N人如何？后果不言而喻。可这到底为什么，人们不是口口声声地赞美并企盼着博爱吗？

噢，这里面有个性的问题。性的什么问题？性的禁忌！可这不是一回事吗——性，这一生命不可或缺的行为，何以让人如此惧怕，以至于要严加防范？曾经是为了财产继承，为了种姓兴旺，但随时代变迁，尤其是有了爱情的超越，这一层考虑早已相当淡薄，性何故依旧是马虎不得？

可你说它马虎不得吧，它又在自由的名下多有作为，比如娱乐，比如表演，甚至艺术。然而无论怎样自由，性还是逃不脱其天赋的限制。娱乐，表演，艺术……但有个前提：得表明这仅仅是娱乐，是表演，是艺术，并没有别的事。罗兰·巴特好眼光，从中看出了“裸体之衣”！[①]比如裸体舞者，一无遮蔽吗？不，她穿上了一袭名为艺术的“裸体之衣”。此衣无形，却如壁垒森严；其舞无声，却宣告了一道不可跨越的隔离。

宣告，啥意思？语言呀！那灯光，那舞台，那道具……构成了参与者的共同约定，或“裸体之衣”的无声强调：“这是艺术，请勿胡思乱想！”可为什么要强调呢？孩子不守纪律，老师才要强调：“这不是你们家，这是课堂！”同样道理，恐怕有人还是胡思乱想，在心里说着另外的话，所以才要强调：“这不是你们家，这是舞台，这是剧场！”别的什么话呢？又是谁在说？裸体在说，甚至是性，在悄悄地说。说什么？说什么你自己想，想不出来未必是很纯洁，更可能是太傻。

但有一事已得证明：裸体是会说话的，尤其性，在专事繁衍后的千百年中已然成长为一种语言。怎样的语言？比如是爱情的表达：“这不是公共场所，这是围困中的一块自由之地（譬如一座孤岛），这儿赞美胡思乱想，这儿纵容胡作非为，这儿看重的是冲破一切尘世的隔离。”

当然，这语言也可以是无爱或不爱的表达。比如太过随便的性行为，不过就像聊了回闲篇，说了顿废话，与爱情毫不相干。而对性事的蓄意不恭呢，比如公开的越界，肆意地胡来……则已是一份明确的毁约声明了：既往的爱情已告终结。

所谓“冲破隔离”，冲破什么的隔离？“裸体之衣”既不蔽身，它究竟隔离了什么？心哪！这世上最为隐蔽的是心哪，最不可随便袒露、随便敞开的不是身体，是心哪！“裸体之衣”真正的强调是：“我袒露了身体，却依然关闭着心。”心其实不善娱乐，心常陷于孤独。心更是不要表演，表演的是身体，心在忍受谎言。而一切真正的艺术都是心的呼喊，都是心在吟唱，或是心借助身体无奈地模仿着敞开。

何故模仿敞开？那是说：心渴望敞开，却不得不有所防范。刀枪之战需要铠甲来抵挡，心灵之战则要关闭起你的心。爱情，是孤独的心求助于他人的时刻，可他人又是怎样想呢？倾慕是否会换来鄙视？坦率是否会被视为乞求？关闭的心于是又模仿强大，模仿矜持和冷漠，甚至以攻为守……致使那真诚的心愿，不得不在假面与谎言的激流中漂泊。

这事得怨上帝，是他以分离的方法创造了世界，以致我们生来就是“人心隔肚皮”。但你不能怨上帝。有数学家说：“像我们这样有局限的生物……深深的不安来自我们对一切无穷的东西完全缺乏自信。然而如果不是隐含地涉及无穷，根本就不会有任何数学。”②我猜，上帝的创世必也是这样考虑的：若不分离，安得有限？若无有限，怎涉无穷？若非有限与无限的对峙，或有限对无限的观察，又怎么谈得上存在？上帝看存在是好的，事情就这样成了。我们这些有限的生物也就有事干了。我们这些被分离的家伙便欲海情天地渴望着团圆了。

但团圆之路危险丛生。人生来就有差别，社会又在制造差别；差别导致歧视，歧视又在复制歧视……故而每一颗心都是每一颗心的陌生之域，每一颗心都对每一颗心抱以警惕，每一颗心都在重重险境中不能敞开其梦中的伊甸。但这也正是爱的势能吧——所有的心都在相互渴望！与其说上帝造成了人心的隔离，莫如说他成就了人间的爱愿。问题是，具体到实际可怎么办？博爱尚远，就先把这理想局限于两性间的爱情吧；所以我说她是先锋，或样板。据说，以进化的成本计，性别实属多余。果真如此，我们倒可对其目的作更浪漫、更优美的猜想了：那是上帝赋予情人们的一份信物，或给团圆的一种启示，给博爱的一条思路。《丁一》是说，这就像上帝给人的最后机会:在这危险系数最小的一对一关系中,人啊,你们若仍不能倾心相爱,你们就毫无希望了。

但这依然意味着冒险。所有的爱情都是一次冒险——在这假面攒动、谎言充斥的人流中,你怎么知道哪儿是你的伊甸,谁又是你的亚当或夏娃?情种丁一曾多次试探,他以为性即是爱,足以辨认出那一别经世的夏娃。孰料,性完全可以仅仅是性,冒充爱、顶替爱,却不见夏娃。这哪里是为了团聚的分离,这明明是加固着隔离的一次次“快餐”!幸好情人们都通情达理,甩下一片冷漠,各自消形于排山倒海般的人流了。

幸好吗?“通情达理”曾属赞誉之词,在如今的恋人中间尤得推崇,但于爱情这到底是喜是忧?还有“潇洒”,还有“太累”和“别傻了你”……如今的“爱情”似都已沧桑历尽、荣辱不惊了。此理想之衰微,还是理性之成熟?

丁一不愧情种,对“夏娃”念念不忘,为理想寻遍天涯,为实现他的“戏剧”而百折不挠。实现——理想之剑的危险一刃已现端倪。

戏剧,仅仅是把现实搬上舞台吗?太说不通。一切文学、艺术、戏剧,无论是对丑恶行径的夸张,还是对善美事物的彰显,究其实,都是一处理想性或可能性生活的试验场。我猜这小小环球之于上帝,也是一场实验性戏剧吧——看那块落入红尘的“宝玉”终能怎样,或看那信誓旦旦的“浮世之德”究竟是何走向。

我赞成丁一与娥对戏剧的理解:让不可能成为可能,使非现实可以实现。这才是戏剧之魅力不衰的根本,这才是虚构的合理性根据,这也才是上帝令人类独具想象力的初衷吧。艺术,实为精神追寻的前沿,故其常不顾世俗成规,也不求大面积理解。何谓“先锋派”?艺术从来都是先锋派。先锋,绝非一种行文模式,而是对精神生活之种种可能性的不屈、不尽地寻找。我以为,尼采所说的“超人”也是此意——并非法力无边的神明,而是不断超越自己的凡人。丁一与娥即属先锋派。他们奇想迭出,陈规弃尽,在自编自演的戏剧中品尝着爱的平安——谎言激流中的相互信任;体会着性的放浪——假面围困下的自由表达;甚至模拟心灵的战争与戕害——性虐;性虐之快慰何来?先造一个残酷的现实模型,再看它轰然毁灭于戏剧的可能性中。

但丁一渐渐把戏剧与现实混为一谈。他忘了,戏剧只在约定的舞台上才是“现实”,而爱情终难免要走出剧场,走进那心灵之战依旧如火如荼的现实中去。这忘却或有意的忘却,又由于萨的到来,娥的默认,以及“丹青岛”的传说,更令此丁实现其理想的热望不断升温。

然而先哲有言:只要三个人,就要有政治了。[③]我理解:两个人可以完全是感情的事,好则百年,不好则分道扬镳,简单得很;要是再来一位呢,可就不是再添一份碗筷的事了。3 人恋,仅一份“1 爱 2”可不行,不公平,也不安全。算起来得是“1 爱 2”×3。就是说,每个 1 都得同时爱着 2,只需 1/3 的例外就要出事。听说,确实有过三个人的和睦婚姻,但个例只是一道脆弱的彩虹。果然先哲又有话了:政治的首要问题是分清敌我。[④]三个人,总是一碗水很难端平,开始都是好朋友和特好的朋友,但最终反目成仇者并不在少数。

所以就有了政治。爱情是理想,婚姻则是法律。理想是从不封顶的精神上线,法律是不可违背的行为准则。政治何为?正是为了那从不封顶的永远不要封顶,那不可违背的谁也不许违背。

爱情被限制在最小范围,已是潜在的政治。爱情虽然超越了种姓和财产的束缚,却超越不了对平安——围困中的那块自由之地——的忧虑与渴求。什么在围困？心灵因何而战？价值，或价值感哪！其实是价格。尤其这商潮汹涌的时代，名与利合谋把人都送上了战场，美可以卖，丑也可以卖，人和物一律都有标价；但未必能有战胜者，其战果多为抑郁症的漫延。爱情便再次以理想的身份出面，呼唤着回归——她曾以精神的追寻从动物性中脱颖而出，现在又是她，念念不忘伊甸。当然，此乐园非彼乐园，爱情意在：使堕落的亚当、夏娃们重启心扉，推倒隔离，于一条永恒的路上——而非一座封闭的园中——再建爱的家园。

于是，爱情的理想本质令其不能安守现状，便有了进一步超越的梦想：3－N人岂不更好？——有点儿像当年的“一大二公”。但超越法律也就可能违犯法律，理想之剑的危险一刃正在这里。

危险并不在3－N人，不管多少人心心相印，都是法律管不着的；危险在于理想一旦忽略法律，政治便可能走向强权。政治的天职，恰是要摆平种种理想的位置。还是那位先哲的意思：所谓护法，绝不只是维护既定法律的严格，更根本的是，要维护其合法性根源不受侵犯——即人写的法律，务必要符合神的意旨，正所谓“天赋人权”！[5]比如生存的权利、追求幸福的权利，便是天赋或神定的人权。凭什么这样说？凭的是：这是终极答案，谁也不能再问它一个“为什么”。比如你问我干吗要写作，咱慢慢探讨；可你若问我干吗要活着，最好的结果是我陪你去医院。要活着，已是终极答案，是人的天赋品质，即所谓“自然正确”，所以是神定的权利。再比如，你问我为什么不革命？我说我害怕。你问我为什么害怕？我说我不想让一群人打我，然后或说我是叛徒，或就把我杀掉。你还要问为什么吗？那我告诉你：我不是英雄也不想当什么英雄，这合法，而您已在违法的边缘。

丁一就是这样走到了违法的边缘（顾诚已经走进去了）。丁一的理想不可谓不美好，且有幸遇到了志同道合的娥，以及萨。萨对那理想一直是若惧若盼，丁一极尽劝诱亦属正当。娥虽对那理想极尽赞美，却基于现实的考虑而中途变卦，对此丁一不能容忍。如是不能容忍的极端后果，一是毁灭自己，一是毁灭对方，当然最后也就毁灭了理想本身。我不想让丁一走顾诚的老路，不想让接近这一路口的人都走那条老路。丁一或可出家？但总有些“无可奈何花落去”的味道；被迫逃上树的和主动爬上树的，所见风景必不相同。我只希望丁一的灵魂飞升得更高更远，终于看清那理想中埋藏的危险。

理想的危险，即理想的推行！既是理想，既是美好和非常美好的理想，你不想它扩大吗？不想扩大的其实算不上理想，但推行却可以毁灭理想。所以，理想于其诞生一刻已然种下了危险。那扩大的欲望，会从劝诱渐至威逼，会从宣扬渐至强迫，譬如惟我独尊的宣扬已然就是强权了。但这丁一，理想障目不见现实，使理想成为现实的热望拿住了他。他的失望化作怒火，指向了娥，指向了萨，甚至指向了秦汉、商周和所有的人——你们这些庸人，你们这些理想的叛徒！他就差说这句话了。

人有此一种理想的权利，也有彼一种理想的权利，否则就不叫理想的权利。人有坚持理想的权利，也有放弃理想和改变理想的权利，否则还是没有理想的权利。然而，权利的平等，并不能抹杀价值的高低。还是那句话：前者是不可违背的现实规则，后者是不可封顶的精神追寻；二者并行不悖，或和谐相处，正是政治的职责。

叛徒，最是理想暴力的牺牲品，但究其根本，是政治的失责。但似乎，人们从未（或很少）关注叛徒的处境。叛徒，我倒以为多是良善之人，既具正义感，又有一颗向爱之心；正义感使之不忘匹夫之责，向爱之心则令其不忍连累无辜。能够指责叛徒的只有两件事：一怕苦，二怕死。但这不是人权吗？正义者缘何正义？不就是要铲除那些给人以苦、送人以死的暴政或恐怖之徒吗？为此，正义者不怕苦也不怕死，自当名垂千古；但若以正义为据，逼人以死，或让人一辈子生不如死，岂非绝大的讽刺！

骂一声叛徒多么容易，甚至是一件多么划算的事。我猜，人人都对叛徒的成因不闻不问，对叛徒的处境视而不见，却又都对叛徒嗤之以鼻、拒之千里，乃为同一件事情的两面。怎么个同一件事呢？即人人都有成为叛徒的潜质！这让人想起“文革”中的暴力，究其实，打人者多是为了表现忠勇，而所以要表现忠勇，不过是不想做那挨打的人。

《动物世界》中有句片头语：“有一天，当所有的动物都冲出牢笼，走向它们远古的栖居地，那一天便是野生动物的节日。”这差不多也是叛徒的心声吧。叛徒，最是可以验证政治是否正确，法律是否偏离了它的合法性根据，以及理想是否摆错了位置，或一个社会是否精神正常的试剂。（注意：这里的叛徒，绝不包括旨在升官发财的出卖。）

我绝没有提倡放弃理想的意思。放弃理想，人将怎样？莫非也像野生动物，走向远古的栖息地？莫说这好或不好，只问这行与不行吧。

“姑父”的愿望着实诱人——退回到铸成大错之前的时空中去，让一切重新开始，但这只是无奈的安慰。据说，爱因斯坦的狭义相对论已然“摒弃了绝对时间概念，取而代之的是每一位观察者所特有的时空概念，以至于宇宙空间内‘现在’的概念再也没有任何意义。”[6]但“现在”对于人——每一位观察者——却是有意义的，或其实，恰是意义造就了现在、过去和未来，从而造就了时间。所以倒退不得，人在一条永恒行进的路途上，意义是其坐标。在许多科幻作品中,人驾驶着超光速飞船回到了过去,并试图改造过去,依我看这是不可能的。设若真有那样的运载工具,我们或可重新观察过去,却不可能参与其中。为什么?因为"时间"是由"意义"造就的,"过去"是被"往事"选定的,倘能参与,就又成了现在——以一种新的意义,选定了目前这新的时间。

"一切都是可能的,但我在这儿。""丹青岛"上的那位女子看懂了人的处境:所谓命运,即无穷的可能性中你只能实现一种,无限的路途之中你只能展开一条——譬如叛徒,譬如烈士或英雄、敌人或庸人……时间果然残忍,但尽管如此,那魔术也非一条拯救之路。

动物的牢笼是有形的阻挡,人的牢笼是无形的隔离。有形阻挡的摧毁可期于人性之良善,无形隔离的消除却要仰仗神光的照耀——单靠人的正义就怕会走向强权。理想的位置正与艺术相近吧,即人性的渴望与神性的引领。善与美,切不可强力推行,否则直接变成恶与丑。艺术不可以没有,正如梦想不可以没有,而戏剧正是"不可能的可能,不现实的实现",就让它缭绕于梦中,驻扎于理性吧。但谁来把握这尺度呢?政治的智慧!

愿丁一长进。愿"姑父"们在艺术的时空中得到安慰。

即颂

大安!

史铁生

2008年11月15日

注释:

①见罗兰·巴特的《裸体舞》。

②引自丽贝卡·戈德斯坦的《不完备性——哥德尔和证明和

悖论》。

③④⑤均见 Heinrich · 迈尔的《古今之争中的核心问题》。

⑥引自《新发现》所载之《科学的极限》。

赏析

理想永远是人心中的现实

爱情,这一人皆向往并千古颂扬的美好情操,何以要限定在两人之间?一件公认的好事,为什么不可以同时指向更多人,让更多人参与?这一问题,史铁生在论说性散文《爱情问题》中,在小说《务虚笔记》和《我的丁一之旅》中,曾多次提及,可见这是他长时间反复深入思考的问题。

这一问题,史铁生在多处予以过解释,而在“就《我的丁一之旅》给朋友邹大立的回信——《理想的危险》”中,做了集中说明。史铁生的基本意思是,爱情是一种理想,而理想本身是一柄双刃剑——既是实现精神自由的天地,在爱情中实现了人的最为美好的梦想,同时又只能是保留在理想的美好位置上而不能落实为现实,落实为现实就违犯了法律——理想之剑的危险一刃正在这里。而丁一的错误就在于,他硬要把他的理想推向现实,不允许曾参与他的实验的人中途变卦，硬是要把自己的愿望强加给别人，所以他必然地失败了。

理想的危险，即理想的推行！但推行却可以毁灭理想。所以理想于其诞生的一刻已然埋下了危险的种子。

那么怎么办？当然最好的办法是，让理想就存在于理想的位置上。正如史铁生在《务虚笔记》中写的："如果上帝并不允许一个人把他的梦统统忘掉得干净，那么最好让梦停留在最美丽的位置。……所谓最美丽的位置，并不一定是指最快乐的位置，最痛苦的位置也行，最忧伤最熬煎的位置也可以。"

这样说来，爱情作为理想的意义和价值何在？这一问题，请参看笔者对《我的丁一之旅》的评述《永远行魂的心灵实验》中关于"丁一理想的精神价值"一节的论述。

关于爱情作为理想的危险，史铁生 2007 年 2 月 1 日给笔者的信中，针对笔者对丁一的评论，明确指出丁一的失败在于，不是要实验，而是要实现。这里摘录有关段落附录于此，供读者参看。

正如您文中说，人的理想和困境是我"在作品中不断探讨"的主题。此一回《丁一之旅》更是侧重了困境——理想本身的困境，或者说理想本身所埋藏的危险。人类并不乏种种美好的理想，但是千百年中，却常见其南辕北辙。也许，更要重视的，并不在理想是怎样的美好与必要，而在其常常是怎样败于现实的。

丁一的心愿谁能说不好？尤其，这心愿大约就是人类理想的源头。混沌初开，"有生于无"，其实分离就已注定，差别就已注定。故自诞生之日始，人便在注定的孤苦中开始了相互寻找，尤其是心魂的相互渴盼。可怎么走来走去却与原初的心愿越来越远、竟至背道而驰了呢？就因为"人要取代上帝成为神"吧，以人定的善恶取代神的要求；进而相信一切理想（或梦想）都是可以实现的，且务以其实现为成功、为快慰。结果正如您所说，违背了自由原则，倒成就了强权与专制。

所以丁一不是要实验，而是要实现。（娥或还有着实验的意图，对实现保有警惕。而秦汉心里是清楚的，故对“丹青岛”既予赞赏，又存疑虑。）心魂隔离的现实催生了爱的理想，使丁/娥走进激情飞扬的戏剧，但最终，强烈的实现欲使丁一忘记了戏剧的原则；或对于他，戏剧原就是一个并非有意的借口。人一落生便向往他人，但同时，这倾向已然携带了危险。这危险，并不止于别人的歧视与攻防——对此应看得清楚：可怕的并不在爱情的扩大，而在权利的扩大。爱情与权利，可谓同根同源。

戏剧的位置，标明了理想的位置。但理想不能存在于现实吗？不对了，理想恰是存在于现实的，恰是现实需要着理想。“人生的理想状态”不能存在于现实吗？好像也不对，正如戏剧不仅存在于现实，而且诞生于现实，“人生的理想状态”也是这样——比如说存在于“写作之夜”，存在于无比辽阔的虚真。因为，思或想也是现实一种；现实中不能没有它们，而它们确也无处不在地影响着现实。

“现实”和“实现”的关系，大概是这样的：不可实现的事物，不等于不可以追求。而追求，证明了被追求之事物的存在。而大凡存在的事物，必参与和影响着现实；说它“不现实”通常是不欲追求、甚或不许追求的借口。可是追求，总归意味着“欲实现”。但是实现，常又因为“不现实”而行不通。这样的矛盾，使得“存在”的含义特别值得深究。存在，既不同于现实，又不等于实现，它还指向着“虚真”——即无形之在，或不实之真；强调它“不现实”的，或源于不见，或意在抹杀，而必以其“实现”为快慰的，则因弄错了位置而可能走火入魔。

理想的意义，正如戏剧，在于象征。人祈祷着美好的生活。人对美好的想象与追寻永无止境。但尽善尽美的生活却不在大地上。因而人创造了戏剧（及种种艺术），来弥补这单调甚至僵死的生活，以期听见并符合那最为深远的召唤与要求。因而戏剧（艺术）天生来的——用刘小枫的话说——是“象征叙事”，是“圣灵降临的叙事”。“别尔佳耶夫说得不错，所谓‘象征是两个世界之间的联系，是另一个世界在这个世界上的标记。’”是“无论你如何看，也看不够、看不全、看不尽其意味”的。而“此世中最大的象征者是耶稣基督”，即那至善至美者对永处残缺之人类的启示。但人却不可能就是他。但圣灵却可以降临在人的心中。

理想的不可实现性在于：①实现了，就不再是理想，但永远都会有无穷的召唤在前头。②尽善尽美之于人，永远都在寻求中，所以上帝说他是道路。③这道路，一不可由人智规定，二不可由人力推行，否则无论怎样美好的理想，瞬间即可颠倒，恶却随之强大起来。④但这理想，或道路，又不是可望而不可即的，它永远都是人心中的现实，是如刘小枫所说的：不是“人而神”的实现——即人不可以成为神，而是“圣灵降临”的现实——即“基督精神在此世，才使得真正的象征世界成为可能。……圣灵进驻人的心中，是个体生命的重生过程……”

附录：

史铁生就“丁一之旅”评论给胡山林的信

胡山林 先生:您好!

谢谢您对《丁一》的评论。尤其谢谢您对我的作品一向的关注、一向如此耐心的阅读和评价。

正如您文中说,人的理想和困境是我“在作品中不断探讨”的主题。此一回《丁一之旅》更是侧重了困境——理想本身的困境,或者说理想本身所埋藏的危险。人类并不乏种种美好的理想,但是千百年中,却常见其南辕北辙。也许,更要重视的,并不在理想是怎样的美好与必要,而在其常常是怎样败于现实的。

丁一的心愿谁能说不好?尤其,这心愿大约就是人类理想的源头。混沌初开,“有生于无”,其实分离就已注定,差别就已注定。故自诞生之日始,人便在注定的孤苦中开始了相互寻找,尤其是心魂的相互渴盼。可怎么走来走去却与原初的心愿越来越远、竟至背道而驰了呢?就因为“人要取代上帝成为神”吧,以人定的善恶取代神的要求;进而相信一切理想(或梦想)都是可以实现的,且务以其实现为成功、为快慰。结果正如您所说,违背了自由原则,倒成就了强权与专制。

所以丁一不是要实验，而是要实现。（娥或还有着实验的意图，对实现保有警惕。而秦汉心里是清楚的，故对“丹青岛”既予赞赏，又存疑虑。）心魂隔离的现实催生了爱的理想，使丁/娥走进激情飞扬的戏剧，但最终，强烈的实现欲使丁一忘记了戏剧的原则；或对于他，戏剧原就是一个并非有意的借口。人一落生便向往他人，但同时，这倾向已然携带了危险。这危险，并不止于别人的歧视与攻防——对此依看得清楚：可怕的并不在爱情的扩大，而在权力的扩大。爱情与权力，可谓同根同源。

戏剧的位置，标明了理想的位置。但理想不能存在于现实吗？不对了，理想恰是存在于现实的，恰是现实需要着理想。“人生的理想状态”不能存在于现实吗？好像也不对，正如戏剧不仅存在于现实，而且诞生于现实，“人生的理想状态”也是这样——比如说存在于“写作之夜”，存在于无比辽阔的虚真。因为，思或想也是现实一种；现实中不能没有它们，而它们确也无处不在地影响着现实。

“现实”和“实现”的关系，大概是这样的：不可实现的事物，不等于不可以追求。而追求，证明了被追求之事物的存在。而大凡存在的事物，必参与和影响着现实；说它“不现实”通常是不欲追求、甚或不许追求的借口。可是追求，总归意味着“欲实现”。但是实现，常又因为“不现实”而行不通。这样的矛盾，使得“存在”的含义特别值得深究。存在，既不同于现实，又不等于实现，它还指向着“虚真”——即无形之在，或不实之真；强调它“不现实”的，或源于不见，或意在抹杀，而必以其“实现”为快慰的，则因弄错了位置而可能走火入魔。

老子说：“有为利，空为用。”比如建房，一个六面体，若无门窗之空，便不能用。又比如懂围棋的人都知道，你落子再多，若终未造空，也还是个死。与此类似的还有篆刻，要留白，所谓“疏能跑马，密不透风”，意思也是要给人想象的余地。再比如人体，不管多么婀娜多姿，倘是死膛儿的，气血也难运行。

理想的意义，正如戏剧，在于象征。人祈祷着美好的生活。人对美好的想象与追寻永无止境。但尽善尽美的生活却不在大地上。因而人创造了戏剧（及种种艺术），来弥补这单调甚至僵死的生活，以期听见并符合那最为深远的召唤与要求。因而戏剧（艺术）天生来的——用刘小枫的话说——是“象征叙事”，是“圣灵降临的叙事”。“别尔佳耶夫说得不错，所谓‘象征是两个世界之间的联系，是另一个世界在这个世界上的标记。’”是“无论你如何看，也看不够、看不全、看不尽其意味”的。而“此世中最大的象征者是耶稣基督”，即那至善至美者对永处残缺之人类的启示。但人却不可能就是他。但圣灵却可以降临在人的心中。

理想的不可实现性在于：①实现了，就不再是理想，但永远都会有无穷的召唤在前头。②尽善尽美之于人，永远都在寻求中，所以上帝说他是道路。③这道路，一不可由人智规定，二不可由人力推行，否则无论怎样美好的理想，瞬间即可颠倒，恶却随之强大起来。④但这理想，或道路，又不是可望而不可即的，它永远都是人心中的现实，是如刘小枫所说的：不是“人而神”的实现——即人不可以成为神，而是“圣灵降临”的现实——即“基督精神在此世，才使得真正的象征世界成为可能。……圣灵入驻人的心中，是个体生命的重生过程……”

太阳是怎样实现的？照耀。风是怎样实现的？吹拂。故《我的丁一之旅》强调“虚真”。这倒不是说，理想完全不可落实，而是说这个务实的人间——尤其在这个重实的时代——特别需要强调：实外之真是多么重要！真情，真愿，真心……哪样不是虚真，不是“空为用”？而一味地求实(利)，则容易忘记理想，甚至轻蔑和厌倦了理想；就好比重婚姻而轻爱恋；就好比当今的舞台上，灯光变幻莫测，布景诱人眼球，满台“尽戴黄金甲”，人却似一群群无魂之器被调动得不知所归。而另一面，丁一的一味求实(现)，又使那美好的虚真顷刻消散，化作实际的魔障。

我没有见过顾诚。我也是从各种版本的民间传说中得知那海岛惨剧的。它确实震动了我。但确实，从一开始我就相信事情绝不会像传说中的那么简单。我并没有向谁核实过什么。跟《务虚笔记》一样，《我的丁一之旅》也主要是我心里的故事。我只是以“丁一”之名去看那理想的危险。理想的危险正是悲剧所在，它远远高于惨剧。有哲人说过：“悲剧的诞生，在于感受力。”不被感受的东西等于没有，不被发现的冲突并不进入灵魂拷问；唯感受力使悲剧诞生，使灵魂成长。

没有悲剧精神的地方，并不是因为没有悲剧事件，而是因为缺乏那样的感受力。怎么会这样呢？大约还是因为“人要取代上帝成为神”，要求一切都统一在自己麾下。黑格尔说过这样的意思：“悲剧的唯一主题是精神的斗争，而且斗争中的两种精神都引起我们的同情。”所以，保留相互对立、但是“都引起我们同情”的精神，是必要的。比如诗人和政治家，其精神取向难免会有不同，如果仅止于互相质问“你为什么不……”，则再美好的理想也难免不得其反。所谓爱上帝，就是要对这人间的一切先取爱的态度吧。一个你不喜欢的地方，一种你不喜欢的状态，你却可以爱的态度来对待它。一切真诚的心愿——比如丁一的，也比如秦娥、秦汉和商周的——若能搭建张弛有秩，相得益彰，才真正是“理想状态”吧；否则，或者失去旺盛的激情与梦想，或者失去有序的一切人间进程。

祝您全家新春好运！

史铁生

2007 年 2 月 1 日

信中楷体引文均出自刘小枫的文集《圣灵降临的叙事》(三联书店 2003 年版)

扫码观看视频讲解